U0559598

暗燃的可能性

暗燃的可能性

刘 沙

×

何 菲

可能性

上海文化出版社

目　　录

情热料理
——何菲的味蕾时分

酒色香颂

——刘沙的微醺地图

序一

沙菲能否"暗燃"

刘沙

书名《暗然的可能性》很特别，源起于"沙菲漫谈"的一次情感话题的讲座。讲座的主题是关于"蓝颜"和"红颜"，何菲为讲座起了一个充满性感的名字："暗燃的可能性"。

"沙菲漫谈"，由我们的朋友孙渤于 2016 年策划创立。孙渤是比利时一家著名的钻石公司驻中国的首席代表，但她对文化特别情有独钟，并拥有独立策展人和文化经济人的资质。

"沙菲漫谈"旨在以情感串起人性的犄角旮旯……一开讲就深受欢迎，尤其是因为何菲的加盟，让这个漫谈瞬间便成了街头巷尾和饭后茶余的情深意长……

我跟何菲都算是码字高手，迄今为止各有数百万文字面世。但我们还是有所不同，她是学院派出生，堂堂中国作家协会会员，隶属正规军。我则是游击队员一枚，字里行间全是兴趣使然。

我有幸出席过好多次何菲的签书会，何菲也为我当过签售嘉宾。2018 年书展，在我的《醉了戈壁》一书的签售会上，替我捧场站台的何菲倡议："沙菲合作一本书吧"。

于是，一年后便有了这本从文字到书名都比较好玩的书。

好玩之一，这本合集里的百篇文章基本上是我跟何菲各写各的。何菲被誉为"沪上情感写手第一人"，这本合集中她的几十篇文章虽然写的是美食美景，议的是风土人情，看似云淡风清，却依旧意乱情迷……

好玩之二，我们各集的副题都跟吃有关，她的"味蕾"，我则"微醺"。但我们又并不仅仅立足美食美酒，我们着眼的是美食文化和悠久的人类文明历史以及异域的风情。我们真正梦想尝遍和浓醉微醺的是满世界的因缘际会。

好玩之三，关于书名，除了前面说过的是源于那次讲座的主题。借这本书的出版，我们也想另辟溪径，把我们俩人完全是自说自话的文字放在一起，看看彼此能不能搭，让读者评判一下沙菲能否暗燃。

在此要感谢我跟何菲的大哥陈卫平先生，作为一名资历深厚的企业家，他对文化倾注了无限的热情和挚爱。这本书得以顺利出版，他给了我们很大的信心和支持。

还要向本书的责编金嵘先生和所有参与编辑工作的同仁致意，他们不仅认可我们的文章并在这么短的时间里完成了本书的出版。

谢谢所有关注我们的朋友们！

序二

饮食男女，沙菲又燃
孙渤

　　初识何菲正缘于刘沙的介绍。那是 2016 年莺飞草长的 3 月，我原本只是为了给女友的产业造势嵌入文艺元素，却无意中把刘沙与何菲凑成了组合，亲自打造了一档全新的都市情感座谈节目——"沙菲漫谈"。而本书的书名《暗燃的可能性》恰好正是"沙菲漫谈"第一期的名称。

　　尤记得当时在微信朋友圈中发布该消息时，我写了如下的文字：何为蓝颜？谁是红颜？在芳菲四月天的周末艳阳中，"蓝颜"一词的始创者沪上知性女作家何菲，将携手当年策划创办了东方电台著名情感节目《相伴到黎明》的资深媒体人刘沙，开启"沙菲漫谈"之"蓝颜 VS 红颜 - 暗燃的可能性"主题讲座。敬请各位关注"上视星尚频道"【今日印象】栏目近日黄金档的播报。

　　就是如此的因缘际会，"沙菲组合"一拍即成。而后的屡次搭档成功，皆证明了"沙菲组合"，虽缘起于我灵光一闪的偶然，却成之于旗鼓相当合趣合拍的必然。

　　自小在飘着书香的文艺家庭长大，广泛地涉猎阅读是我不可或缺的日常。而"沙菲"开谈之后，我便格外地关注起了何菲的作品。在品读了她的或散发于各大报刊杂志或集结成辑的文字后，我曾在好友圈笑赞：何菲堪称沪上知性女作家中的翘楚！对都市男女形形色色的情感丝丝入扣地诠释，如果何菲谦称排名第二，那就无人敢妄称第一。

相较于何菲淡雅清丽无愧美女作家的容貌，刘沙作为其"沙菲漫谈"的蓝颜拍档，在颜值上显然是没有加分优势的。曾经我们复旦著名的师姐姜丰著有《蓝颜刘沙》一文。沪上知名作家沈嘉禄亦写有《刘沙，你为什么身边总是美女如云》的妙文。身为其无冕经纪人多年的我，冷静客观地细想，刘沙遍获各路高品美眉之"蓝颜"标签的真正原因，乃是他万里挑一的有趣灵魂赋于的横溢才情。

作为曾囊获了国内外各项华语广播节目策划制作大奖的东广资深媒体人，刘沙在主业外跨界的成就似乎更加斐然。在"刘沙"之前冠以"摄界"去百度热搜，就能迅速跳出他作为人文摄影家、旅行文学作家、及中国最早的葡萄酒文化研究者的各种文字、图片及影像的专题介绍。

2019 盛夏季，"沙菲组合"再续前缘，将以书本合集的形式呈现给广大粉丝另一版的《暗燃的可能性》。所谓"食色，性也"，这对沪上文化界知名的红蓝颜拍档，将透过精美的文字，分别以饮食男女"沙菲"视角，或灵动或圆融或深刻或性情地来"暗燃"亦中亦西亦古亦今的美食美酒真性真情，真是令我这个"沙菲组合"的始作俑者期待万分！

衷心祝愿：刘沙与何菲的新作 —《暗燃的可能性》，能在2019 上海书展浩瀚的书海中，"让女人钟情，让男人铭记"，散发出充满人性光辉的独特魅力。

情 热 料 理

——何菲的味蕾时分

整座江南都是笋的粉丝

据说全世界属东北亚人对鲜味的感知能力最强，那是儒家文化圈特有的审美，而西方人很少对此带感。在古代，中国大厨已懂得用高汤调味，在日本，至今主妇都用海带、鲣鱼干等作为日常煮汤的提鲜原料。也正是日本人从海带汤中分离出谷氨酸钠，而高浓度的谷氨酸钠，就是味精。

中国人追求的鲜，南北亦有异，南方人对鲜的鉴赏更鞭辟入里、层次分明，鲜味食材不胜枚举，随心所欲不逾矩，笋是江南鲜的代表作之一。

姑姑住在杭州四十多年。每次去她家吃饭，仿佛笋总是有的。即使不在笋季，也总有扁尖焙熄。每次她来上海，扁尖是必备手信。她还教导我，丝瓜可加入扁尖同炒，一咸一淡交融，就有了味道感，模样也更可人。她画得一手好国画，禅意深深，我总疑心她的玲珑灵性是吃笋多的缘故。

笋是蔬菜，又高于蔬菜，更脱俗于荤腥，有隐士风。中国古代士大夫们对笋有着特殊的执著，体现出他们特有的人格追求。李渔认为竹笋"清，洁，芳馥，松脆"，蔬食之美全都具备了。据统计，全中国最爱吃笋的人数和讲究程度，上海排第一，杭州第二，苏州第三，不过我觉得越笋比吴笋犹胜一筹，尤以德清一带为最佳。将嫩笋尖做成小包装零食的恐怕只有江南了，手剥笋也是江南名吃。北方竹子少，笋的粉丝寥寥，不过北京的旗人也有不少人爱吃笋，尤其与酸菜同烹。

早在唐朝时期，京都府海印寺开山祖师道雄上人就从中国带回了竹子进行笋的栽培。在日本，笋是拉面、天妇罗、木鱼汤里常见的配菜。日本人也爱将笋剥壳后直接烤着吃，佐以海盐，或制作成返朴归真的竹笋饭。从中国东渡的食物众多，但窃以为笋的样貌与口味最符合物哀、空寂等日本民族独特的美学范畴，其次是豆腐。

我表兄是油焖竹笋的拥趸。他生于上海，久居香港，每次回江南扫墓的季节，竹笋虽非时鲜货了，却仍在赏味期。他嘴里常常念叨的就是油焖竹笋，这是江南笋菜的代表，如果用虾子酱油烧，那真是小确幸了。笋的灵秀与口感是任何似是而非的蔬菜不能比的，比如茭白。除了江南，中国爱吃笋的省并不多，粤港地区也不例外，盖因不少笋有微"毒"，容易动气发冷，美女虽多爱笋的鲜爽嚼劲，下箸时却都不太敢大刀阔斧，生怕变黑和发痘，细嚼慢咽，延长品尝时间，反而更能品得其原味。笋里的酪氨酸虽对颜值存在一定隐患，却能一定程度缓解抑郁状态。抑郁是脑内酪氨酸浓度低下造成的，心情不佳时吃点笋颇为有效。

腌笃鲜是江南恩物，有次网评哪道汤能让海外游子魂牵梦萦，腌笃鲜完胜香菇老母鸡汤，咸菜黄鱼汤、酸辣汤、扁尖老鸭汤等名汤，选票名列冠军。由于平生不爱吃豆制品的缘故，窃以为在腌笃鲜中加入百叶结是个败笔，视觉上也有混沌之感，所以我家的腌笃鲜里只有三样主食材：竹笋、肋排和咸肉（或火腿）。笋是切滚刀块的，咸肉切成麻将牌大小块状，这道汤饱含冬的风霜和春的灵性，在清鲜与咸鲜的调和中，迎来一个个江南春雨天。还有竹笋塘醴鱼，这是一道让人能眉飞色舞的菜，踏着春的行板，生机盎然。

前些天一位江西友人雇人在自家山上挖了一麻袋毛笋，装满后备箱，载回上海分发。我也分得几支。这些毛笋一尺半长，体量硕大，还带着泥土。但我对这种个性强悍、易刮油水的笋无所适从，只得快递给闺蜜。闺蜜擅长庖厨，她把肥壮新鲜的毛笋剖开切丁后，加入她特配的作料与上等黄豆同煮，晒至七成干，装入密封罐中。如此笋豆，是她最爱的零食，咸鲜婉转，配合一杯龙井或碧螺春，整个春天都在口里了。大吃货袁枚也曾说：笋脯出处最多，以家园所烘第一。

是否思乡，胃最知道

有次与香港王先生聊天，说起故乡，这个经历过大风大浪的江南人被山温水软的苏州绊住脚步的有两样东西：评弹和面。早起吃一碗头汤面是他心中抹不去的乡愁。深陷在味蕾的回忆里，他悠悠吐出一句："其实，苏州的面是最好吃的。"旅居香江 60 年，他仍念念不忘故乡跑堂倌的唱面声："诶——来哉，三两焖肉面，要龙须细面，清汤、重青、重浇、过桥……"也许苏州有太多可以骄傲自夸的东西，所以对日日相见的面纵知是好的，却并不大张旗鼓地喧扬。

蔡澜先生说，"吃的文化，是交朋友最好的武器，你和宁波人谈起鳝糊、黄泥螺、臭冬瓜，他们大为兴奋。你和香港人讲到云吞面，他们一定知道哪一档最好吃。"

那是一定的。当人们离开了故乡，就越发觉出故乡美食的体贴和精到。那不是坐井观天，故乡一切的好，是他们漂泊在外乡，混迹在一群外乡人中，更能深切体会的。

那天我和 F 警官讨论猪肉的问题，我说我平日吃的肉的品牌，他说他家乡长沙的土猪肉那才叫个香！用来做小炒肉至少可以吃三碗米饭，他下回帮我带一块来。还有辣椒萝卜，那是能引起湘人广泛共鸣的发酵食物——"晾至半干的白萝卜，拌入已经腌好的火红剁椒中，用不了十天，辣椒和萝卜的滋味便能完美融合。轻咬一口，蹦脆的萝卜早已褪去青涩味，只剩下略微的甘甜，混合着剁椒的酸爽香辣，用来配白粥简直是人间美味。" F 警官忘情的描述道。

友人 C 先生，扬州人，在京读书创业 20 多载，对家乡味的自矜不变。他说，在扬州小茶馆吃到的三流大煮干丝，也要比北京那些高级淮扬餐厅里做的好吃。那不是厨师和用料问题，而是水土问题……我笑而默认。每座城市都有文脉，不知可有食脉。对于多数人来说，吃过再多美味珍馐，到头来发现最钟情的还是从小吃惯的那一口，这大约就是食脉。是否思乡，胃最晓得。

女友 Q 小姐是新疆上海知青之后，从小生长在伊犁的奎屯。新疆大学毕业后扎根上海。她喝路边摊用奶茶精冲调的所谓奶茶，深觉寡淡不堪入喉。我们同游港澳时在尖沙咀喝正宗的丝袜奶茶，她也不以为然，说她们新疆的奶茶才是天下绝美，相比之下其他奶茶都是俗物。她向我详解了奶茶的制作方法：清晨五点新鲜牛奶就送到家门口了，用锅煮开后放一点盐，然后把茶砖用纱布包好置于另一个壶里煮沸几分钟。把煮开的牛奶和茶掺在一起就是奶茶了。当然，茶砖必须是上好的。新疆牧民整个冬季游牧，吃那么多肉，又缺乏新鲜蔬菜的补给，每天都要大量喝茶才能解腻。茶砖他们离不开啊！

前几年，我去新疆大半月，其中一站是奎屯。Q小姐早已关照好她母亲熬好奶茶来招待我，佐茶小食是烤肉和巴旦木。我原还犹豫，怕膻，但两口入喉，一股纯正浓郁的奶香沁入肺腑，加上馥郁的普洱、铁观音味，醇厚绵长，透出淡淡的咸鲜……我正喝着，她迫不及待地电我："怎么样，我没夸张吧？"

G先生少小离开温州老家来沪求学。见多识广遍尝美食的他最爱的还是家乡的咸干海鲜。有次来我家玩，见北面阳台上挂了一条半风干鳗鲞，啧啧称赞，还指导我这鳗鲞的风干程度和烹制火候。他还老念叨老家的"生"。比如蟹生，明亮生动，肉质润滑。比如白鳝生，取材是极小的带鱼，主辅料为红曲，最重要是中间的发酵过程。到他徐家汇的家中吃饭，吃到一桌好酒菜不足为奇，奇妙的是他总能端出一二小盘风味别致的"生"来，怕我们吃不惯，总放在自己面前，喝口酒，用筷子头蘸一点，可以消磨一晚上。他说很多温州人若背井离乡一段日子的话，总会带一袋炊虾、花蚶之类不值钱却晒干了很经得起放的小海鲜，这些吃食最能解温州人的馋。

女友 X 小姐出身无锡望族，嫁在上海。这些年她常会因思念"王兴记"的小笼和蟹粉汤包自驾回老家吃下午茶。沪宁高速路上一路飞奔至太湖大道下来，直接去中山路。一个半小时、150 公里的时空，正是肠胃可望可及又不至于太轻易得到的距离。美味她不独享，总会约三两知己一起过去，泡一壶碧螺春，蘸点镇江醋，吃得满嘴滋润，肥美欲滴，一身舒坦。常说"食色，性也"，两性之欲尚需约束，口腹之欲足以信马游缰。

春节去山东友人家吃饺子，那可是一件大事。他们老夫妻俩是南下干部，生活在上海五十多年了，还保持着北方人的乡音和味觉审美。他俩不善庖厨，总是大葱大蒜醋溜大白菜之类，却对包饺子有着类似宗教仪式般的虔诚。饺子皮必须是自己擀的，放多少黑面粉多少精白粉加多少水，馅儿里放多少肉多少蛋多少开洋多少韭菜，必须完全参照古法传下来的比例。

对北方人而言，一顿素饺子也是一个家。对于湘西人而言，一块黑不溜秋的烟熏腊肉才叫故乡。所以当我的上海女友们展示她们拍了三次面包粉的炸猪排和泰康黄牌辣酱油时，会让人觉得她们珍贵而可爱，因为她们有着对家乡味本该有的执著与敬畏。

小时候看《渴望》，刘慧芳的闺蜜买了一条鱼，反复说：我们晚上吃鱼！来我们家吃鱼呗！那么多年后我依然记得她喜气洋洋加重语气的样子，仿佛吃鱼是一种仪式。那是帝都胡同的小康人家。虽说上世纪 80 年代末 90 年代初物质远不及如今丰富，可鲫鱼鳊鱼青鱼小黄鱼带鱼等仍是江南人家寻常餐桌菜。

南方水系稠密且近海，食用鱼虾如同北方人食用牛羊。《黄土地》里，喜筵为应景讨口彩，一尾浇着酱汁的木雕鱼上桌，足显当年黄土高原上鱼虾资源的紧缺匮乏。

一方水土养一方人，膳食习惯和味蕾感觉自是随着地理环境走的，我的山西籍女友，在上海生活了 20 年，至今仍不爱吃海鱼，更少吃刺身。另一个山西籍领导，在北京30多年没有饮食障碍，履职上海两年，上海菜尚能习惯，刺身也是大爱，只是在吃它们时都习惯蘸着醋，还问我要不要加点。我通常是摇头的，说自己不爱吃醋。他笑，女人要吃醋啊，但醋劲不能大。这个时候，他一定会评价几句山西陈醋与镇江香醋的区别。虽为山西人，他倒并不敝帚自珍，评价很客观：他说，一方水土不仅养一方人，也养一方菜，吃鱼虾江鲜大闸蟹，更合适蘸镇江醋醋加姜丝，提鲜增味，还有淡淡回甘。而山西老陈醋的酸劲你们受不了，合适搭配面食，山西恰是面食大省，当然也合适镇江的锅盖面……喝鸡汤时，待我刚要夸赞汤清味鲜，迅雷不及掩耳，他一碟醋已经倒入碗中，看得我瞠目结舌。

上海地处江南，吃是鲜活鱼虾，沐浴的是和风细雨，潮湿温暖的气候土壤孕育了林语堂先生笔下的江南人，"他们习惯于安逸，勤于修养，老于世故，头脑发达，身体退化，喜爱诗歌，喜欢舒适。他们是圆滑但发育不全的男人，苗条但神经质的女人。他们喝燕窝汤、吃莲子。他们是精明的商人、出色的文学家，战场上的胆小鬼。他们是晋代末年带着自己的书籍和画卷渡江南下的有教养的中国大家族的后代……"

友人十几年前迁居美国迈阿密时无法忍受当地的饮食。肉是大块肉，肉多骨少，鱼是大块无刺鱼，高油脂，酱汁多白稠。虽有鱼有肉，却食不知其味，远非江南味蕾谱系里的鱼肉滋味。此时若有一盘鱼香肉丝也能聊以安抚了。迈阿密华人很少，但任何一家中华料理店必有鱼香肉丝。鱼香菜是川菜传统味型之一，只因腌制泡椒时加了一尾鲫鱼，使得泡椒里有了些许鱼味，也由此看出：在古代巴蜀之地，鱼亦是珍贵食材。

对于吃生鱼，日本人出神入化，让人欲仙欲死，最得江南人钟爱。不过日本独缺本国火腿。日本友人山畸皓先生说，在日本，有人在高冷山区自仿西班牙火腿，质量极好，但为试制。日本自古不食四条腿的家畜，吃肉历史短，到明治维新时才解除禁肉令，故无腌制肉类的历史。说到吸烟更绝，在中国生活近 30 年的山畸皓先生作为资深烟民，始终不能理解抽昂贵中华烟的社会奇景，更不懂得软硬之分，也曾经犯错：几年前有客户从甘肃到北京和他谈项目，事前招呼他，想带烟回甘肃。他给客户备了两箱万宝路，客户见后失望了半天，说自己只抽中华烟。可见在吸烟口味上，西北人和江南人并无多大差别。尤爱国货，钟情上海烟。

据说最好的男女，都是极具慧根与善根且在食材、案板和炖锅前磨练过的，由此明了凡人生活是件多么琐碎却又必须严谨对待的事，少不得一味作料。一年中总有些小山丘，你过去了，它就不再是槛儿，过不去，就郁结成疤。当年恢复单身的李宗盛把原先要投入卧室的精力转移到厨房，耐着性子与食材们彻夜周旋，这于一个单身老男人、单身父亲是种寄托与救赎。男人下厨，自有一番风流感性。上海男人最妙的多为鱼料理。醉美天下的未央宫内有厨房，地方又雅，是众友 DIY 的首选地。

海产业大佬陈卫平的拿手菜是韩式鱼煲，一层文蛤一层豆芽一层鮟鱇鱼一层洋葱一层辣椒再洒一把蒜，强劲又细腻的风格符合他的调性。据说还有一道水豆豉蒸鱼也是看家菜。杨忠明老师的雪里蕻墨鱼是一绝，口味流转缠绵，十足江南味。蒋鸣玉的蒋氏大馄饨让人食之忘俗，为使肉馅保持劲道口感，全部由他手剁，馄饨内除了荠菜，还含有份量十足的前一晚他拆卸至半夜的大闸蟹粉。北人的饺子，南人的馄饨，透露着南北两种膳食文化及人文特色，北人的直与南人的秀尽在其中了。上海航空传媒社长赵维平的黄鱼面是深夜绝不能去想的美食。我从帝都跨年归来的次日，正是以黄鱼面为主打项目的宴聚。一整箱取自舟山的野生小黄鱼，洗净，开片，调味，煎至外脆里嫩，咸鲜适宜。骨肉相连的部分再熬出一锅奶白色漂浮着黄油的鲜汤，加入少许雪里蕻调味，放入手工面条，少顷，一锅私家面就成功了。一碗碗盛出，摆上几条油煎小黄鱼。口味之鲜美熨贴，使得在帝都数日七零八落的胃瞬间舒畅了。那是一种深具沉溺美的滋味，而且得体，足以慰风尘。

｜情热料理｜

虽然我也写美食题材，兴奋点却始终不在美食文化本身，而是观察一起享用美食的人。套用略萨的话：味道和爱一样，是非常私人化的，虽然它们被人们津津乐道，但你很难对它们有准确描述。

我总觉得在恋爱最癫狂时期的男女，美食欲念并不强烈，更"可餐"的是对面那个人，身体不自觉的消耗脂肪，荷尔蒙澎湃，血液循环提速，身材颜值都会达到峰值。等到能仔细享用美食时，基本已过了化学反应强烈期。因此美食家不太可能在恋爱中诞生，比起异性，他们更擅长冷静的面对美食，呈节制状。

我不爱吃火锅，却喜欢喝汤。在我看来，火锅是男人吃的，汤是女人喝的，男性汤迷虽大味若淡，却仿佛缺乏阳刚，而嗜好火锅的女人大概是女汉子，味蕾构造终究简单。当然，若是有点情意的成年男女，能一起吃海鲜火锅却是有风情的事。默默对坐专注于涮烫着那些鲜活的鱼虾蟹贝，有一搭没一搭聊几句，不说话玩手机望野眼也不尴尬，却暗自掌握着那些食材的火候，那是一种境界，正如海鲜的阴性与火锅的阳性在试探、切磋、暗战和互相驯服中合二为一，化解与固本，最终物我两忘，体会造物主的悲悯用心和无尽美意。

据说在东瀛，熟男熟女在交往初期会去一些吃西餐馆劈情操。到一定火候才会一起吃和牛锅，能在一口火锅里捞来捞去是"恋爱中"的含蓄标签。有幸越过流火季，进入一个崭新层面的人并不多，那是十分考验男女心智的事，也意味着缘分。抵达这样的缘分，就该去吃河豚鱼料理了。那些料理店十分低调。刺身、油炸、烤、永汤，依河豚不同部位烹调而成的料理风流奇趣，至真至鲜，充满毒素之美。压轴戏是白子，即河豚鱼卵，乃男人们发薪那天吃的大补之物。

寿司看似冷感，却是有温度的冷感，握捏分寸和人肌温度，满含无形的学问奥妙，是互为知己者才合适一起品赏的美食。情不我待和一地鸡毛时，都不会有如此玲珑恬淡的心境。他们须得有些知识、格调、眼光和直觉才能邂逅彼此，如同邂逅一枚与当时情境最搭配的好寿司。倘若理解力不在一个相似层面，嗜食之物相差太远，恐难成为长久的男女知己。让人食之忘俗的不仅是卓越美食，也是相惜相悦之情，其真正境界大抵就是色不异空、色即是空吧。

像流水冷面这类纯冷感的食物，通常是夏季家庭出游时享用的料理。豆腐料理则合适闺蜜之间。

独阴不生，孤阳不长，许多美食是对这一规律的深情呈现。村上龙在约美女吃烤牛小排、感受脂肪部位时会引发通感，联想到"女人的家很小，双人床上铺着红色天鹅绒床罩。女人放了比利·乔的唱片，点了印度的梵香……"《曼特莱斯情人》里那个情调优雅的西洋风格餐厅是男女主人公经常见面的地方，他们吃蟹肉色拉、煎小羊排，喝香槟、葡萄酒和加了白兰地的咖啡，然后去女人的单身公寓约会……而当男人对女人的迷恋最终不能自拔、采取愚蠢极端的手段时，女人却决定与相处了五年的他分手。她不想看见他的软弱与苦恼，希望他无论何时何地都是坚强而高贵的。这样的手笔，来自渡边淳一。

日剧《昼颜》深具沉溺美，配曲 Never Again 一响就让人有种大事不妙、无法逃脱不如沦陷的感觉。同名电影在今年上海国际电影节上映，影院 1200 张票瞬间被抢购一空。

相比男人，女人更加不适合不伦之恋，男人爱于肉，女人爱于执，如果爱情在生活中的分量远超过其它东西，那一定是悲剧的。及其所之既倦，情随事迁，感慨系之矣。据说日本人妻都会做一款促狭的炒饭，以清晨给丈夫做的便当为原材料。丈夫若不愿带去公司吃，多半暗藏着隐情。她们就在黄昏回炉，倒入佐料，做成炒饭给他晚上吃。丈夫在外暧昧也好偷食也罢，无论何种美食珍馐，回来照样得吃这样的回炉炒饭，彼此心照不宣。

成人之爱的情热表达往往只能是冰山的一角，却能让人联想到水面之下的体积。那种不断释放的气息云蒸霞蔚，使你相信无论遇见谁，都是生命中该出现的人，不管事情开始于哪个时刻，都是对的时刻。卡波特说过：头脑可以接受劝告，但心却不能。而爱，因为没学地理，所以不识边界。

清代寒士沈复是个有福之人，其妻芸娘情商美商皆高，擅处忧患的活泼和情趣让林语堂都认为她是中国文学史上最可爱的女人。他们生活一直不阔绰，而她却极擅料理平常菜肴，"瓜蔬鱼虾，一经芸手，便有意外之味"。她于沈复，既是好妻子好表姐，也是难得的红颜知己，甚至还醉心于为丈夫寻觅"美而韵"的佳人做妾。让我想到一句话：鱼得水逝，而相忘于水，鸟乘风飞，而不知有风。真正是有大爱了。

其实两性间最终需要的不过是一点理解，一点美食和宠爱。就连心系天下的康熙大帝最渴望的私人享受也不过是与跟苏麻喇姑一起喝着玉米粥谈谈心嘛。

想起十几年前在香港，我的忘年交好友周老先生当年已经 78 岁了，他的助手兼红颜知己方小姐 54 岁，两人分别住在半山的豪宅，却经常会在三十多年前一起打拼的柴湾散步。方小姐买水果时，周先生就凑上去看她挑选。她剥一片沙田柚塞给他，说"好甜啊……"，他边吃边额首。那种默契亲切早已剔尽抒情。

海派饭局，风月无边

漫长的博客时代，是我饭局的高峰时代。那时我未婚，轻熟，资质尚可，出版过几本销量不错的书，品种在饭桌上还不多见。

等我完成结婚生育等人生大事再出江湖时，是微博时代。不少人会在下箸前，先拍照上传微博，并热衷于新饭友之间互粉。放之四海皆准的客套话已经过时了，赴宴前得事先留意参加者的微博——最近的思想动向，秘闻见识，心水物件，作为谈资储备，以防饭友说了圈内见闻而自己一脸茫然，接不上话。有微博控一次跟我说了心里话，她真是为了微博而游历、购物、吃饭的，且超过 70% 正在交往的朋友都是博友，这让人匪夷所思。正如梁思成曾说"城市里到处都是房子而没有建筑"一样，微博上到处都是熟人，却鲜有根基深厚的朋友。

微信时代初叶，是个只要愿意，能一人吃饭众友围观的时代。不过俯首忙于摆弄手机，冷落了同餐者则违反了餐桌礼仪。保持较投入的态度，演绎好自己当日角色，是对东道主、组织者和美食的敬意。可若是友人发了佳肴佳酿和有趣合影，我还是乐于点赞的。花心思发的东西总期待听到个响儿，这是人之常情。

　　微信朋友圈的确容易造成人脉虚假繁荣的假象，因为多是熟人或熟人的外延，对占有欲的偏执，使人难以自在取舍。友人曾忙于社交，每晚与不同的人吃饭，高峰时微信好友有三千多，来来往往，闹猛风光使得他有了被点、线、面包围着的安全感。后来是非也多了，痛定思痛后，他将队伍清理成了一千多人，反而汲取到不少营养和干货。

　　如今大多数人对微信的使用已臻于成熟。聚个餐早已心照不宣不发朋友圈了，除遇特别奇特的酒与菜（当然美食家除外），否则就会沦为油腻。我有个闺蜜，她最反感吃顿饭就发九宫格和未经允许就把餐桌合影发朋友圈的人。不过在我看来，他们未必是坏人，只不过分寸感缺失。其实朋友圈寡淡冷感不代表不低级，但不经意的克制疏离、归附更有价值感的东西，则从总体上更显高级。连慧律法师都说，"当你要开口说话时，你说的话必须比你的沉默更有价值才行。"

同为友人聚餐，上海人较贴近饭局的社会属性：局。这使得聚会由于那些精致铺垫多少显出些风雅来。

约一桌人吃饭看似简单，实则深有名堂。组织不好，真不如不吃。如今最珍贵的不是酒菜和场地，而是时间，是能把3个半小时交给你的人。于是东道主事先需就宴会由头、主题和来宾搭配有所设计。谁与谁相好，谁和谁不睦，谁百搭谁候补，需心里有谱。然后至少提早一周发第一遍微信通知，时间地点参加人物，要素一个也不能少。若是熟友，干脆建个群。到饭局前一天再发一通微信提醒确认。受邀者若有变化，一般会在两次微信之间来告假，若等到第二遍微信收到后才变卦就是失礼。因为你已经占据了一个名额，一个席位，你的存在自有一番道理，你和其他受邀者之间是一副已经理好的牌。少了你，阵型不整，牌型也变了。且东道主临时再找人替补，对替补者也得准备一番说辞。替补肯来，倒像是给众人一个大面子。

如果没有提前建群，在宴席发生前，受邀者事先心照不宣不响不打听，只当没这回事，以免伤了那些未被邀请者。他们有时会给东道主、组织者带些礼物，或给聚餐添加点酒菜、手信，席间把酒言欢风月无边，却始终调控着节奏火候，弥补着疏漏，这些善意和敏慧的举止，尽显主客情商。吃饭不是大事，席间聊的也不是要紧事，多半也聊不透，然而出局却让人多少有点失落和被边缘化的错觉。这样的聚餐，与席者通常不会发照片上传朋友圈。它表面上是吃饭，实际上讲的是海派，是人情。

在上海，一个合格的饭局组织者，需讲究各行业混搭、男女比例、籍贯搭配等等，留心观察人与人之间的微妙关系和最新动向，注意补充气息相投的新鲜人和新鲜话题，大致清楚友人家的方位。主角不能没有，也不能有太多。花瓶一定要有，且得是景德镇花瓶，好看且有核心技术。桌上有公认的美食家和品酒大师是很扎台型的事，不过每种性别最好只有一个。如此看来，上海很大，上海也很小。

若是以男人为主打的聚餐，吃到后来都在开三四人一组的讨论会。若男女比例平衡的饭局，名堂就比较多了。警官B先生专攻肢体心理学，喝下午茶时曾跟我讲一个范式：饭桌上，如果某男见某女与另一男士聊得欢冷落了自己，若想重占上风，会借机轻声提醒女子眼线花了或唇膏涂出了界之类小尴尬事，然后迅速与旁人讲话。这时女人会重新重视他，为挽回在他心里的形象，往往主动表现自己。原以为这是段子，我却在两小时后的晚饭上撞到了这种状况。左手冷不丁提醒我：刘海上沾了片蟹壳……我与对角线上的 B 警官相视而笑，暗中赞叹上海男人的妖。

在上海，藏龙卧虎的善饮人很多，稍事显露，有点深不可测的味道。可善饮不等于莽夫般没有章法的拼酒。路子清爽的人，当天该首先敬谁酒、谁是东道主最重要的客人、谁是陪衬，每个人都心知肚明，不会逾越。如同一出相声谁是捧哏，谁是逗哏，谁可以被嘲弄，谁需要自嘲，谁负责鼓掌叫好，彼此心中有数，分工明确。自己该喝多少、该如何发挥、何时发挥，集体心照不宣。

花看半开，酒喝微醺，酒若不贪，则是风雅的好东西。不仅点化人的情态，更能让平时难以出现的妙语妙句鱼贯而出。微醺时再平实无趣的人也难免雀跃，忘形是与最真实的自己赤裸相见，这是多么缠绵美妙的遇见。如今聚会，大家基本都心照不宣不开车或找代驾。与其在知己和杯盏前矛盾徘徊，不如宅在家里韬光养晦。进入状态有时是为更快入戏，更多时候则是为更快进入自己。潘多拉的盒子开了，可以有时段、有程度的放浪形骸。暂时失去外界的执著，进入内心的洞见，从"我"，到真我，到本我，到无我……，待酒醒，恢复常态，继续社会定义的角色，回归"我"的躯壳，严丝合缝。世事多变，唯有酒常在。那些人生况味拌着一瓶瓶美酒和彼此际遇起伏下肚，发酵出丰厚的阅历与资历。

如今有高级感的饭局崇尚"小范围"。小范围未必指人少，而更侧重于对路。说话不流于表层的相互吹捧集体买醉，而是既有谈笑间樯橹灰飞烟灭的畅快淋漓，又有金风玉露一相逢的迢迢暗度。

大蒜地图

一过长江，大蒜的拥趸就少了。吃蒜并非北方人专利，但生吃却属于北地特色。江南人一般不吃生的葱和蒜，在这一点上说，南北方差异巨大。一方水土养一方人，人们的味觉习惯，是食脉，是胃的故乡。

上海人历来在大蒜面前有点踟蹰徘徊，尤其是徒手生啃大蒜。上海的调性与大蒜的剽悍之风和强烈性情并不相符（阳春面上的那撮青蒜叶除外），这倒也是集体心照不宣的事实。带有大蒜气息出入公众场合或办公室十分不雅，会对旁人产生不适宜的尴尬感受。若食蒜后必须参加社交活动或团体活动，首先要尽可能清除气味，然后自觉坐在最下风，尽量少妨碍到别人……在魔都，有一整套复杂微妙且不成文的公序良俗和行为路数，自然也细致到对大蒜的态度。《红楼梦》里下里巴人刘姥姥把"一头萝卜一头蒜"挂在嘴边，当年周立波的咖啡大蒜论挑起地域文化纷争，不过伦敦名重一时的餐厅拥有者也有一句名言：和平和幸福在地理上始于常用大蒜做菜的地方。

其实吃大蒜并不恶俗，但不顾周围环境和旁人感受，确实有违国际化大都市的自我修养。

据我观察，大蒜是一种感性且灵性的植物，暴力似刀又温情似菊，有绝对的两面性。此之蜜糖，彼之砒霜，人们对大蒜的感觉始终是冰火两重天。如果拿大蒜对应一个人的话，我觉得是最近离婚的硬汉北野武。有气节感，侠气生猛，也有点孩子气。有着标志性的沉默和爆发。据说，日本黑道很敬重北野武，虽然他不是同道中人，但他有男人气概和真性情。他的电影，都是本色演出。

从远古时代开始，大蒜就有着毁誉参半的口碑。大蒜是阳性植物，强烈的气味据说有一定辟邪功效，能驱除吸血鬼，以魔攻魔。西方人常把大蒜和十字架并列辟邪。当年大蒜由于被广泛应用于战场疗伤而被称为"俄国盘尼西林"。

看似优雅的法国人实则很喜欢吃大蒜。法国国王亨利四世对大蒜的酷爱维持了一生，他每天都要吃上一瓣，据说他的气息能在二十步外熏倒一头牛。法国名菜奶油青口，勃艮第蜗牛，奶酪火锅等都离不开蒜泥黄油酱、蒜泥蛋黄酱。红透法国的布尔桑奶酪是经典法国奶酪之一，其关键成分是大蒜，法国人通常会将它涂抹在法棍上享用。法国名厨 Louis Felix Diat (1885-1957) 曾发明过一句名言，"世上有五种元素：土，气，火，水和蒜。"

佛教徒是禁食大蒜韭菜等辛辣植物的。据《楞严经》记载，蒜、葱、兴渠、韭、薤等五辛，"熟食发淫，生啖增恚。如是世界食辛之人，纵能宣说十二部经。十方天仙，嫌其臭秽，咸皆远离"。大蒜生吃容易发怒，熟食容易引发色身欲望，无论生熟，都会使人兴奋，无法沉静，自然不能淡泊少欲的修持佛法。在一些加勒比岛屿，大蒜是制作春药的主原料。

如果说上海人的血液是石库门黄酒，广东人的血液是凉茶，四川人的血液是辣子，山西人的血液是陈醋，那么山东人的血液无疑是葱蒜。"鲁菜一万单八百，大蒜独占小九千"。大蒜是鲁菜的灵魂，其豪迈与粗犷气质就像其强烈奔放的气味一样，渗入齐鲁人士的骨髓。

大蒜原产欧洲南部和中亚，张骞出使西域时大蒜传入中原。大蒜进入山东大约在东汉年间，从兖州发展至周围各郡县，并扩展到山东各地，以苍山一带品质最佳。山东人以生食蒜为嗜好，无蒜不成席，几乎达到了每饭必备的程度，他们将大蒜视为地里长出来的青霉素。

中国是世界上大蒜栽培面积和产量最多的国家之一。北地冬季漫长，大蒜比其他蔬菜更耐储存。鱼肉油腻，蒜能解腻，素食寡淡，蒜能增味，春吃蒜杀菌，夏吃蒜开胃，秋冬吃蒜强身。在地道的东北烧烤局上，大蒜断不缺席的。《本草纲目》里记录大蒜功效是：通五脏，达诸窍，祛寒湿，辟邪恶，消痈肿，化积食"。诸葛亮也以用大蒜让士兵抵抗了瘟疫。

梁实秋在《吃相》中写："从前我在北方家居，邻户是一个治安机关，隔着一堵墙，墙那边经常有几十口人在院子里进膳，我可以清晰地听到'呼噜，呼噜，呼——噜'的声响，然后'咔嚓'一声，他们是在吃炸酱面，于猛吸面条之后咬一口生蒜瓣。"在河南山东的小吃店进餐，总有一束大蒜头悬于墙头，供食客自取。很多年来我一直对北方人吃饺子、面条时就着的那一枚大蒜匪夷所思，这到底是刚需还是点缀？

韩国人是出了名的大蒜的粉丝。据说是目前世界上头号大蒜消费国。德国人也是无蒜不欢，连饭后甜点冰淇淋也有大蒜风味。日本研发出无臭大蒜，还有大蒜蜜饯。我有位好友，既是大蒜的拥趸，又是咖啡的拥趸，不过几年前在我的婉转建议下，他戒了生食大蒜的习惯。原因是有次盛夏看演出，坐在我身边的他，毛孔里散发出的蒜酪之气让我头晕目眩。

其实大蒜与咖啡并不矛盾，并不能作为雅与俗的区分，喝着咖啡就着大蒜，秋水共长天一色，不也很神奇吗？甚至在某种情况下还能联手再创造，比如东瀛的大蒜咖啡。

青森县八户市经营咖啡店的下平先生30多年前曾有一次烹饪失误。当时他在煎一块蒜香牛排，结果菜毁了，烧焦的大蒜被他捣碎冲上开水，这杯脑洞大开的暗黑料理看起来很像咖啡，也有类似咖啡的口感。由于经长时间加热，饮用后不用担心口臭。

下平先生退休后为实现大蒜咖啡的商品化而反复摸索研究。2015年他取得了大蒜咖啡专利，在岩手县开设了工作室。具有咖啡的外观和口感，原料却是百分之百日本青森县产的大蒜。

这件事证明大蒜和咖啡并不对立。吃大蒜和喝咖啡，在这一刻毫无违和感。

好友有个咖啡大蒜论：男人找女人，就和喜欢吃大蒜一样，先吃了再说，不考虑后果；女人找男人，就和喝咖啡一样，苦一点不要紧，最主要的是芳香温馨并有情调。

　　说了那么多，其实我是很少吃大蒜的，家里极少出现这味佐料。这主要源于我对气味的敏感。有次修剪头发前，"老师"指间的大蒜味让我突然惭愧的取消了这次消费，我没说原因，赧于开口，难以启齿。他也是一头雾水。走出那家店时，我想到有位法国作家说过：吃蒜吧！这有助于让纠缠不休的讨厌鬼离开。

在香港，怀上海的旧

　　上海最冷的季节来临了，清冽的空气里飘荡着海味腊味南北货腥香稠厚的气味和余音绕梁的评弹声。这味道有点像香港。刚想到香港，香港老赵先生就穿着老款杰尼亚风衣来上海招饮了。他生于 1946 年，是香港上海人，大户人家出身。他父亲是无锡纺织业大亨，有数位太太。他母亲是二太太，上海人。家里同父异母的兄弟姐妹共有 30 余位，唐英年是他的表兄弟。他的上海话还是像董建华那样带有尖团音的老式上海话，国语却是广东腔得厉害。赵先生一副老绅士范儿，喝威士忌，微醺时喜欢给众人看相，反复与我强调：你田宅宫特别好，千万不能去开眼角！

　　我突然想到我认识的不少香港上海人，他们都会与我说相似的话。他们的辨识度很强，因为上海人不管身在何地自矜自爱的特性是不会变的。那些 1949 年前后迁往香港的上海人，尽管早已融入香港主流社会，甚至上流社会，但他们至今仍习惯以上海人自居。他们说到"阿拉上海人"时总带些骄傲神色。他们中还有不少是苏州、宁波、无锡、湖州等临近上海的人士，他们统统把自己归为上海人。老上海人和香港人也将他们视作上海人，反正城市血统上是亲眷。邵逸夫、包玉刚等甬商杰出代表，在香港人眼中也都是上海人。我姨妈一家1984年移民香港，她说那时在香港的苏北人，也说自己是上海人。

这些香港上海人保留了许多上海特色的习惯，比如爱吃稀饭和生煎馒头当早点；爱选大牌料作去高级裁缝店量身定制衣服，而非拎起一件成衣就往身上套；爱与境况相当的江浙沪籍友人饮茶聚聊，说着说着又要数落起外省人士待人接物的粗疏。他们离开了上海，就越发觉出上海人做人的精致和周到。那不是坐井观天，上海人的钟灵毓秀，是他们混迹在外省人士中，更能深切体会的。潘迪华喜欢和王家卫、张叔平合作，因为大家都是上海人，都特别懂，无须多言。《花样年华》里房东孙太太和苏丽珍因为都是上海人，很快便谈好了房租。

很喜欢听香港上海人说香港的路名：列拿士地台、梳士巴利道、摩利臣山道那些冗长拗口亦中亦洋的名字被他们用乡音吞吐出来显得格外圆润风情。湾仔有条路叫谢斐道，住在港岛几十年的姨妈说到这条路，我还以为是"霞飞道"。香港上海人始终习惯说上海话，间或夹杂几个英语词汇和粤语尾音，虽然他们都听得懂粤语。而他们的子孙习惯使用粤语，夹杂着英语，虽然他们也完全听得懂上海话。于是在香港上海人的家中，就形成了很有趣的现象：祖孙三代中，爷爷说沪语、爸爸说粤语、儿子说国语和英语。粗看像鸡同鸭讲，细看才发觉对答如流。

上了些年纪的香港人常说，餐厅茶楼里那些戴着冰种翠镯的白胖靓衫女人，说话你侬我侬，桌上摆着好菜式，旁边陪着的先生衣冠楚楚，客气斯文，那一定是上海人。他们眼中的海派，就是会生活，会保养，擅交际。建筑设计师王致平先生，我认识他时，就快八十岁了，祖籍苏州，谦和低调，相貌清矍，一起饮茶时，不断为我斟福建香片，简单的米色夹克随意挽着袖子，袖口露出的格子是巴宝莉的。潘迪华在1951年从沪抵港后，住在上海人集聚的北角，对香港第一印象是落后，似乡下渔港。彼时的香港不懂得如何去繁华。有一张老照片：潘迪华穿着黑色旗袍外加玄狐披风，翡翠耳环垂至香肩，巧笑嫣然，惊艳了当时那个简陋的摄影棚。这个上海淑媛激起了香港人对上海与繁华的想象，她是香港人眼中高贵的海派真迹：独一无二，永远矜贵。这种感觉正是香港人后来追寻、拷贝、并试图超越的。后来北角成了闽南人的天下，上海人逐渐奔去了荔枝角、黄埔花园，太古城，发达的住到了半山和浅水湾豪宅。

作为中国两座最洋气的城市，上海和香港在国人心中，仍然是离西方最近的所在，而二者之间的比较又多少带有区域经济的味道。两座城市有着不少神似的外表：上海外滩，香港维港；上海淮海路，香港弥敦道；上海徐家汇，香港铜锣湾；上海新天地，香港兰桂坊……更重要的，两地上班族男人有着十分相似的气质和细节：他们普遍发型整洁、衣着得体，背包里总有一包湿纸巾，尽量不使自己显得油腻可憎。在搭电梯时，无论地位高低，总会用手挡住电梯门，让女士先行。这种习惯成于内而形于外，是一种文化自觉。他们说话音量都不大，前几年香港自由行最旺时，香港地铁里大声咋呼的通常都不说粤语和沪语。他们大都讲究饮食，不反感下厨，且擅烹调。对他们而言，庖厨并非普通家务劳动，而是上升到饮食文化的高度，值得花时间与精力。

这或许源于双城某段近似的身世。两地都深受中西两种文化的浸染。中式的谦忍和西式的豁达，成就了沪港男人温良体贴，循规蹈矩又不失乐天通达的性格特征。他们按揭买房，认真做事，供养家庭，从未放弃过向海内海外的拓展之心，当然暗地里也有酒台花径风月无边。他们也许能大富，却难以大贵，不会大恶，却也少了某种成就大事的魄性和狠劲，他们搅不动太大的政治风云，却适于从商和当高级白领。他们很少给予女人惊涛骇浪要死要活的体验，却能用另一种宜家宜室、透着烟火气息的情怀，串起平凡而缠绵的日子。他们的力量往往有着柔韧的表达，这也使得沪港女人的美里有了某种恢弘的气度。

走在扶梯速度比上海快一倍的香港，心里有点发笑，知道大家都在心知肚明地用心努力着，也不用那么吃重吧。湾仔那块弹丸之地很混搭，旧街陋巷和银行商厦比肩，行色匆匆和人情世故就摊在你面前。住在此地大半生的老港甚至不太习惯过海去尖沙咀，你会从他们的生活方式中感觉到他们对过往记忆的珍惜与惦念。在这一带纸醉金迷和草根市井仅一步之遥，能穿着人字拖吃猪扒包，却也提醒着你，要有人情味，就一定不能穷。它展露出国际大都会亲切柔和的面相，也使他的居民天然形成处惊不变的心智：你开你的豪车，我饮我10块钱的鸳鸯，一样地道好味，这是我们各自的命运和选择。

很喜欢港岛的实体小店，那些不起眼的化妆品店、电器行也曾客似云来，如今冷清了许多。在零食店，港人磨蹭半天买了三十港元的凉果，一旁内地游客出手豪爽，动辄即称了二千多元零食，结算时店主面无表情的多赠送了两罐腰果糖和一磅西梅。这些年租金上涨，以做本港人生意为主的百佳超市获利空间有限，将被卖盘的谣言不绝于耳，香港人真心不愿看到开在家门口四十多年的超市消失，不愿承认百佳对李嘉诚不再要紧，更不愿看到香港市场对李嘉诚来说已不再重要。

黄昏时的香港仍然有一种摄人心魄的温柔。若是怀上海的旧，再也没有哪个地方能比得上香港了。至今在湾仔、北角的一些酒吧里，还能听到姚莉的《玫瑰玫瑰我爱你》。还有穿梭在北角、铜锣湾、筲箕湾的有轨电车，老上海单是看见那笨拙竖向空中的辫子，就有一种到了家的感觉。

常有友人去香港公干。平时我们联络并不多，各忙各的，却始终是个安心而稳定的存在。他们会冷不丁私信我："给你买了么凤话梅王。"多年前我偶然聊到自己喜欢吃那儿的话梅，100 元也就几颗。这家尖沙咀著名的凉果店名叫上海么凤。而他们，是上海人。

| 台北，温柔的惆怅 |

　　我曾问过友人一个问题，你喜欢哪个港台女演员？我以为他会说林志玲或小 S，但他想了想，说：桂纶镁。

　　后来我去了台北几天，走了无数巷弄，发现台北真的很桂纶镁。置身其中时不觉得惊艳，却会在离开时隐隐发烧，淡淡怀念。它有着饱含情绪又故作淡定的表情，仿佛在舍弃与坚持、克制与抒怀间暗自拉扯消耗，有骨子里的清新和与世俗生活适配的某种实用文艺。

　　那是个太适合步行的城市，小美景小确幸比比皆是，巷弄藤蔓老树环绕，离尘不离城，青田街、永康街、中山北路、敦化南路、大稻埕都着不一样的温柔适宜，那种深藏皮下的妥帖让人轻易融入市景，没有违和感。那几天我因为太习惯而又觉得不习惯了。初心合适轻触微温，不宜执着久留，却仍期待一次次的重逢、触碰。

我是受台湾言情剧影响的一代，秦汉林青霞刘雪华刘德凯那批人主演的言情剧是很中国传统的爱情童话。与电视剧的唯美风不同，近些年的台湾电影坚持讲述小人物的故事，旨在展现真实而市井的台湾。片尾鸣谢名单中时常会郑重感谢卖青草茶的妹妹和卖芋头糕的阿姨。

突然想到那天在迪化街我突发奇想要买一斤虾皮，阿叔给我拿出藏在后店的新货均分三袋的神情。那是笔再小不过的生意，他却做得真心实意。其实台北的整体气质是很统一的，鲜少用得上诸如格局、襟怀这类植根泥土的大词汇。他们的文艺是张大春、几米、陈绮贞，是文创小店、风格杂物的生活业态，白先勇、龙应台、朱天心、林清玄毕竟很少，李宗盛也高了；他们的风景是川媚物华，月朗风清；他们的吃食罕有精鱼脍肉，少有大料菜，阜杭的豆浆油条店永远排着长队，让人辨出远超其口味的某种乡土情怀。

相较马英九时代，蔡英文时代的台北清寂了许多。登顶101无需排队，去台北故宫看翠玉白菜也随到随看了。

但台北仍是耐看耐读的。无论是在台北101或微风信义的顶楼俯瞰台北盆地，还是在各具风格的城区平视打量巷弄，或是在任何维度抬头看城里的月光，这座城从布局到细节皆有功夫，自爱而不自矜，那种浑然一体的气息美感，配上台湾普通话的斯文表达，几乎可以满足一部文艺片的大致构成。使我想到许常德为张雨生写的《我是一棵秋天的树》：眼前的繁华我从不羡慕，因为最美的在心，不在远处。

　　拆单来看，台北真的无一惊艳，就像吴倩莲和刘若英，却值得细细琢磨，久看不厌。这一切，包括阳明山和淡水河，都称不上是大山大水大都市大景观，却有着某种温和的知性、韧性与不确定性，如此种种，无疑是由一条源远流长的脐带牵扯着的。这很微妙，微妙在于他们还没琢磨出该维持如何的一份关系，犹如他们还未琢磨出自己是谁。各梯度的文化、美食与风物都自带一湾乡愁。脱俗不离俗，多情不滥情。

　　台北真是旧旧的，罕有变化，游走期间，不知今夕何夕的感觉扑面而来。点水楼的小笼包，迪化街的烤乌鱼子，思慕昔的芒果冰，骑楼下阿美饭店的樱花虾油饭依旧有着诚意的古早味。在艋舺拥挤的青草巷，一个简陋的糕饼铺已经开了 94 年。去年店主递来咸芋头糕请我吃，今年又递来了红豆糕，同样热烫，宛在昨天。真的，那是时光与风霜的味道，传达着对过往记忆的珍惜和惦念，让人瞬间有了温柔的惆怅。

　　高瞻远瞩、日新月异这类词汇之于台北是有违和感的。

实际上这是个正悄悄做着减法的城市，比如原先的 14 条捷运线路被整合成了 5 条，比如横亘在承恩门前的高架路被拆除了，北门风华再现。如昨又非昨，所有的出现和消失都有条不紊，毫不突兀，实乃大文创佳作。

台北曾在某著名网站"全球 53 个一生必须至少造访一次的城市"票选中排名第 20。建城超过 130 年的台北，汇聚着各年代的经典建筑，文创活力渗透至巷弄间，小美景小确幸比比皆是。对知性的涵养、对旧物旧情旧时光的珍存，仿佛是台北的普世追求。或清新，或隐逸，或怀旧，不紧不徐，不卑不亢，勾勒出人文与生活业态的整体气质。这气质不仅可以胡适张道藩，可以台北大学、淡江大学、东吴大学，也可以接地气到 7-ELEVEN、诚品、夜市和咖啡手账，这气质也能称之为：文脉。

我最喜欢的仍是大稻埕一带。我有个女友是台北人，十几年前饭局上认识，那时为了 2008 北京奥运会的事她经常来大陆。这次重逢她已定居香港。她一听我对迪化街的评价，惊呼她从小就生长在迪化街，那的确是正宗老台北、最台北的所在。她的祖父母在迪化街经营南北货和中药材，利用每寸立面恣意汪洋的展示着自家好货。她就是在哪些层次分明、鞭辟入里的气味里长大的。

迪化街曾是台北买卖茶叶最重要的商港。港边洋行林立，是台北早期接触西洋文化的区域之一，百年前也曾是北台湾最热闹繁华的富庶之地。无论是中式、日式、西洋式混搭的特色建筑，还是传统民俗、南北货、参药行、本地美食云集的生活业态，迪化街四处洋溢着老台北城的历史轨迹。近年来"老屋重生计划"让迪化街也进驻了不少文创小店与美食创意空间，新旧交融的氛围下，街区增添了许多人文艺术气息。

迪化街暗藏着许多给人惊喜的小抽屉，过年时它也是著名的年货大街。闺蜜曾笑称我最爱的零食都是大张薄片状的。比如韩国的橄榄油海苔，比如江记隆华的猪肉纸，都是A4纸的尺寸，我一口气都能吃上一叠。

迪化街1段的江记隆华的猪肉纸薄脆香松，2毫米厚的猪肉纸需手工包装，才能防止被压碎；李亭香饼店的平西饼，我最爱红豆沙和抹茶口味，丰腴肥美，食之忘俗。茂丰招牌花生汤甜而不腻，杏仁露淋上炼乳和碎冰，一碗下肚，感觉皮肤都白了。林合发的油饭名扬台北，使用上好的台湾长糯米、酱油、香菇、虾米等原料，点睛之笔是那勺自家熬制的猪油。摊主每日清晨手工现做，当日售罄，让市场保持适当饥饿感。主人认真生活劳作的样子，让人不由深受感染，觉得日日是好日。

从台北 101 出来时，吾友、台商吴胜雄先生已在他的凌志车里等候我们多时了。他身着正装，载我们赴故宫晶华酒店晚餐。双城生活 18 年的他，在苏州上海相聚时，气质还是颇飞扬的，在台北相见，更增添了克己复礼、谦谦君子的况味。

餐后游车河，八点多的台北，从高架到街巷都很空，游客少了，上班族又多住在台北附近的卫星城。景气不佳，市景也可见一斑。在如丝的雨雾里，他指着圆山饭店说到了自己的第一次婚姻，马英九是证婚人。又回味了去年在故宫晶华举办的第二次婚礼。经过士林时，他提及在那儿度过的童年和少年时代，那里还是老样子。永康街的冰激凌店里则有着他的初恋和后来的诸段情事……听了一路的"城男旧事"，我突然理解了台湾言情剧为何时常会有豪门灰姑娘，会有夸张感人的长情、深情和专情。这些很中国传统的爱情元素，发生在台北，也只有发生在台北，才是真实可信的。夜台北，很感性，也很抒情。

时空切换回上海。其实我认识不少移民上海的台北人，他们无一例外喜欢在法国梧桐夹道的上海马路上散步，那些路优雅旖旎又稳定，有着因见多世面而无动于衷的女神气质。他们过去甚至常常去东台路淘旧物，没有专程要找的东西，无意中邂逅的旧物旧情却会适时而至。

曾经微博上有个主题：请用一条路名，证明你爱上海。于是开始了接龙。接到第 39 个时，有人提到水城路。

水城路总有点面目模糊。它似乎不是个单纯的存在，而是个过渡，外延很大。提到它，会立刻联想到仙霞路，联想到虹桥、古北，进而是台湾人。

在这一带的任何一家小吃店里，都能听到台湾人那种轻言细语、思维缜密、谦词很多的国语。卤肉饭、四物排骨汤、猪血米糕、蚵仔煎、芭乐汁……口味正宗，便宜好吃。这里是不少海漂台湾人的夜聚地。深街小馆的料理通常比盛名酒家可口，就好比贵阳最好的酸汤鱼在市井陋巷，扬州最好的干丝也隐匿在狭村野店。

如今，台湾人聚会地点虽已扩展到外滩淮西新天地和大虹桥，可古北水城始终是他们的固定据点，是他们的小台北。

他们对上海的最初探索因为上海过于丰富变化而缺乏有

条不紊的节奏，于是有一点点焦虑，面上却十分节制，迷醉于这座都市的文化与风华，却也刻意保持某种程度的独立与疏离。或许正因为文化上能够轻易跨越，他们对上海总有说不清楚的熟稔和犹疑，如同我因太习惯台北而害怕羁绊，进退两难。

澳门的味觉景致

11月是个前不着村后不着店的尴尬月份，没有节日，一年的假期额度到此时也所剩无几。恐怕也只能周末去港澳转转了。据说这世上有两类人，一类喜爱香港，一类喜爱澳门。以前我是前者，后来成了后一种人。

这几年我和友人们去澳门走走玩玩的频率超过香港了。他们总说去那儿吃吃东西，逸乐一下。在澳门，出门买菜的本地阿嬷时常会玩一把老虎机试试当日手气，却不会恋战，这与买菜一样，是日常生活的一部分，犯不着深沉专注动感情。

对于澳门的吃，我也有着一定程度的兴致勃勃。澳门饮食风格集中了葡萄牙、印度、东南亚、粤港等多国多地特色，是罕见的传统与创新融合共赢的美食。马介休球、免治牛肉、酿蟹盖、葡国鸡、咸虾酸子猪肉等是名吃。那天黄昏，我与好友闲逛了高美士大马路到议事亭前地一个来回。胃里盛满在澳门科技馆酒会中吃的各种西点饮料，饱虽饱了，总不落胃。路遇街头本土小馆，无甚装潢，火车车厢座位，马赛克铺地，印有各种炒菜照片的海报贴在墙上，玻璃相隔的厨房内，大厨将菜炒得火光窜天。当地老饕惬意的脱了鞋，直接把脚搬到椅子上。就是这儿了。我指着墙壁对指甲黑乎乎的老板娘飞速点了烧味拼盘、辣子炒蚬、喳喳鱼头煲、蒜泥芥兰、水蟹粥及几支MACAU BEER。再要点，她说三个人够了够了。她阻止我说一大煲水蟹粥太多又很贵，你们点一碗分分就好了。当一块烧肉就着第一口冰啤酒入喉时，那种闹闹嚷嚷的市井美味，实在是彼时最丰盈的快乐，无法复制与重现。澳门人向来有好口福和美食天赋，也深知分寸与节制，对他们来说，清心寡欲和穷奢极欲都是犯罪。据说老澳门人一直想筹拍《家在澳门》寄托乡土情结，却终因票房、收视率分析不乐观迟迟未能如愿。澳门本土演员不多，播音员多为兼职，因为缺乏广告，电视台长期亏损。这也并不让人焦躁，亚婆井大榕树下乘凉的本澳居民从来都是温厚心定的。

口味刁了。杏仁饼牛轧糖猪油糕和现烤牛肉干鱿鱼条这些手信很难再让人念念不忘。虾酱是我的大爱。这货闻起来咸腥，还有股烟气，但用来炒青蔬，尤其空心菜梗，作用不凡。胡椒饼是我近两年的新宠。新马路那儿有家犄角旮旯小店，现包现烤，馅心用猪肉前腿和马来胡椒腌制48小时，热辣香酥，十分开胃带劲。盛记白粥古早味，由各种香米混合磨碎，加入腐皮后文火熬，口感滋腻柔滑，妥帖养胃，6元澳门元一碗。

蛋挞之于澳门大约类似生煎馒头之于上海。玛嘉烈蛋挞店的老板娘是个黑胖悍妇，却把蛋调得饱足，凝厚滟滪如熟女心事，皮极为酥脆，焦糖很正。路环安德鲁蛋挞店的主人曾是前澳门总督的面点师，意大利人。澳门回归后，他开了自己的蛋挞店，美味蜚声海内外。蛋挞店每天上午11点开门，下午6点打烊，市场适度饥饿。在澳门，从政府官员到平民草根有一本蛋挞经，哪家口味最靓，何时出炉，总要掐着钟点过去，如赴一场老情人的幽会。

渡海去路环喝手打咖啡也是我的情结。路环岛曾云集20多家澳门传统老船厂，如今大多已废弃。路边绿色铁皮屋却咖啡飘香。简陋而神奇的"汉记手打咖啡"人气最足。店主汉叔原是造船工人，凭借徒手400转自制咖啡的手艺名满港澳。他将独特比例的速溶咖啡、糖与水先400转打成糊状，注入热水瓶里的开水，稍加搅拌后，泡沫油脂均匀浮升，形成没有牛奶成分的"奶盖"。馥郁芳香的手打咖啡就做成了，充满老澳门的坚韧与情趣。

其实人生大多高低起落都是对平常琐碎的对待，好坏也只是一时看待，以总量而言，这世上的事物基本是不增不减的。敬天，惜物，爱人，许多传奇的诞生大多以平淡开场，每座城市都需要有一些旧底片。

文火煮相思

　　上海男女恋爱的最初，在餐馆用餐，点菜会很当心，有时男人也会用此来试验女人的情商，请女人来点。不会吃的吃肉，会吃的喝汤。若不会点，是日例汤必定没错。恋爱是需要心力、精力和体力的事，补体液，汤水最佳，体贴又如心。

　　据史料记载，新石器晚期出现的陶鬲是烹煮汤羹的合适厨具，这也说明汤在中国的起源很早。老子的名言"治大国若烹小鲜"，此中"烹小鲜"即为清炖鱼汤。

　　中国南方人大多好饮汤癖，出去吃饭更少不了喝汤，尤其粤港风味馆：天山雪莲炖竹丝鸡、马蹄竹蔗炖瘦肉、淮山芡实炖花胶、橄榄螺头汤……汤早已事先煲好，加热即可，不含味精，装在一个瓦罐里。服务小妹会把内容先捞出来，可以蘸着生抽吃，有的则成为汤渣，汤则变得格外清口。

　　而上海本地汤，通常汤和内容炖在一起喝，比如腌笃鲜，比如雪里蕻黄鱼汤。本城曾有家安徽农家菜馆里的土鸡汤在圈内有口皆碑，价钱不贵，汤很油亮，黄澄澄地看不见一点热气，内里却是滚烫的。第一碗最好先撇掉一厚层油，从第二碗开始喝，不过也有人是那鸡油的粉丝，极正点的香，除葱姜盐之外不放任何辅助品，盖因皖南农村原生态散养鸡之故。我不太喜欢用汤淘饭的劣习，那是对耗时鲜汤的看轻与不尊重，要淘只能淘番茄蛋汤这类可有可无的速成汤。

长沙人家常爱喝海带排骨汤、花生墨鱼瘦肉汤，湘赣之地湿气大，口味重，这些汤是有中和作用的。四川人家常爱喝"成都蛋汤"，汤里的蛋不是嫩嫩的蛋花，而是先煎老，配以番茄、青菜、黑木耳等，倒也清爽。

北方人大多不讲究喝汤，河南倒是除外。在开封，黄家总店、稻香居等名号里最有名的是糊辣汤（胡辣汤），放的是黑胡椒颗粒，很浓郁带劲儿，叫人一碗一碗停不下。洛阳的老汤客爱喝驴肉汤、杂碎汤等。不过到北京，到河北，到新疆，都是酸辣汤、疙瘩汤、西红柿鸡蛋汤的天下了，考究点就是牛羊肉汤。

"豆捞"是个让人过目不忘的名词，源自澳门，一人一口小火锅，配菜多为海鲜和蔬菜。豆捞取自都捞、dolllar

的谐音，非常讨口彩。澳门豆捞在大陆较为集中，在澳门当地，多称此为"打边炉"。

南方人都是汤迷，有一套博大精深的汤学。用"靓"来形容好汤，恐怕和古人所说的秀色可餐出于同样道理.。尤其粤港澳人，能像他们这般味蕾层次分明、对老火汤的鉴赏鞭辟入里的，天下估计无人能出其右。他们煲汤，食材搭配恣意汪洋，烹调手法严谨考究，充满创意却又蕴含格律，力求清鲜淡美。

友人从前在北京工作，后到澳门创业。刚到岭南，令适应了冷硬气候的他极不适应，手指和小腿上长了湿疹，搽任何药膏亦不见好转，十分尴尬。后来澳门友人建议他多煲汤，多喝铁观音茶，果然很快痊愈。岭南自古是瘴疠之地，常闻他们嘴边挂着"湿热"一词，化解与固本唯靠汤水。于是澳门最独特的味觉景致，不是义顺的双皮奶，不是大利来记咖啡室的猪扒包，而是寻常人家的老火汤。

香港也是。下午四点，各家厨房逐渐有了动静，一锅私房汤的打造开始了。这里既包含老火汤，也有以五谷菜蔬搭配海鲜肉类在较短的时间煮成的滚汤，也有甜品糖水。不久炉子上依约飘出些气味来，随时间推移，渐渐由虚无缥缈坐实为乖驯鲜腴，馥郁旖旎的汤味混合着万家灯火，悬浮于香江的半空，成为港人之间的相认密码。

老火汤是治愈系，有着深刻的食疗调养和社会人伦功能。男士若无应酬，常在下班前致电太太以"今晚饮乜汤呀"代替情话，老人常交代子女"周末返来饮汤啊"，多有常回家看看之意。老火汤意味着家庭的归属与呵护。好友之间常常混在一起喝酒、饮茶、打球甚至把妹，可饮汤却是只能在私领域与自家人分享的仪式。粤港人的精明和慎重渗透到生活中的点点滴滴，比如饮食，比如穿着，比如生意与交际，还比如婚姻。女人是否靓女并不要紧，但会煲一手靓汤是绝对重要的。汤与美婆娘兼得，是撞大运。以前广东姑娘出嫁前，都会收到妈妈传给她的煲汤秘方，这也是控制男人的利器。据说是阿二（即小老婆或外室）为争取男人欢心，索求更多爱意，煲了一手好汤水，始终牢牢抓住男人的心和胃，著名的"阿二靓汤"是以得名。

谁说男人不爱喝汤，宋朝男人饮酒前往往先喝汤，《水浒传》里宋江与李逵、戴宗豪饮前，先要喝辣鱼汤；柴进请林冲饮酒，把了三巡，坐下叫道：且将汤来吃。在韩国，发小哥们间约聚常常是在小馆子喝酒，喝到两颊绯红，直接倒炕上睡着，醒后喝一碗醒酒汤配米饭，酸酸辣辣热气腾腾下肚，既温馨随性又充满仪式感，细胞被激活，那场醉就像从来没有发生过。

韩国醒酒汤中，河豚汤、蚝汤和星鳗汤我最喜欢。河豚汤因为贵，是韩国男人发薪那天享用的美食。蚝汤细腻曼妙，补充体液最有效，尤其适宜在情事后享用。清早宋社长在手下工人刚捕捞上岸的星鳗里，挑选了一条最大的，带去友人经营的海鲜料理店加工，不久一锅热辣鲜香的星鳗汤就做成了，端上桌继续慢慢炖着。在上海我也喝过几回醒酒汤，不过一方水土养一方汤，离开了故乡，汤便也不是那个味了。

日本江户时代开始就流行一句俗语："与其把钱给医生，不如交给味噌屋"。日本普通家庭的一天从一碗味增汤开始。一碗加入各种海藻、蔬菜、豆制品、肉蛋鱼碎的味噌汤、一碗米饭，再配一碟腌渍小菜，就是日本人心中最家居最熨帖的早餐模样。日本家庭主妇深信，每个家庭成员早晨要吃得饱饱的才能出门上班上学。而韩国主妇不仅擅长大酱汤、豆芽汤、参鸡、牛肉辣汤等家常汤，有时冰箱里食材的边角料太嘈杂繁多时，还会做有着铿锵名称的"部队汤"，相当于打扫冰箱了。部队汤有着一个不平凡的来历，反映了韩国从落后到发展的历程。"部队汤"是韩餐里最朴实的家常菜。几节香肠、两片午餐肉、一些杂菜、方便面或年糕以及泡菜等一起炖煮，相当于大杂烩，味道平实，营养丰富。数十年前，"部队汤"仍属于韩国人的某种心酸记忆，因为当时采用的香肠、午餐肉等都是驻韩美军丢弃的过期食品，是二战以后艰困的朝鲜半岛南部军民饥不择食的产物，而到了21世纪，韩国民众已自信地将它视为特色美食。在外国人最喜爱的韩餐排名中，部队汤也名列前茅。

文火煮相思，洗手做羹汤，在卓文君时代就形容为了爱情不顾一切的行为。煲汤精神与爱情有着惊人的相似。煲汤并非难事，只需时间与火候就能使魔法生效——却并非人人都有耐心每天煲出一锅靓汤。火不能急，心不能躁，徐徐推进，不卑不亢，想要收获至上滋味必须经过忍耐和等待，以及诚意的点染。日前闺密与我煲电话粥，"欲休还说"地分享了她恋爱的心得，最后问我去哪儿能买一只砂锅或瓦罐，她想每日仔细的煲一道汤。即使独自守着灶台也没关系，那亦是等待中的享受。

《失乐园》里，久木最喜水芹香鸭汤，凛子为他用砂锅小火慢煲，她和她的汤都摄取了他的元神。与女主凛子一样，此汤风致楚楚，清丽、收敛、涌动、奔突，有一种正经中的荷尔蒙感。饮鸩殉情前，两人的最后一餐，也是水芹香鸭汤，隔桌文雅细致的喝完，同奔沉沦，铭心刻骨。

禁忌之爱的终极表达是一种宿命，须付出超越常规的代价。它执著于五蕴，同时又跳脱出五蕴，抓住对纯爱的执著，而非抓住爱，使得平凡的肉身触摸到极致的情与空……而汤在此间起到的作用，是不动声色的载体和激素吧。

| 浅尝辄止 |

　　幼时我嗜好蜜饯，储存蜜饯的罐头总是满满的。我读小学时，广东凉果已成系列，多来自潮州庵埠，一个有点怪的名字，曾一度让我以为那是一座庙。

　　比起苏式蜜饯的绵甜，我更喜欢广式蜜饯入口时的刺激快意。采芝斋名气大，蜜饯价格比庵埠凉果高得多，可幼小的我无法体会它的好处。然而外婆是采芝斋的忠实粉丝。她坚持采芝斋的苏式话梅好过广式话梅数倍。外婆年轻时曾过着肥马轻裘的日子，后面也吃过许多苦。她说人老了，口味趋淡，更中意悠长。我似懂非懂。但见她推牌九时口里还含一颗苏式话梅，许久许久，才吐出核来。等到我 30 岁以后能约略体会她那个"淡"的意味时，她老人家已经作古多年。

　　小学四年级的暑假，爸爸带我去某国宾馆开会。他开会时，我在大堂看绿毛龟。傍晚开席，先上十碟蜜饯，我左右开弓大快朵颐。待到冷盘热菜各就各位，长辈们把我的碟子摞成一座山珍海味的小山时，我的胃纳已基本被蜜饯塞满。那夜盛宴，菜式精致，氛围高雅，可不开眼的我浪费了这难得的机会，却饱餐了一顿刻骨铭心的蜜饯大餐，那登峰造极的体验使味蕾深陷在高华悠远的回味里，完全盖过了一桌珍馐。

有中国人的地方，恁是盛世荒年，蜜饯都不曾被冷落，它参与了太多人生的重大时刻，也点缀了曾经单调的味觉感受，其杂陈的五味实在能解华人的馋。蜜饯品种的丰富程度，与一个民族的味觉系统精细程度和口感多元化密切相关。东汉《吴越春秋》曾谈及"越以甘蜜丸檽报吴增封之礼"，据说是有关蜜饯最早的记载。也有种说法：蜜饯的起源与杨贵妃有着密切关系。贵妃酷爱荔枝，可从蜀地到长安即使快马加鞭也保不住鲜果的寿命，于是催生出蜜煎荔枝肉的防腐技法。后来蜜煎演变成蜜饯。上世纪初，有千年技艺传承的北平聚顺和蜜饯参加巴拿马国际博览会，击败日本福神渍和法国台尔蒙罐头，获得金奖。可见味觉面前，人人平等。

友人们知道我爱吃香港老字号"上海么凤"的话梅王。它是话梅中的爱马仕，口感扎实饱满，蔡澜也推荐过。每每他们去香港时会特地找到那片凉果店，称上两小袋，回上海后装在一个牛皮纸信封里悄悄塞给我，给我小确幸。当抿着那些收干却还在蓬勃呼吸的秘实果实时，我会想不能以水果的标准评价蜜饯，如同不能以爱情的标准评判婚姻。婚姻不是爱情的坟墓或绿洲，好比蜜饯不是水果的衰亡或辉煌，而是一种以重生姿态表达生命活性与生机的载体，是一段抵达某处的长长的旅途。

与我爱吃蜜饯相对应，好友很喜欢吃腌菜。雪里蕻冬笋肉丝是他百吃不厌的家常菜。橄榄菜、酸豆角、红油鸡枞菌、涪陵榨菜，如猫耳朵般的春不老萝卜干，韩国泡菜，日本御新香(Oshinko)等等无一不喜。京都老字号泡的芜菁和茄子，价钱跟松阪牛肉一样贵，他还真不客气，一口气下去半瓮。

每每此时，他会怀念儿时外婆腌制的泡菜。从深秋到次年初春的寒冷季节里，新鲜白菜晾在天井里被风吹几天就微微减肥有了风霜感。外婆把每颗菜一切两半，一层层铺在硕大的缸里。撒盐调味压石，三四天后就能吃了。材料制法如此简单，味道单纯却余香缭绕，天天吃也不腻。他相信并非由于那丰富的乳酸菌。外婆过世后，他再也吃不到那样的味道了。

如果说对新鲜食材的享用之乐是身体对食物的直接诉求，那么对蜜饯与腌菜的浅尝辄止则是一种浓缩了情境心境的综合感受，随着味蕾的伸缩，能感受到某种不熄与流传，这让人不悲不喜，不忧不惧。

看过一个故事：一位丧偶的罗马尼亚老人习惯晴天独自在纽约某网球中心买最便宜的后排票看球吃汉堡。其实他根本看不懂网球。他是在努力追忆多年前一家三口看网球时的情景，当时也吃着同样的汉堡，太阳很好。他渴望情景再现。

闭上眼，汉堡里的腌无花果和酸黄瓜似能通灵，带他瞬间回到过去——据说，做汉堡里这些渍物的原味卤汁，已经传承了四十年。

| 喝黄酒的自家人 |

我有位北方好友，每次来上海，平素喝惯高端白酒红酒的他，小聚时首选黄酒，且是瓮装鲜黄酒。上溯三代并无半丝江南血统的他，笑称自己有个江南胃。

据他说，葡萄酒是舶来品，合适女人。中国北方男人最能接受的是酱香型白酒，而作为国粹的黄酒，调和中庸，最滋养东南沿海男人，它也是中医偏爱的药引子。

他颇懂黄酒搭配门道：与青梅加热后很带感，与大枣同食则甘厚丰腴，加些黑糖更是齿颊留香；干型元红和海蜇头、半干型加饭与大闸蟹、半甜型善酿搭广式烧鸭、甜型香雪配柚子肉松色拉，都能达到很好的配伍效果。而据我所知，抛开孔乙己的茴香豆，在绍兴人日常下酒菜中，盐煮笋和糟鸡是绍酒最贴切的黄酒伴侣。

日本人对黄酒的喜爱与精到并不亚于我国江浙沪闽人。

情色文学大师渡边淳一生前十分爱食大闸蟹、品绍兴酒。绍酒是在日本超市里最受欢迎的中国货之一，盛夏天仍销量不减，他们喜欢冰镇后加柠檬喝。在传统日料店琳琅满目的清酒中，从未缺少绍兴酒的身影。上海虹桥地区有日本人开的黄酒居酒屋，蓝布门帘，橘子灯，干净的原木桌椅，两三碟佐酒零嘴，坛子里温糯的黄酒被一柄长木勺舀在青花瓷小碗里，酒客正襟危坐，捧着碗盏啜饮私语，气氛类似茶道。

　　日本人曾来绍兴偷师学艺绍酒的酿造，但橘生淮南则为橘，生于淮北则为枳，绍兴黄酒一旦离开一泓绍兴水，即使请绍兴老师傅去酿造，也只能称为仿绍酒。

　　中国台湾人也爱喝绍兴酒，就像他们爱喝台啤。日本人最早喝到的状元红、女儿红，其实是台湾制造的，更准确的说，是台湾中部南投县的埔里镇，那儿也是台湾省的地理中心。100多年前，一对周氏兄弟从绍兴来到台湾，在埔里镇，他们发现那里山泉清澈甘美，堪比故乡的鉴湖水，于是尝试着用此水酿制黄酒，居然酒味鲜美醇厚，与家乡酒神似，故也唤"绍兴酒"，聊表乡愁。此后他们的酿酒技术世代流传，成为岛内一绝。上世纪60年代，埔里酒厂停止了其他酒类的生产，专门生产黄酒，同时也成为工业旅游景点，是追溯宝岛历史的重要实物留存。

　　一起喝红酒的是情人知己，一起喝二锅头的是睡在上铺的兄弟，一起喝黄酒窃以为能贴上自家人的标签。不过能喝得惯黄酒的，在中国，除了江南人和海峡对岸的台湾人，剩下的也不多了。给东北女友喝太雕，她一口闷了之后，半晌，咂咂嘴说：黄酒就像江南男人，往好里说，温柔悠长有味道，能让人安心过日子，往刻薄里说，又温又面，滋味复杂且不太给力。

　　不给力吗？早在《诗经》中就以"十月获稻，为此春酒"记载的黄酒、儒家文化里最为推崇的黄酒、隔水温而非隔火温的黄酒是极易微醺的，后劲缠绵，仿佛天地皆入樽。微醺时，再乏味的人也难免生动忘形起来，严丝合缝的人也打开了潘多拉的盒子。平素卡在心门内的妙语妙举鱼贯而出，却又不会太过造次，至多让妙玉变成卡门。酒醒后让人更珍惜酒意酒性酒情，如同对待上等情事。据说唐朝嫔妃在沐浴时，常会将一升黄酒倒入洗澡水中，能使肌肤细腻柔滑，丰盈纤细。用黄酒泡柿子蒂，则是民间有名的避孕偏方。

　　看过谢晋的儿子谢衍导演的电影《女儿红》。做酒世家，一坛女儿红历经岁月，酿出三代女人的命运选择。一百分钟讲述里没有一句废话，却散发着浓郁的花雕味。想起那年在扬州，北地寒流来袭，友人提议：晚来天欲雪，能饮一杯无？夜奔的四位新朋老友喝了一瓮五斤装黄酒，从微醺到薄醉，萧瑟的维扬之夜突然施以魔法，犹如琼花暗香浮动，又如凌霄花惊红骇绿，让人似乎重回广陵……甜酸苦辛涩鲜六味兼容流转，让人触摸到极致的情与空。那是很古典中国的一夜，黄酒是唯一的物质载体，这成为永恒的转眼，也成了转眼的永恒。

大闸蟹的乡愁意味

啖蟹，是许多人一年的盼望，也是一种季节性享受。江南人有着天赐口服。一般只把吃大闸蟹称为吃蟹，至于吃梭子蟹青蟹膏蟹等，一般会具体指名道姓，并不视作本土蟹种。大闸蟹是包括上海人在内的整座江南人的乡愁。

刚进入阳历九月，便常有人来邀：吃蟹去！说得人心痒痒的，脚步也如同当季的蟹脚一般痒起来。积攒了大半年的欲念只得再多压抑一个月，一旦爆发，势如破竹。

关于大闸蟹的美味，李白曾赞叹："蟹螯即金液，糟丘是蓬莱。且须饮美酒，乘月醉高台。"苏轼更是说："不识庐山辜负目，不食螃蟹辜负腹。"苏州籍的老作家包笑天《大闸蟹史考》结尾的一首诗被称为阳澄湖蟹经而广为宣传："斜风冷雨满江湖，带甲横行有几多？断港渔翁排密闸，总教行不得哥哥"。

清代小资袁枚在自家美食书《随园食单》里也专辟篇幅大谈蟹菜。"宜独食，不宜搭配他物。最好以淡盐汤煮熟，自剥自食为妙。蒸者味虽全，而失之太淡"。

巧夺天工的蟹八件出自苏州人手笔，当时江南女子出嫁都得配上一套上等材质的做嫁妆，生怕嫁到婆家没的吃。

民国北京四大名医之一的施今墨是蟹的拥趸。他把蟹分为六等：一等是湖蟹，阳澄湖，嘉兴湖；二等是江蟹，如九江、芜湖；三等是河蟹；四等是溪蟹；五等是沟蟹；六等是海蟹。阳澄湖蟹被列为一等一级之首。

其实早在农历六月，我就会买些六月黄做油酱蟹或毛蟹年糕先吃起来，然后皓首期盼三个月后啖蟹季的到来。我不喜欢吃勾芡或面拖过的食物，但六月黄毛豆子例外，六月黄需要沾些面粉，据说目的是阻止蟹黄的流失，不过我更偏爱其中浸染了蟹之鲜甜的毛豆子。

我从小没少吃蟹，自然练就一副吃蟹的好身手。外形尚文雅的我，在食欲高涨的年纪，一顿可以不声不响快速干掉四个壮实蟹，且不加酱醋，只食原味。小时候家里每到深秋也会布置各品种菊花数盆，让家里摇曳生辉。菊黄蟹肥，持螯饮酒，这图景深具国画之美和居家风雅之乐。

吃过一种中西合璧的蟹粉吐司，是将正宗蟹油炒就的蟹粉厚涂在烤得喷香的土司上大口啖之，简直有晋时名士"右手持酒杯、左手持蟹螯、拍浮酒船中，便足了一生"的感觉……据说五万克大闸蟹只能拆出三百克左右的蟹黄，而蟹油是从蟹黄里萃取出来的那一点点油，只几滴便能让蟹菜腴香四溢，堪比金贵的黑松露。曾得过某饭店自产蟹黄油，连忙回家抹上烤面包。

每年蟹季我都会去阳澄湖数次。在巴城老街的一家馆子，内挂沪上书法名家管继平的几幅书法作品，我以管兄挚友自居，一桌酒菜即享八折优惠。老街上还有大闸蟹博物馆，馆内曲径通幽，风格独特，趣味横生。

吃蟹还是要到农家船上。高速公路阳澄北湖出口下，约十分钟后开到一处河边，有摩托艇接应我们一行。在河道行驶一段后，驶入逐渐开阔的湖面上。十多分钟后，便看到一条大水泥船。船上的私房蟹据说是极小产量的正宗阳澄湖大闸蟹。东道主强调勿蘸姜醋，感受那独有的甜腥鲜醇之味。半斤重的分量模样饱满挺刮自不必赘言，那蟹肉带着生命绝美的芳香和新鲜湖水的活泛腥味，入口时舌尖顿时悸动了。

蟹吃法麻烦，许多人喜欢"文吃"，即吃蟹粉菜。上世纪 30 年代，上海人嫌剥蟹麻烦，于是创建于清乾隆 9 年的王宝和酒家创出了芙蓉蟹斗，后来此菜进一步简化，把蟹壳去掉加以变化，就变成了芙蓉蟹粉。如今，入秋后在上海蟹菜里，很大一部分都是生拆蟹粉入肴，所以蟹粉拆得好不好决定了一道蟹菜的高低。据说拆蟹粉讲究的是不老不散不碎，成粒又不至于板结一块。蟹粉得现剥现炒，如隔上两小时，那就鲜味尽失。

据说全球有 500 多种蟹。日本人吃卡尼——帝王蟹，与闺蜜在东京新宿吃帝王蟹的温馨每每想来总是齿颊留香。上海现在也有许多卡尼专门料理店和蒸汽海鲜店，但总觉得不是那个味道；

浙江沿海人嗜食梭子蟹、青蟹，今年是梭子蟹大年，舟山海域丰满鲜肥的梭子蟹我吃得最多，入口还带着海水的咸味；

粤港人喜食越南软壳蟹、黄油蟹，当然还有花蟹。

我对冻花蟹也情有独钟，对它饱满紧实、纤维感极强却又鲜美多汁的口感不可自拔。它不仅让我对吃的审美上升到天然去雕饰的境界，也勾起我对以前洗桑拿时，先湿蒸再进冰房的光辉岁月的回忆。

上海潮州餐馆里冻花蟹是按两论价的，所费不赀。此等美味当然不可能频繁在餐馆享用，不如买两只壮硕红花蟹回家自制。吃时蘸些红醋，配点白葡萄酒。有些急性子把花蟹蒸好之后未及冷却就塞入冰箱冷冻室雪藏，这恰恰与清爽鲜甜壳肉分离的预期背道而驰。

少少苦，轻轻甜

我幼时有个短板：不会吞药。当一个三岁女孩，父母在一旁抚慰鼓励，却必须独自嚼着混合着糖果碎的西药往下咽，那种一言难尽又没齿难忘的味道让我觉得自己是世界上最孤独的人。现在我能说只言甜不言伤，可对于糖果，我的确有童年创伤。

巧克力除外，第一次被惊艳到是那盒酒心巧克力。模仿名酒酒瓶做成巧克力，灌注其中的也是那些名酒，异香四溢，似苦亦甜，在上世纪 80 年代初当属高贵礼物。长大后方知那是母亲的蓝颜知己送的。年轻时他追求过我母亲，那次见面后才渐渐止住思慕的心。那盒巧克力母亲一颗也没吃，全让我吃了，他们也有几十年没见过面。后来他成为一名西医，很晚才成家。几年前他见到我，夸赞我神似母亲当年。我突然想到一句话，张爱玲说的：回忆若有气味，应是甜而稳妥。

糖果很容易让人有快乐感，是堕入凡间的精灵，有许多年，不是每个好孩子都有糖吃。樱桃小丸子有次随爸爸去赶集，爸爸给她买了一只糖孔雀，她放在卧室的窗前舍不得吃，心里美滋滋的。太阳出来了，糖孔雀融化了，小丸子伤心大哭……那一幕瞬间击中人心最柔软处。那么小小的幼齿的幸福和打击，总让人温柔唏嘘。儿子很喜欢某美国品牌巧克力。丰盈浓醇，赏味期短暂。我告诉他这是世界上最好吃的巧克力，每天可以吃六粒，这是节制与酽足之间的量，能拉长一个巧克力的梦。在一间台式面馆，我发现了一种陈皮糖，酸甜里夹杂着淡淡的咸和辛香，口味戳中了我前世今生的密码。为此我常常去那里吃并不好吃的面，其核心目的是去吃两颗陈皮糖。

很多人喜欢大白兔奶糖，我对它却不十分带感，窃以为曾风靡一时的阿咪奶糖口味更顺滑细腻。90年代初是奶糖的黄金时期，涌现出阿咪、喔喔、佳佳等不胜枚举的国货品牌。那是物质开始迅速丰富膨胀的开端，很快大量外资合资食品企业涌入，悠哈，阿尔卑斯，明治等糖果的口味有鲜明特色与可辨识度，国货奶糖除了难以撼动的民族品牌大白兔之外，其他的多已难觅其踪。

英语中称可人儿为 my honey，甜蜜可见一斑，然而糖果未必是甜的。日本名古屋春日井的伯方盐糖，冰雪剔透的一枚，居然还使用了酱油。荷兰茴香味甘草糖是此之砒霜，彼之蜜糖，这种黑乎乎的橡皮糖是荷兰国民级糖果，人均年消费 4.5 磅，在德国北部和北欧高纬度地区也十分风行，此外地区的人基本不能碰。我第一次吃是友人回国相赠，口感像是在嚼橡胶鞋底，味道也诡异得像在吃生的八角茴香。时隔八年，在阿姆斯特丹我又遭遇了这货，这次显著不同有二：其一，它是咸的，非常咸。其二，我没有整包丢弃，倦怠时来上一颗，绝对能让人困意全消。

在巴黎，我曾有幸观赏整方牛轧糖的制作流程。一连串复杂的动作如行云流水，最重要的手工就是搅拌，再搅拌。对那些制糖人来说，当手艺不是长在手上，而是长在心里时，任何旁人眼里的艰苦都轻如鸿毛。澳门钜记，香港么凤，台湾旧振南等手信品牌能传承多年的原因，也正在于其从未间断珍惜和挖掘本地传统以及部分的保留了匠人精神。

闺蜜重新联系上了交往 10 年又刻意失联 7 年的蓝颜。隔着漫长的时空、纠结和误解，对于重新出发她既渴盼又踯躅。前尘往事不能想，她惧怕再次被爱恨情仇裹挟到泥沼中，同时又庆幸生命中很重要的部分终于被找了回来。我说过去已随风，成熟的情感是站在尊重自然规律的角度看现在的格局。生活一半是回忆一半是继续，最难的是相遇。时过境迁，他不是你的药，是你的糖。轻轻甜，少少苦，都是人生礼物。

从江南 style，看韩国三碗汤

　　韩国好友送我韩国小众品牌气垫霜，据说在熬夜情况下也会显得气色华丽。我将信将疑。拆开神器，随意涂抹果然一试惊艳，瞬间化有形于无形，毫无画皮感。

　　韩妆长于修饰日常，拒绝猖狂色彩，将极致人工化雕琢成极致自然化。我曾得赠一款优异的韩版猪油膏，贴妆控油效果远胜贝玲妃，价格却只有后者的 1/3。后来才知，在冬季寒冷的古朝鲜，人们已有将猪油当面霜的习惯。据韩国史料记载，在新罗时代，世界化妆展史上出现了一个史无前例的发明：铅粉，发明者是新罗僧侣。朝鲜时代的正妻与妾室妆容也迥异。妾室妆感较浓，最大程度体现娇艳性感的女性特质以取悦男主。而正妻则以朴素淡妆展现持家人的范儿。

　　多数韩国女性不囿于先天资质，奋发图强，逛整容医院犹如进趟美容院。首尔富人区江南的小巷中，二楼门面多为大大小小的整容诊所，价格不菲。这也是江南 style 的一种吧。在韩国，父母送给女儿最流行的大学毕业礼物是一张整容卡，女孩儿们的第一刀基本是割双眼皮，这是最小的手术。去眼袋等细活儿和动脸型的大项目往往留待日后。

思密达没有大山大水，美业却是大开大合。据说继汽车、智能手机之后，化妆品已成韩国又一大国家支柱产业，文化输出的辐射力对其发展助力良多，也推动了韩国成为了亚洲时尚的策源地之一。在韩国，几乎没有不化妆就出门的女性，包括厕所保洁员，如果来不及化妆，也会用大口罩把脸遮住。韩国美业界不仅拥有生物科技研发优势，其化妆品立法和标准亦十分严格。天雪妃是这两年以来的业界宠儿，可谓济州第一护肤品牌，只因核心成分中富含名贵的红海参液。它汲取韩医理论，从济州岛独秘配方红海参中萃取皂角苷和胶原蛋白精华，结合 20 余种天然名贵药材，锻造出高纯度浓缩液，协助肌肤找回原有再生力与抵抗力。韩国人普遍认为济州岛产的红海参是海参中的海参，具有超强修复再生能力，极为名贵稀有，口味鲜甜，价格十分昂贵，是上天赐予济州海域的恩物。

其实原始社会就有化妆，目的是掩护自己、狩杀猎物和某种原始崇拜。千百年来化妆术的演变也反映了各时代的审美特征。除了装点门面，化妆还有显著的心理暗示和疗愈功能，完成对己实现和对他魅力，很考量分寸感和情商。如有条件，还有一种顶级彩妆：恋爱。一个人身上是否发生爱情是很容易辨认的，荷尔蒙实在是重要的原动力，它如露如电，许多不可思议的际遇和灵感都与它有关。有研报称，女性在排卵期，身体及五官部位都自然地接近左右对称状态。从深层次分析，这也一种潜意识的恋爱行为。有时我在想，一个迷恋于各种自拍和修图软件的女人，缺的绝非是化妆品。真的，春的本质是播种，爱的本质是荷尔蒙。

在韩国日本，即使姿色普通的女性，肤质却普遍白皙滑嫩，身材苗条匀称，观之亦楚楚动人。这与她们的饮食休戚相关，其中几款调节气血与荷尔蒙的汤品起到了重要作用。

大酱汤是韩国国食，在日本称味增汤。大酱种类繁多，以黄豆为主，根据辅料不同，又分为米大酱、麦大酱、豆大酱等几大类。朝鲜古代药学巨著《东医宝鉴》里有不少关于大酱汤的记载。根据书中说法，大酱蕴涵着五德：丹心，恒心，佛心，善心，和心。《大长今》里讲到有一年宫廷大酱变味，朝野恐慌，因为这可能预示着国家将遭受不幸，可见大酱在人们心中，不仅是美食，更是一种物神。在古代朝鲜，侍奉国王女性统称为内命妇，其中国王之侧室的品阶是1品到4品，未被临幸过的女官是5品到9品。在内命妇的《饮食杂记》里，也有大量关于大酱的影子。

大酱的原料黄豆中含有的异戊醛是一种天然的植物激素，含有乳酸菌和酵母等多种利于蛋白质消化的微生物，降低胆固醇，减少体脂积聚，对便秘有明显的改善作用。日本国家癌症研究中心研究显示，女性每天喝三碗大酱汤，患乳腺癌的几率可以下降四成，还能降低与激素相关肿瘤的发病率。

参鸡汤是韩国享誉世界的美食之一，发端于韩国三国时期的宫廷，采用42天之内的童子鸡和4到5年之间的高丽参炖煮。高丽参的选择很关键，4年以下效果不明显，5年以上则多数人容易食用上火，而4到5年的参性味与营养价值最为平顺合宜，盛夏补虚固气，严冬驱寒驱湿。高丽参可谓韩国女性一生的知己，韩国历任总统都将其作为国礼馈赠贵宾。许多女性的亚健康问题，包括肌肤、内分泌等都是由内部调节失衡引起的。结合气候，适当服用高丽参，能增强免疫力，改善肠道和血液循环，显著提升女性气色。

海带汤也是韩国女性最常食用的食品之一，几乎每顿韩餐都少不了它。海带药名昆布，热量低，胶质与矿物质的含量却很高，能调理肠胃，促进胆固醇排泄，亮发排毒补钙美颜行水消肿效果显著。在韩国，甚少有人身材肥胖臃肿，90% 左右的韩国成年女性认为身材严重影响性格与自信心，她们保持身材、去除赘肉的神器无疑是海带。产妇坐月子，必须大量喝海带汤。这也使得韩国形成了一种过生日的传统：寿星除了吃生日蛋糕，还要饮一碗海带汤，表达对母亲的敬意，纪念母亲生育的辛苦。在汤中寻找贴心的慰藉，期许一年健康平安。

据说全世界属东北亚人对鲜味的感知能力最强，那是儒家文化圈特有的审美，而西方人很少对此带感。在古代，中国大厨已懂得用高汤调味，日本人从海带汤中分离出谷氨酸钠，而高浓度的谷氨酸钠，就是味精。从国民体质透视日韩海带情结、海带文化，或许我们对养生之道也该有新的理解与考量。

| 糕团风光 |

我一直对糯米食品不太带感，八宝饭、粽子、粢饭团、糯米鸡、汤圆之类吃几口就饱了，还容易犯胃酸。却对几款糕团情有独钟。

古人诗云：珍重题糕字，风光又一年。糕在我印象里是深有形式感的食物。记得小时候，父母的亲朋好友同事邻居，凡遇乔迁做寿添丁升学红白喜事等大小事件，总会大规模分发糕团。赏味性倒在其次，重要的是其指代的某种仪式和情绪，以至于我现在一看到定升糕就想到楼里有谁搬来了，看到云片糕就想到有谁家老人往生了，虽然现在多数已用巧克力替代。

有句话说得好，日子越简单，回忆越复杂多味。传统美食其实并未变得难吃，是我们的味蕾挑剔了。我对粗放型质地的糕体比较有好感，比如苏州黄天源的赤豆糕、玫瑰豆沙糕等，它们的外皮不甜腻，有几分豪情，不过这种糕体很容易冷不防出窜出一块水晶猪油。这是有些人的心头好，我却是难以消受的。还有一种夹杂着不少蜜枣核桃松子和红绿丝的糕，外婆很喜欢，我却对它甜不甜咸不咸的味道很敬畏。于是吃的时候比较小心，不敢贸然下嘴，生怕踩雷。长大后才发现，这类糕的魅力正在于含混复杂的味道和内涵。

今年春节，在娘家的佛龛前我看到供奉着一方桂花糖年糕。这让我很欣喜。好几年没吃过糖年糕了，于是请爸爸年初二早晨煎给我吃。我很少吃煎炸食物，但糖年糕定然是油煎才会有甜蜜欢快的气息跑出来的，蒸食较为单调木讷。传说苏州城城脚下一米深处砌满了糖年糕，那是伍子胥先知先觉对付战争饥荒，解决城内居民吃饭问题的创意。

我有个远方亲戚家传一种松糕，每年只在春节前做一次，制成后会专门来送一方给我父母。那糕像 12 寸奶油蛋糕，非常沉，坚果蜜饯等用料实足琳琅满目，保证每一口都能吃到内容，不会窜出猪油，且有一定润度，不柴。蒸透后，糕体微甜轻糖有嚼劲。每年过了元旦，我就会念叨这款松糕。一旦得赠，父母会切成一方一方装在保鲜袋里，让我带回家蒸来过一把嘴瘾。

一直搞不清糕和团有何区别。后来我琢磨出来,糕以方形、长方形为主,也有定升糕、梅花糕这类花形,而团多为圆的。糕相对比较硬,密度高,团相对 Q 弹,含水量大。糕可以无馅儿,而团必定是有馅儿的。很多和菓子比较接近于"团"。

记忆最深刻的团子是双酿团和青团。双酿团是双馅儿的糯米团,几乎所有江南老字号点心店都能找到其踪影。双酿团的馅儿有赤豆沙加黑洋酥的组合,也有使用黄豆粉的。两种馅儿以八卦图形层叠,皮薄透明,细腻甜糯。它的孪生姐妹是金团,金团外皮裹一层金粉,馅儿是芝麻花生的,不香也难。

儿时印象里,青团不是美食,而是寒食节的祭品。春雨淅淅沥沥的江南早春,穿着套鞋,与爸爸和大伯走在去墓区的田埂上,给祖父母的祭品里一定有青团。我们在青松翠柏掩映的坟冢前鞠躬叩拜,嘴里念念有词,回程途中大人会让我把青团吃掉,说祖先会保佑我。青团皮子那股难以言喻的特殊青稚气我那时非常不喜欢,总感觉带着低压情绪和浅浅忧伤,不过,豆沙的丰盈甜润又让我很快轻快起来。后来我才知在传统人家,每季蔬果新鲜上市时总会有先供奉祖先的习惯。早春的江南，时鲜货唯麦苗和艾叶，于是古人将其做成青团供先人先行享用。一只青团下肚，春天才真正来了。

在浙江西南部山区，我吃过一笼红糖发糕，有点像粤港茶餐厅的马拉糕。上面盖着图章，里面有红枣核桃，蒸透有又松又软，气孔细密，有淡淡酒香，十分爽口。感觉上却已不再属于糕团范畴了。

一盏玉露，四季金风

　　江南人大多有绿茶情结，也因此对日本茶接受度佳。不过我总觉得日本人的"道"偏于刻板，与"艺"离得比较远，尤其日本传统茶道仪式中追求的荒芜枯寂的表现形式和审美趣味。进茶室先迈哪只脚，哪种茶具放在草席的哪一行纹路上，茶碗要横竖擦几圈，移动茶具的路径是曲是直，一杯茶要分几口喝光，行礼用真、行、草何种形式，在何时该提哪些问题并如何应答……一招一式皆有成规，仪轨礼法繁琐至极，指向相应的内涵和寓意。于我，更接受并喜爱我泱泱大国追求茶文化所追求的虚静之美和变化之味。

　　单就喝茶的功能角度，有不少年我对日本茶也不以为然，直到那次在伊豆喝了静冈玉露茶，它带给我的惊奇与喜乐难以言喻，才发现自己是被过去的偏见束缚了。

　　伊豆半岛位于日本静冈县东部，我去过许多次了，却从未在伊豆看到过茶园。确实静冈的茶园分布在除伊豆半岛的全县境内。宇治茶，静冈茶和狭山茶是日本最具代表的茶叶产地，"山数富士，茶数静冈日本第一"，东瀛流传着这样的短歌。

中国绿茶多采用炒青制法，而日本绿茶则使用古老的蒸青制法，这是两国制茶的最大区别之一。其实蒸青绿茶是中国绿茶最早的制法，在唐代传到日本。日本一直沿用至今，包括玉露、抹茶、煎茶、番茶……蒸青绿茶外形紧细如针，色泽鲜绿或深绿，冲泡出的茶汤浅绿，鲜涩且带青气，香气内敛略闷。而在我国，自明代起广泛采用炒青制法，闻之有舒适的熟香，泡之，茶汤清冽，富于变化。制作高级香茗通常用手工锅炒，规模化生产则用杀青机替代人工炒茶。仅湖北恩施玉露与台湾地区部分茶区有蒸青茶品。

煎茶是日本绿茶的根本，清畅爽快，普及率高，而玉露则是日本蒸青绿茶中的顶级品种，用上等茶树柔软的嫩芽芽尖制成，叶片绿色较深，甘美丰醇，价格昂贵，多用以送礼和招待贵客。静冈县牧之原市的伊藤园，曾出品过一种瓶装玉露，375毫升售价1080日元，相当于人民币60元左右，着实不便宜。

日本三大玉露茶产地，分别是静冈县的藤枝市、京都的宇治市、福冈县的八女市。玉露茶树在春天茶芽生长时必须保持遮荫，新芽一旦开始形成，茶园就被芦苇席、竹席或帆布遮盖起来，为期 20 天左右。此举使得玉露茶叶具有更高的叶绿素含量和氨基酸含量，抑制住茶叶中苦味成分儿茶素的生成。而氨基酸尤其是茶氨酸，能让茶汤具有别致的鲜醇味。与传统的宇治玉露茶的浅蒸工艺不同，静冈玉露以深蒸为主。茶汤翠绿甘鲜，似有似无的昆布味和特有的兰花香气使其有着丰富的层次，令有着较为纤敏触感的我入喉难忘。

　　玉露细而亮，像墨绿的松针，也像茂密的青苔，合适低温冲泡，泡开后呈柔嫩的翠绿色，很有观赏性。以前我也曾唐突佳人，九十度的准沸水粗暴的浇下去，如清丽才女遭遇莽汉粗人，说不出的沉闷苦涩。后得知玉露用五十度左右的软水低温泡，茶汤最为鲜润甘甜。水的硬度越低越好，茶水比可以 1∶10 左右，也可以以浸没茶叶的水位，不拘一格。

　　就我个人感觉，一盏玉露三泡为佳，第一泡水温四五十度，水位比浸没茶叶稍高一些，静待约 2 分钟后倒入品茗盅享用，最为鲜纯丰馥。第二泡水温在六十度左右，水位比浸没茶叶高出一倍，静待约 1 分钟后倒入品茗盅享用，亦是甘甜丰满。第三泡可用八十度热水，水位比浸没茶叶高出两倍，此时鲜味变淡，苦涩味提升，配一小块红豆甜点或坚果曲奇较为妥帖。如此，一盏玉露茶的能量得到了最佳释放。

从鲜纯角度，日本玉露茶的确做到了极致。美中不足的是，日本茶犹如东瀛人的情绪与意志一样，恒定内敛，灵动不足，鲜有变化，好比许多日本职人，一生的精力就只用在打荞麦面的用力轻重上，于是回甘、余韵等中国茶的审美追求基本欠奉，没有缥缈冷冽，没有变化多端，却也深情万斛，单纯实在，适合抚平内在创痛。

再说伊豆，这座位于日本静冈县东部的半岛山海分明，火山温泉密布。伊豆国是古日本的分国之一，曾是著名的流放地。川端康成的《伊豆的舞女》问世后，伊豆开始成为文学与爱情的符号。他文字间构建的影像美而缥缈，且有深深的孱弱无力感，仿佛爱就在唇边却欲言又止，又如那些用数百年高野罗汉松木打造、熨帖无比却永远带不走的露天风吕……但无论何时回忆起它时，都会让人心驰神往，那就是伊豆。

最近一从东京坐山手线上伊豆，列车一过小田原，伊豆半岛的和风丽日尾随而来。在热海站下车转线至伊东的间歇，我见缝插针喝了三泡玉露茶和一枚栗子味和果子，还欣赏了日本书法家的汉字书法作品：山火林风；一生燃烧。

这是我第三次登上大室山，我发了个朋友圈："大室山，别来无恙。"这座伊豆高原标高580米的圆锥形活火山，是日本火山碎石丘的代表、"国指定天然纪念物"。山顶环形山道毫无遮挡，景观壮阔，飞鸟盘旋，伊东市鳞次栉比的建筑和浩瀚的太平洋尽收眼底。城崎海岸则是4000年前大室山火山喷发熔岩被波浪侵蚀而形成的景观。黑色悬崖绝壁林立，巨岩诡谲，惊涛拍岸，吊桥惊险，崎岖礁石承受着澎湃起伏的太平洋，是山与海角力的作品，有着非同寻常的气象。整个下午，我坐在礁石上，用便携式的壶与杯，喝着旨味鲜甜的静冈玉露，与太平洋面面相觑。在这片几乎浓缩了日式山海风光最菁华的此地，感受当下的空寂与粹美。

茶至灵来，灵来神往，日本文化中的心灵无疑敏感而多情的，带着即生即灭的纯粹感。见月怀人，听雨伤别，再迟钝的武士也会在樱花雨中感受到某种哀意。对刹那间诗意的感受力是其独擅之处。好像把一切和盘托出，但和盘托出的瞬间却变成了别物，这也是常见常新的伊豆和玉露，给我的心灵赋能。记得一位学者说句话，大致意思是：其实人走向内心的路，远比走向外部世界的路，艰难悠长得多。

好人家的女儿

　　"好人家"这个充满上海趣味的褒义描述在当下年轻一代中已经不多见了。这三个字一定是要用上海话来读的，如此才能体味出其中蕴涵的低调和自矜。

　　所谓好人家，在沪语语境里指生活程度中等、安定、知书达理的规矩人家，大多踏实本分，正统中庸。好人家的女儿，有着温婉的秉性、良好的教养和实惠却不乏感性的生活情趣。

　　她们的上一代，可能是真正的淑媛，到了她们这代，由于时代的变故、现世的急迫，器局不得不缩小一圈。她们因为在物质上见过些世面，也吃过些苦头，在精神上则能够对阅历有所提炼，并可落实到生活的柴米油盐中。她们情绪虽有起落，火气是不太有了，更善于与自己讲和、与生活斡旋。

　　她们从年龄上是轻熟女的母亲一代，虽同为职业女性，但更偏于传统、温儒和家居，擅长用生活的瓶中水，勾兑出物质和精神层面有所互动的酒，却触手可得、毫无悬念。她们追求的感觉比较贴肉，乐天知命且随遇而安，相信传奇只是传奇。

她们最大的特色是圆融。因为没有大富贵，所以不骄，也没有贫寒，所以不哀。"温柔而不妥协，在安静中不慌不忙的坚强"。上有老下有小的年纪，腾挪于职场家庭的复杂人际关系中游刃有余，且不忘享受人生乐趣，比如庖厨、旅行、时尚与阅读。

以她们的年龄和所经历的时代，日子绝对算不上完美，却始终尽力而为，甚至对于看似悲剧的人生大局也能从容以待，既不厌倦，也不愤懑。她们看多炎凉，知道社会上的路不好走，所以要自我松绑和找乐。与熟女相比，她们多了秀雅甜蜜，少了桀骜逼人。与她们相比，熟女多了清华灵媚，少了絮絮烦琐。

她们通常对生活有一个比较具体可行的前瞻，因此有能力以稳定的心境应万变的世态。如果家庭收入是三块大洋的话，她是这样规划的：一块大洋作为家用，一块大洋去储蓄以备急用，还有一块大洋用来交际应酬、娱乐休闲。她们在相夫教子之余一直很努力地保持身为女人的平衡状态，总是不自觉的把时间分成三份：一份给自然，一份给内心，一份和人相处。做母亲的她们，是母亲中的尖子，做婆婆的她们，也不排除属于隐性难搞型。

好人家的女儿懂得沉入到生活里去。她们不太会光顾百乐门光滑如镜的弹簧舞池，与头发光可鉴人、精湛舞技、自称"老师"们的舞男跳舞，但有时会去酒吧听田果安的老爵士。她们是不跳广场舞的，不会十日八国游，也不会穿廉价不合体的旗袍乱窜和抖开花丝巾迎风拍照，虽然后者有着生机勃勃的热力，却也能显出市井悍妇的底板。好人家的女儿知道，分寸的缺乏是油腻的开始。

她们的头发做得很精致，面色清爽，修过眉毛但绝不纹眉和眼线，更不会打玻尿酸。她们涂淡彩口红，穿着真丝衬衫配风衣荡马路，一片梧桐叶落在身上时，也有刹那间的诗意。她们的胃和胆囊是全球化的，既能装大饼油条，又能装芝士红酒，可以生煎馒头配咖啡，拿破仑蛋糕配咖喱牛肉粉丝汤也来赛。她们在吃上历来不拘一格且孜孜以求，善于在精微中显出格局和变化来。

一入厨房，她们再自谦，也总会有几个拿手家常菜，五香素鸡、响油鳝丝、黄鱼鲞红烧肉、老鸭扁尖汤、荠菜大馄饨……也会做几样别物什，松茸天妇罗、醉蟹、干巴菌火腿炒饭、海盐奶盖乌龙茶……她们熟练使用各种生活类 APP，有熟悉的海外代购和冷链海鲜直邮，用小红书，也不排斥拼多多。她们玩烘焙，玩手作，吃日本料理，去有风景或花园的地方吃一提鸟笼子下午茶，佛系起来会去寺庙几日禅修（但均会发朋友圈）。她们有要好的闺蜜和小有感觉的蓝颜知己说体己话、做有情事。历尽世事的她们内心很是超脱，人生似甜实苦，好友间彼此具备一颗有共情力的心，再大气点，懂点，这就够了，不会难为自己去抓取那些抓不到的东西和不世出的人，也不会满脑子标准答案。她们喜欢有腔调的人像和静物摄影，偏爱花园洋房、外滩和陆家嘴，虽然多数是摆拍。她们讲礼数懂世故不招摇，却也希望让人们知道：自己是很行的。她们需要掌声。

一代一代的好人家的女儿，就这样在精致和豪爽、感性与理智、自在和纷乱之间，灵活摆渡，伸展自如，直至迟暮。在《京华烟云》中，林语堂说得透彻："从姚思安处，木兰学到的是生命的大道，而莫愁掌握的是世俗的智慧。很多年后，我才明白过来，那其实应该是一个女子的两面。"

岁月神偷

还没反应过来，一年就过去了。今年春节来得早。翻过元旦，第一件事就是过年。

好友有句名言："锅里见明年"。中国人的情感深处，有很多不分你我的连体之爱必须用吃来表达，且许多人靠着转瞬即逝的欢乐回忆，能度过漫漫一生。从旧年12月到春节前几日，都是各条线的尾牙友聚，持续到小小年夜，回乡的，出国旅游的，大家各奔东西，上海空了。

从小年夜到年初三，雷打不动蜷在家里陪父母家人，蛰伏到初四初五，有人开始骚动攒局，有几人算几人。跨过年后的重聚，其实没隔几天，却仿佛分别很久，见面的热忱如潘多拉的盒子打开了。又归队了！年让一切归零，又让一切重启。

从腊月到正月，是上海最冷的季节，爸爸在北阳台挂上风鳗腊味等年菜传统食材，干贝花胶等也从一个个罐头里揭盖放风，祭祖设备早已准备妥当。妈妈与远在港岛的姨妈视频聊天，展示平靓正的鲍参发菜。沪港双城值得玩味，香港人过着中国式的西方生活，主妇们看 TVB 大戏，煲汤参看《本草纲目》，上海人则过着西方式的中国生活，生煎馒头配榛仁拿铁，偶尔听场老爵士。可不管哪种模式，这时节中国人只分两种：重视过年的和不重视过年的。这是两种不同的文化 DNA。

每年腊月，闺蜜会赠我特级山西大枣，有时是用汾酒喷了，扎紧包妥，有时是红枣夹核桃，嘱我每日吃几个。那是她母亲捎给早已在上海扎根 20 多年的女儿的土仪，我也沾了光。于我而言，那是手信，对她来说，那是故乡。某师友温州人，他一过小年就会制作蟹生、白鳝生之类的家乡味。那些用红曲和白酒腌制的小海鲜是春节时解腻开胃的别致妙物。对北方人而言，不吃饺子不算团圆。对于湘西人而言，一块黑漆漆的腊肉才叫故乡。没坐过深夜火车的人，不足以聊乡愁，没坐过红眼航班的人，不足以谈人生，那些庞然大物常载着漂泊与迁徙的人们回家。

农耕文明越发达的地方，春节气氛越浓，至今北方人过年还是讲究的。到了正月十二，国企集团大楼上班者仍是寥寥，上午点个卯，嗑瓜子，发几通遗漏的拜年私信，再约几场发小的局。午饭照例是回家吃，食堂大师傅只叮嘱徒弟们蒸些百果年糕给有需要的员工带回家作为点心补给，他们也得早点收工继续过年呢。午饭后是北方漫长的午休时间，北地隆冬日短，午休后，长长的日脚洒在暖气片上，自是无需再回到班儿上去了……年过到这会儿，有种舒适的倦怠，如此的散淡闲适必须持续到元宵节，再随惯性慵懒滑行一阵，直至过了正月，一切才重新抖擞起来。都嫌年假太短，身体回来了心还在年里，有什么要紧呢，生活理应有着与天地合拍的节奏，合着阴阳律动，体会生命的有起有伏，享受凡人的风流节物与和美人情，为整个一年积蓄赤子般的饱满情绪与动能，这是年的魅力所在。

很喜欢台北迪化街和香港上环，那是著名的年货大街，南北货参鹿茸药材海味的气味有着岁月神偷也盗不走的古早味，传承着开埠至今的业态与风情。真的，置办年货比食用年货本身更能爆发生活情感和乡土情意，这些仪式闪现着旧日微光，让人回忆起那些年，我们的祖辈父辈和我们自己，如何为生活而搏斗过。加上来自生活的温柔与挫折，那才是真正的缠绵悱恻。留住这些也就是留住情感，一块有乡愁的土地才是家园。

李宗盛有场演唱会叫"既然青春留不住"。金庸创造了一个爱情的宗教，又亲手毁灭了它。这都是岁月的力量。人多情欲衰颓易，树却全真内不伤。在时间面前，所有绚烂、求索与不合时宜的蠢动都是虚妄，日月往复，唯有年是时间的刻度，永远站在那里。

生煎面前人人平等

　　我不是个有生煎馒头情结的人，但我的一位忘年交、港岛富人周老先生有。

　　年逾九旬的他原籍上海，二十世纪五十年代初从上海去了香港打拼，赚得几十亿港币资产。几十年来他唯一不变的嗜好，是在不太冷的晚上，就着那种带有腐烂气味的夜风，去油麻地的小摊，吃十几元港币一个的生煎馒头。煎得厚脆金黄的底，馒头皮子上洒着黑芝麻，猪腿肉馅儿，一咬下去，一包鲜汤，嚼起来满嘴喷香。那是整个油麻地里最地道的上海点心。

　　有这种生煎馒头在胃里垫底，周先生就有一种时光流转、重回故乡的温暖。那生煎馒头的焦香，也令老年的他，时时想起半多个世纪前在上海与女友站在城隍庙吃小吃的惬意情景。什么是老年，老年就是一个把过去当作今天来过的年纪。

几只简单的生煎，轻松的担当起时空交流的使者。

在传统上海人的心目中，小笼馒头的档次和品位是要高于生煎馒头的。小笼馒头至今仍上得了高雅酒席的吃物，或大或小的竹蒸笼揭开，粉雕玉饰的小笼施施然端立其中，清秀精致，玲珑忘俗。急性子吃小笼是容易狼狈的，筷子夹得猛，皮开肉绽，汤水四溅，品相立毁。小笼馒头的皮子如二八少女玉肌一般吹弹可破，吃小笼既要小心又要大胆，都是舌头上的工夫，不必担心唐突佳人，反倒有一番知情知趣的快意。

题外话，去靖江吃特产蟹粉大汤包，碗口大的一个，皮薄如纸却口感很 Q，湿燥软硬恰到好处，一包鲜汤由老母鸡、猪膀骨炖成，沉甸甸又不失灵动，乘在一个高脚玻璃盘里，咬开一个小孔，拿根吸管进去吸，鲜美丰腴蟹汤就入口了，吸干后，包子里蟹肉蟹黄春色满园，由蟹壳熬的油让人充实而满足。

但我更喜欢生煎这种雅俗共赏的小吃。底壳是最重要的部位，我的审美是要厚实焦香，面粉要劲道，猪肉馅儿要精而紧实，不能太甜，不能柴，但也拒绝一包腻汤。这样的生煎，可以吃四个，还能喝碗咖喱牛肉粉丝汤。做不出好生煎的地方，通常牛肉汤也好喝不到哪儿去。

以前凡在外婆家，早晨起床，外婆总是端着个中等大小的钢精锅出去买一锅生煎。牛奶是有订的。然后我们吃生煎配热牛奶，这种搭配法我总是觉得很古怪，味蕾也难以接受，于是我总是把牛奶偷偷倒掉，改泡绿茶。

其实生煎馒头已经有上百年的历史了，最早并非路边小吃，算是堂堂正正的茶楼点心，有闲阶级的消费品。老上海滩讲究些的茶馆大多有两层楼，楼下烧开水、做点心，楼上客人用茶，嘴里寡淡了，就招呼一声，小二立马屁颠颠地端上一客焦香四溢的生煎馒头来了，顺手再摆上一碟镇江香醋。

后来品茶的闲情没落了，生煎转战民间，吃的人不讲吃相，彻底沦落为城市平民小吃。不过上海平民的嘴巴也是很刁钻的，卖相不讲究了，味道却不能差。一向在小事情上斤斤计较的上海人，在小吃上也孜孜以求，力求在"小"中做出大格局来。

大壶春、丰裕、友联都是上海做生煎出名的大众小吃店，价廉物美，丰俭随意。相比之下，那些酒肆饭馆的生煎是精致化了。上海是个格调超级复杂的地方，要想看到骨子里去，是要看破许多层迷乱感官神经的表面的。我既吃过牛皮纸袋一包直接带走的弄堂生煎，也吃过外滩 N 号的名媛版生煎，就像香港最好吃的蛋挞、鱼蛋面往往在其貌不扬的横街窄巷，上海好吃的生煎也常常在老弄堂口、老式公房聚集区。

上海人对大壶春是再熟悉不过了，这个创立于上世纪30年代的生煎鼻祖一心专营生煎和牛肉汤，沿袭老上海味道。肉馅配方是大壶春绝不外传的秘方，据说由爱森前腿肉加入三种酱油调味，紧实鲜甜Q弹团结，汤汁自然、克制、不刻意，是靠肉馅自然烹出的汤汁，有古早味，与杂牌生煎肉馅的松垮、汤汁的做作油腻不能同日而语。面皮用传统的全发面经两次发酵，厚而松软入味，底板格外焦香酥脆。创新的鹅肝鲜肉生煎和蛤蜊鲜肉生煎用料十足，业内良心，但口味见仁见智。

丰裕生煎蛮有意思，发端于在上世纪90年代初几个下岗妇女再就业创办的生煎小摊铺，后来竟做出特色来，成了上海名点。通常生煎里塞入肉皮，煎熟后一泡汤汁，丰裕反其道以纯精肉为馅，很快得到不喜油腻的市民认可，后来居上成了生煎口味的又一种主流，成为中生代平价生煎的代表。

茶点心出身的生煎馒头，按规矩一向是一两四只，不过自从吴江路上"小杨生煎"店开张以后，差不多一只就有一两的模子，还藏了一大包滚烫鲜汤。在吴江路还没改造前，看小杨生煎出锅是一种欣赏和享受，大师傅因为有了众多观众的围观，表演欲愈发强，动作也似行为艺术。每次开锅前，大师傅总要用铲刀在锅边铛铛铛敲三下，第一次开锅盖加水，白胖的半成品生煎吱吱作响，观众们煎熬几分钟后，等大师傅再次揭开锅盖撒葱花时，人群开始骚动了。有人揭开了钢精锅盖，有人伸长头颈望眼欲穿。但所有人都老老实实地等，秩序井然。激动人心的时刻快到了，大师傅用揩布转动几下锅子，数秒钟后正式开盖了。面粉、芝麻、小葱的清香一并扑面而来，排山倒海，蔚为壮观，等候多时的观众们开始摩拳擦掌，井然的排队次序里有着呼之欲出的焦灼热望。一锅几十个生煎馒头在数分钟内，跟着不同的人，去往了上海的各个角落，这是比畿米的《向左走向右走》更生动的画面了。这个时刻会突然发现，上海原来就是一座生煎馒头的城市。不管西装笔挺还是睡衣出行，生煎面前人人平等。

上海有时可视作一只平底锅。房子、车子、人都拥挤在一起，虽然在锅里的位置不同，有些站得有点靠边，有些绝对主流，但是终归都是有肉、有葱、有芝麻，有料酒，少不了这几味。油腻也是有的，再平淡都有汤水，有想法，出点花头，有时蘸点醋味。原来人生的欲望值基本上能够概括成这样一只生煎馒头。

　　友人定居美国十年了，他的工作一半时间在美国，一半时间飞亚太，每阶段最后一次从上海离港时，他总会带两客生煎馒头上飞机，央求空姐给他用烤箱加热。一分钟后焦香味飘来，昏昏欲睡的老外纷纷惊醒，嗅寻香味的来源。友人就在他们艳羡的眼光中，呲牙咧嘴埋首饕餮，就着一杯红酒……半世乡愁故乡味，或许就是把他放到世界任何角落都改不了的这一口。

南货店，时时念念

好友曾写过一篇盘点 20 年来上海红极一时的商场的文章，在朋友圈广为流传。我留言：表面写商场，实际写青春，都是不可逆的挥别。另一好友则评论：只能说我们太快了，什么只要点一下，再无情趣可言。发达国家的实体店还是颇有品位和人气的，当然我们已经跨越了发达，是暴发……

每天快递小哥热火朝天，商场里不温不火，互联网商业发达，点点手机即可买到各种美物。中产阶级的趣味是清淡冷感，是断舍离，而我却对老旧固执的实体小店情有独钟。它们在驳杂中透出单纯，指向五味铺陈的居家造。

没有超市的年代，大到逢年过节、民俗祭祀，小到人情交际、日常饮食都得与南货店打交道。南货通常指南方所产的食物，与北货相对，多为耐储存的干货，亦有糕点和糖果。不太听说有专门的北货店，北方盛产的黑木耳、红枣、柿、榛蘑等均在南货店出售。海味算南货的一个重要分支，多产自南方沿海。做南货生意的，以苏南、宁绍、闽粤等富庶地区人士为主。

北方有无"南货店"的称呼我不得而知，倒是糕饼店不少，大多热烈直白，不似南货店曲径通幽。记得开封市中心包耀记的一口酥绵软细腻，甜中带咸，有点委婉的江南意思。

上海南货店，绍帮的邵万生镇店之宝是四时糟醉，春天的银蚶、夏天的糟鱼、秋日的醉蟹和冬季的糟鸡十分畅销。因离南京路仅七八分钟路程，酷暑天，无论晚饭吃什么小菜，外婆在接近尾声时总爱拿出邵万生的黄泥螺瓶子，在小碗里挑出几颗来，倒点里面浸着的绍酒，一顿饭就圆满了。她说邵万生的黄泥螺来自沈家门，肉厚鲜润，非鸡毛小店可比。她还常嘱爸爸给她买苏州老字号采芝斋的虾籽鲞鱼，该店的虾籽密集灵透，鲞鱼咸鲜中带着细洁的甜，与之相比，别家的真是粗蠢笨拙了。而买火腿，外婆喜欢去宁波人开的三阳南货店，品相好，干净紧凑，稍微小贵，可送人体面。若是自食，也必须是三阳或万有全的，买了别家的，万一味道不正就因小失大了，"大不算、小尖钻"向来不是老上海人的做派。自己吃当然要请南货店师傅斩开，上方中方下方脚爪，师傅切得规整漂亮，按部位入食品袋。外婆碰到某个谈得来的亲家，比如我爷爷，就塞一块给他。苏州许多老字号南货店的宝货，像稻香村的鸭胗干，孙春阳的熏鱼子，也都是外婆时时念念的毕生大爱。

立丰是广帮南货的佼佼者。它的五香牛肉干能甩其他牌子几条马路。以前南京西路有家立丰专卖店门庭若市，不晓得现在还有没有。我常在与家毗邻的西区老大房买零称的立丰牛肉干，虽说超市都有买，可总不比南货店新鲜有趣。顶着大波浪头、穿白大褂的上海阿姨拿出两个透明大口袋，一袋是五香味的，每粒小包装银色锡纸，一袋是咖喱味的，绛黄锡纸包装，发我一把铲子，自己动手舀。我揣在包里边走边吃，其实也吃不了几颗，却总觉得能穿越回小时候。

赴香港探亲，到港第一天，爸妈总是先逛上环的海味街。走过窄陡的鸭巴甸街，就从中环到了上环。那些陡坡和上世纪初的楼宇衍生出的怀旧光影，最合适黑白照片。何藩镜头下寂寥而执拗的老香港，上环是最重要的取景地，有着岁月神偷也带不走的古早味。起死回生的永利街，浓艳绮丽的摩罗上街，古物潮店混杂的荷里活道，依旧保留着香港开埠初的风情。海味街一带以某某行命名的海味铺子少说上百间，每寸立面都恣意汪洋地展示着自家赞货。香港是移民城市，广东人和上海人最多，他们嗜食海味，春节年菜海味尤其不能断档。有几年姨妈在上海过年，她为我们烹饪的保留年菜是鸡汤煨鱼翅和发菜蒸大元贝，最家常的做法，却层次分明、鞭辟入里、回味悠长。

二十几岁时去香港，我最爱铜锣湾尖沙咀兰桂坊和山顶，现在却是上环。吃一块古法慢煎的西多士配冻鸳鸯，讨价还价买些元贝花菇，感觉那才是真正的好时光。

| 食之忘俗 |

寿司这种东方食物很奇特，即使再饱，总能让人再塞下一颗，不会觉得腻。日前看了日本情爱小说泰斗渡边淳一的自传体小说《何处是归程》，细腻再现了以自己为原型的外科医生悠介曾抛家舍业，携女友奔赴东京，一边当医生一边追寻作家梦的纷乱往事。

从札幌来东京一个多月了，在银座酒吧当服务员的女友每天都很晚回家，并无出轨迹象。有天凌晨两点，女友轻声叫醒熟睡中的他，说自己给他带了好东西吃。那是对她献殷勤的土豪给她打包带回家、送给她所谓的"妹妹"吃的、银座一流寿司店的金枪鱼寿司和比目鱼寿司。悠介虽吃得不是滋味，却仍难抵美味，将一个个精美的寿司卷整个儿塞入嘴里。女友则在一旁津津有味的看着他吃着她成功糊弄来的点心，像个宠溺的母亲。

这一幕让我犯嘀咕。这双男女心理尺度不小啊，或许只因他们是过了最佳赏味期的情人，才吃得下去这一口吧。要有多好吃的寿司，才能让人不介意来源，始终保持好胃口呢？或许做人实在是气量要大，胃口要好，不抱幻想，也不绝望。有句话深有道理，一个人当下的气质里，藏着走过的路，读过的书和爱过的人，我觉得添上"吃过的食物"则更妙。

魔都城西某日料店的比目鱼寿司堪称世间尤物。它的造型并不惊艳，可第一次入喉时我也真是被惊到了。寿司多冷感，而它是带温度的。从原料到刀工到"人肌"，一枚寿司就是一场盛宴。先用一口热煎茶将味觉归零，然后屏心静气将整枚不蘸任何酱油芥末的寿司塞进嘴巴，用心品赏，那种饱满油润、丰腴贴切的体验，那种外紧内松，米粒与油脂在口腔迸裂缠绵的感觉，套用名句，像"整个世界森林里的老虎全都融化成黄油"。

还有一款肥厚晶莹的乌贼寿司，正值乌贼上市的鲜美期，它的劲道和醋饭的内功相遇，一个仿佛是求生之虎，一个恰似守丘之狐，胶着出某种鲜活的蠕动感和激越感。仿佛乌贼刚才只是休克，入喉却活了过来。

据说寿司两千多年前起源于湄公河流域，后传入中国，再传入日本，日本人将寿司本土化，从鱼的选择、切片技巧、保存条件、醋饭烹制，到握捏寿司的分寸和人肌温度，满含无形的学问奥妙，形成岛国独特的寿司文化。

不少江户风格的寿司店会在寿司台上方悬挂不经漂白的本白或靛青色麻质布帘。很奇怪，高档店的寿司师傅几乎皆为相貌清俊的男士，极少有女性。他们制作寿司的姿态庄严，充满仪式感，动作灵动爽利，应对含蓄得体，无愧江户之美。食客多少会有点紧张感与庄重感，在等待一枚寿司的过程中，正襟危坐，如听交响乐，多数是男女同来。

他们通常不会是夫妻，他们是知己。唯有互为知己才会有一起品赏寿司的氛围情致。情不我待和一地鸡毛时，都不会有如此玲珑恬淡的心境。他们须得有些知识、格调、眼光和直觉才能邂逅彼此，如同邂逅一枚与当时情境最搭配的好寿司。倘若理解力不在一个相似层面，嗜食之物相差太远，恐难成为长久的男女知己。让人食之忘俗的不仅是卓越美食，也是相惜相悦之情，其真正境界大抵就是色不异空、色即是空吧。

东瀛食鲷记

天寒地冻，东京闺蜜发照片给刚从日本回来的我，一尾眼泛金光，优雅灵气的红鱼被她吊在厨房案板上等待当晚料理。我回复：又见金目鲷。一个人生活的她把日子打理得很好，一条鱼可以刺身（两片）、红烧（中段）、炖汤（头尾）三吃。每每入口，她禁不住感叹：おいしい（美味）！

虽然不及河豚与秋刀鱼那般富有文学戏剧语境里的人生况味和美学意味，但对于鲷鱼，日本人还是迷恋的，鲷的日语发音为 Tai，和"庆祝"(Omedetai) 的尾音一样，加之鲷鱼喜庆的外形，于是鲷在日本人心目中是吉祥快乐的物神。其地位类似中国北方人心中的鲤鱼，然而可吃度，窃以为超过鲤鱼。题外话，刺身虽是日料中常见的吃法，却起源于中国，最早在中国出现吃生鱼片的时期，可追溯至周宣王五年出土的青铜器。汉字中的"鲙"专指生鱼片。范仲淹、苏轼、欧阳修等文豪皆是鱼生的拥趸。南宋诗人杨万里《垂虹亭打鱼斫鲙》中名句"旋看水盘堆白雪，急风吹去片银花""白雪""银花"指的就是薄切生鱼片。

宽阔敞亮的头，威武的鳍，鲷的外形神似身披铠甲的武士，在江户时代日本人便把鲷鱼比喻成武士精神的象征。日本是鲷鱼的著名产地，"人乃武士，柱乃桧木，鱼乃鲷"，在日本人心中，鲷是"鱼之王样"，每年年夜饭必须有鲷。兵库县明石鱼市的烤鲷闻名遐迩，每年除夕食客皆排长队。日常吃鲷不算，就连成人式、结婚式也要供上头尾俱全的真鲷来祈求美好未来，一些值得庆祝的时刻，比如相扑比赛优胜者也会举条鲷鱼与粉丝团合影。爱知县还有传统的海鲷祭，壮汉扛巨型鲷鱼模型入海，祈祷安全和丰收。日本七福神之一的商业之神惠比寿神，也是右手持钓竿，右手握鲷鱼的钓翁形象。甚至还有一种鲷鱼叫惠比寿鲷。在大量日本文学作品中，鲷鱼与河豚、秋刀鱼、清酒是出场率最高的料理品种，江户俳句大师松尾芭蕉有"河豚与鲷鱼没有分别"的说法。不过从刺身味道上，我更赞同日本美食家北大路鲁山人说的：美食到河豚为止。

花中樱，鱼中鲷，到了日本江户时代，贵族阶层都流行食用鲷鱼，将其视为吉祥之物。鲷被冠上了"大位"，很是受到喜爱。江户后期的《包丁里山海见立角力》则将海鱼和山珍做了一次排名，其中，海鱼的大关（第一位）是鲷鱼，关胁（第二位）是海鳗，小结（第三位）是鲣鱼。而山珍部分，大关是香菇，关胁是萝卜。江户时代武士家几乎不吃高脂肪含量的金枪鱼，而河豚也因其毒性，被归为下等鱼。唯有鲷鱼，从古至今品质始终在线，地位亘古不变。著名浮世绘画家歌川广重不仅画过《北海道五十三次》，还画过《鱼趣 鲷鱼》等 11 幅鱼类浮世绘，收编于其最出色的系列版画《风流四季之生花》中。

在日本，通常单独提到"鲷"特指真鲷。春季樱花盛开时捕获的称为樱鲷或花见鲷，色如樱花，肉质丰美；夏季产卵后变成麦秆鲷，口感寡淡干涩。韬光养晦后，到了秋季又有了第二季的辉煌，此时的鲷鱼，被称之为红叶鲷。鲷的名称配合着四季风物，十分有画面感。

相对于富含肌红蛋白的金枪鱼等红肉鱼，鲷鱼是白身鱼，运动量整体不大，无需大量脂肪储备，口味清新，细腻鲜甜，油脂含量适中，多食也不会太腻，其甘氨酸含量是金枪鱼的三倍以上，在日料中属于高级鱼。薄切鲷鱼刺身是极考验刀法的。一片完美的薄片，厚度 1-1.5mm，鱼片凝润通透，透析光线，尽现白身鱼的素雅和日本切割美学。樱鲷最为娇艳可人，滋味甘甜鲜润，做成刺身和寿司令人不忍下箸。爱媛东予、中予地区的乡土鲷鱼饭是我十多年来不曾或忘的人间至味。濑户内海的澎湃海潮让此海域的鲷鱼活跃跳脱，肉质弹性均衡。这种土锅鲷鱼饭被日本食家评选为乡土料理百强之一。在松山和今治的温泉酒店，吃完十几道料理后，鲷鱼饭最后作为压轴戏闪亮登场。原以为必定是塞不下了，勉强试了一勺后，我竟连吃了两小碗，直至扶墙而归。鲷鱼饭是先将烤过的鲷鱼放入以盐或酱油调味好的半炊熟白饭上，再加热焖熟，然后起骨剥肉，与热饭拌匀。紧致鲜美、混合着脂香焦香的口感，让人有恣纵性灵的感官享受和精神盛世感。

　　人可以貌相，鱼亦可以。我对金目鲷是一见倾心的。它这是一种形象气质非凡的鱼，盘正条顺，味道亦正，且较为矜贵。它在生物学概念上属金目鲷目，其他种类的鲷鱼属鲈形目，因此血统更为纯正。伊豆群岛、伊豆半岛、千叶县和四国为金目鲷的主要产地。金目鲷的旬在冬季的12月至2月。金目鲷刺少肥美，是白身鱼之王，油脂含量适中，肉质细腻，在日本美食的煮鱼料理中属于高级鱼。不过金目鲷与鱼中极品金吉鱼跻身高级鱼行列的历史并不悠久，其捕捞的最早记录出现在 19 世纪后期 20 世纪初的明治时期，二战后才被广泛食用。

金目鲷的传统的做法是炖煮，近年来开始用做刺身。不过窃以为最能体现金目鲷美味的倒并非刺身，而是日式煮付。这种烹法有点类似中式红烧，却省略了过油这个步骤，直接用酱油、味淋、料酒和葱姜丝来烹制，将鱼肉的丰腴鲜美尽显无遗。伊豆城崎海岸边的一片乡土料理店，前不着村后不着店，却食客满堂，甚至还有同操沪语的上海食客，据说这是伊豆最好的金目鲷专门店。不习惯盘腿的我在榻榻米上垫了三个坐垫，埋首于每人半尾煮付金目鲷和米饭中细细品味，鱼肉质地松紧适中，Q 弹凝结，旨味融入汤汁之中，在煮鱼料理中实属上乘。在大室山下的温泉酒店用晚餐时，菜单上写着金目鲷的另一种烧法：姿煮。很喜欢这个日汉字的文雅表述，其实就是料理整条金目鲷，被"姿煮"二字一用，整道菜旖旎起来。而姿煮到了东京银座的"鱼真"日料，不仅旖旎，还暗藏玄机，浑然天成之外更多了臻至成熟的都会熟女美学。

清晨吃早餐时，有盐烤金目鲷，号称一夜干。用盐水腌制后风干一夜，鲜味浓缩，脂香飘逸，咸鲜适口。如果不事先腌制，金目鲷直接盐烤亦能驾驭。当然个人口味，我觉得烤鱼之王金吉鱼比烤金目鲷更胜一筹，前者形神皆动，体态更为玲珑且神情寂寥哀怨，收纳多于释放，极具有微妙极致的日式美感。

　　其实在我感觉里，相比于中餐的浩瀚奢华，日本美食客观说来不算卓越，不过其美味在日本人郑重其事的料理、解说和仪式感的强化下真的增强了。在中国吃再好的东西都可以对酒当歌，写意随性，在日本却不敢怠慢，哪怕吃一碟纳豆都需要有一定程度的屏气凝神。日本的物产并不丰富，火山地震海啸等自然灾害频发，不过环境造就出他们对贫寒美的欣赏与玩味，比如榻榻米、茶道、枯山水、和歌，比如风吕敷（包袱布），比如便当，比如对鲷鱼的认真对待，其中蕴藏着神秘的柔性力量、即生即灭的纯粹感和"一生悬命"（拼命）精神。仿佛将人的物质感官欲望克制到最低点，精神才能释放最大的自由和灵光。

| 火腿的深意 |

　　一年四季中，火腿在我娘家出现频率极高，算是家里常备。春天喝火腿腌笃鲜，夏天喝火腿瑶柱冬瓜汤，秋天喝火腿扁尖草鸭汤，冬天喝火腿干菌土鸡汤，且均以厚块状面目出现，以防酥烂成渣而丧失了丰满的嚼头。蒸河鱼或甲鱼时也爱铺几片，用以去除泥土气。做上汤类蔬菜时，应该切丁吊味的火腿，都被妈妈切成小块。

　　这一传统大概是外婆偏爱火腿的缘故。她在世时，曾发明过一道适合夏天吃的菜：一层鲜瘦猪肉片，一层火腿厚片，一层厚花菇片，再一层嫩扁尖，放两片姜、洒一点花雕，盐和味精皆无需放。蒸熟，极咸鲜开胃。外公浙江富阳籍人，也嗜吃火腿，连月饼也最爱广式金腿月饼，因为馅甜中带咸，油润而不腻，带点火腿香。

　　在如今金华市区很少有见金腿在卖，倒是在义乌、兰溪，不少南货店里高悬着一溜有如红木琵琶的火腿，墙上写着"所腌之盐必台盐，所熏之烟必松烟"，以示其制作工艺的复杂考究。老师傅们还会不时用小刀对火腿进行修边刮面，使其更显美观。

据说金华火腿的腌制极为精细，要经选腿、修边、上盐、洗晒、发酵、整形等多道工序，费时近 10 个月。加工分低温盐腌、中温脱水、高温发酵三大步骤。加热时，肉里的蛋白质起了变化，变成氨基酸，所以它有一股奇异的鲜香且肉质艳红紧实。

小时候家里一到过年前夕总会有一两只金华火腿，劈开的日子就仿佛嗅到年味深了。爸爸拿到菜场肉摊上，先买一块猪腿肉，然后递上一枝烟，请师傅帮忙把火腿劈开。师傅爽快地把烟夹在耳朵上，砍得木砧板梆梆响。砍完，观瞻欣赏一下，拿起一块嗅嗅，对火腿的肥瘦和腌制水平评价两句，爸爸颔首，并将蹄爪送予他炖汤喝。

火腿可以体面地加入很多菜肴作为配料，作为主菜，江南的蜜汁火方是很有名的。在苏州的松鹤楼，杭州的楼外楼，蜜汁火方点击率都很高，也比较昂贵。拿一大块火腿芯，配以莲子若干，蒸熟，修得方方正正，再浇上蜂蜜。不腻不甜，味道甘醇，口感极美。上海的苏浙汇，这道菜也不俗，只是火腿被切成了一块块厚片，配一只小蒸笼，内有白馍几片，中间开口，用以夹火腿。好的蜜汁火方，需瘦中带肥才可口，瘦与肥的比例约为5：1，全瘦会略感干涩枯燥。

我在香港的上海总会里也吃到过蜜汁火方，极贵，与鲍翅同列，算是高档菜，可做得逊于江南，盖因粤港气候湿热，不利于火腿的腌晒发酵。在北方更难吃到火腿，或因北方人的味蕾不太能欣赏火腿的那股带一点哈喇味和脚丫子味的异香。有次在京城一家中等规模饭店里，我点了只火腿冬瓜汤，上来的竟是用西式火腿片鱼目混珠和冬瓜一起煮的汤，上有葱花，撒了不少味精，面目浑浊，真让人厌倒。

云南少数民族也喜食火腿，代表作是宣威火腿。腾冲大救驾、大理白族砂锅鱼、昭通天麻火腿鸡、过桥米线等名吃里都少不了火腿，否则鲜美将大打折扣。去云南时带回家一条抽了真空的宣威火腿上方，卖80块钱，比金华火腿便宜，只是香味稍逊。那块宣腿切片后与白菜、瑶柱一起做个家常汤，倒也十分野性鲜美。

在西式火腿中，窃以为最好吃的莫过于西班牙伊比利亚火腿，当然还要佐以上等红酒。这种火腿取自以榛子为食的小型黑毛猪的后腿，生食，最好现切现吃。也许因为昂贵，吃西班牙火腿不像吃金华火腿时大刀阔斧一阵猛斩，而是用一把小尖刀慢慢刨下来，当你感觉那一薄片散发着干果香味的生猪肉在舌尖缓慢融化时，好像一整片树林的芳香都渗透在火腿细腻的纹理中，最美妙的人生体验不过如此……

金圣叹在断头台上口传给儿子的遗嘱非常有名，"记住，花生米与豆腐干一起吃，能嚼出火腿的滋味"，以前读来总要发笑，后来又觉得像是一句暗语，如同《暗算》里，中共特工的临终留言"佛在我心中"，总隐藏着什么深意。也许"火腿的滋味"真正的深意在于：人生短暂叵测，必须在有限的时间和条件里，尽可能多的享受美食，享受生活，否则枉称活过。

梅雨季的轻斟浅酌

　　以前我对于节气更迭并不敏感，直到那次在新疆经历了从火焰山到赛里木湖的 40 度温差，回到上海，一下飞机，宛若进入了氤氲的蒸笼世界。那一天，上海入梅。

　　"云雨连朝润气含，黄梅十日雨毵毵。绿林烟腻枝梢重，积潦空庭三尺三"，单调、潮湿、郁闷和一些诗意构成了梅雨季的调性。对它的心情，我是又爱又恨。爱的是杨梅和籽虾，恨的是霉湿倦怠，有情无思。看过一篇施蛰存的心理小说，已婚中年男子对一位屋檐下避雨的美女产生了飘忽缠绵、暧昧难明的心境，就发生在梅雨之夕。当然这只是暖湿水汽中恍惚的蜃景，是成年男子一鳞半爪的意淫梦境。

　　在日本，紫阳花盛开是梅雨季到来的标志。《紫阳花日记》是渡边淳一的重磅代表作之一，此花花语为"善变"，单就这两个字就很有料。其实无论男女，对自己爱情沙漠都想有耕耘之心，枉度青春的焦虑，对于有体力上限的男人来说更急迫，可能渡边淳一是最喜欢梅雨季的日本作家了，他的大多数作品中都会描写此季的清美与惆怅，这似乎是书中人物心理与情感走向的某种隐喻。机缘巧合，几年前我正好在梅雨时节去了长野县的轻井泽，那是《失乐园》中男女主人公极致之爱的升华之地，有着别样的灵幻清幽，我在落叶松与白桦林中，在云霞与风烟间，尽力呼吸凝固在极盛期的爱情经久不息的余韵，留下旷世奇情能再生为人的喟叹。

每个人的梅雨季都有些不同寻常。据说梅雨季节的低压云雨，形成了中国江南、中国台湾、日本中南部及韩国南部等地专有的文化性情绪。

此季的东瀛，最受欢迎的美食非流水素面莫属，这也是日本人特有的饮食风俗。当然，如果没有饶有情致的"流水"，冰镇素面也能替代。细若发丝的面条用沸水烫熟后，再用活水反复清洗，直至水中没有了淀粉质。之后用冰块镇着，撒上葱花、芥末、生姜、昆布末等调料，蘸着日式酱油吃，凉爽冰透，清新怡人。日本人讲究细节礼仪，唯独在吃面时能酣畅淋漓地发出吸溜声，似乎不刻意出声，不足以证明面的美味。濡湿烦闷的梅雨季，难得的山林逸气与冰雪心境都在流水素面上相遇了。

江南梅雨季，河湖饱涨，籽虾鲜美肥厚，油爆酱油盐水皆宜，是江南的恩物，一吃根本停不下来。河虾助湿，吃完须用化湿美食中和才安。赤豆薏米汤是祛湿健脾的妙品，且能当饭吃，不会发胖。丝瓜、冬瓜、水芹、马齿苋都是清热利水、消肿解毒的夏季蔬菜。用赤小豆、黄豆、黑豆、绿豆、炒扁豆、大米煲煮的五豆粥五色入五脏、健脾和胃、清热解毒，对运行失常所导致的身心亚健康状态均有食疗功能。

闽南和台湾地区则多以姜母鸭抵御梅雨季的湿气。姜片是这道菜的灵魂，宜分量十足，与鸭肉一起被久久翻炒，干香入味，姜味浓郁，祛湿效果一流。配上台湾精酿啤酒商"啤酒头"的"谷雨"啤酒，让人有不知今夕何夕的穿越感。谷雨啤酒以台湾高山乌龙茶为原料，是带有乌龙茶香的"在地"精酿啤酒，饮用时不宜太冰，会压抑此款啤酒的特殊香气，最佳饮用温度是 10-12 度。

轻斟浅酌中，盛夏不知不觉来了。

老挝三夜

因缘际会，最近我说走就走去了我的旅游地图里十分偏门的国家——老挝。湄公河，原始森林，红酸枝，沉香，寺庙，社会主义体制，老挝人民军，神秘气质……这些种种是之前我对老挝的全部印象。

清晨八点多从虹桥出港，经停昆明，再飞西双版纳，从嘎洒国际机场到州府景洪，简单吃了几样泰式酸辣小菜和饮品后，尚未睡醒的味蕾苏醒了。然后翻山越岭一路颠簸三个半小时，到达我国西南边境小镇关累。中老缅泰四国联合巡逻船艇编队第二天清晨就在这里起航，完成第57次湄公河联合执法。而我则随船见证此次光荣的任务。

当晚宿关累。关累口岸位于我国云南省西双版纳州勐腊县西南部的澜沧江畔，是中南半岛腹地和东南亚诸国经湄公河进入我国的第一港，也是云南建设国际大通道的前沿阵地。

关累与缅甸掸邦第四特区隔江相望，与老挝陆地相连。

关累镇不大，鲜有游客，军事机关很多，来往车辆多为加长货车和军车。晚餐在一间规模较大、有包房但基本无装修的餐馆进行，菜肴却颇具国际性。为预祝这段高危水域的征程圆满成功，于是当晚特地喝了点老挝啤酒，就着凉拌鱼腥草、泰国酸肉和加了诸多养生药材的老挝牛皮汤。

老挝年轻人也追求时尚，在他们眼里，与之接壤的泰国各方面都很时尚，于是泰国酸肉也成为老挝及泰国北部人气很高的重口味美食。其实老挝也有酸肉。此之蜜糖，彼之砒霜，多数外地人吃不惯，我却觉得不错，这大概与我嗜好西班牙意大利火腿有关，因为泰国酸肉用的也是生猪肉发酵。

酸肉用生猪肉、猪皮碎、熟糯米、辣椒、大蒜、糖、盐及硝酸钾混合腌制，包入层层芭蕉叶中，经过三五天发酵熟化后，猪肉的酸味自然呈现出来。酸肉可以搭配葱花、花生等作料，我们那天是直接切片食用的原味。初尝觉得怪怪的，再尝觉出些酸鲜爽。

在关累的几乎所有小店里，都能买到老挝啤酒（Beerlao）。看瓶身设计就知出身不凡，有国际化视野，虎头商标气宇轩昂。深啜一口，醇厚清冽，浓郁的麦芽香，瞬间暑气消散，清气上扬。Beerlao 让我立刻想到四个字来形容：盘正条顺。

　　老挝啤酒有限公司始建于上世纪 70 年代初，由老挝国家政府、泰国 TTC 公司和丹麦嘉士伯公司合资，以国名来命名品牌，可见来历显赫，是当之无愧的老挝国酒。老挝啤酒风靡印度支那，是世界十大名啤之一，曾被美国《时代》杂志选为亚洲最好啤酒，也是中国 - 东盟国际汽车拉力赛唯一指定啤酒。

　　老挝虽然是世界最不发达国家之一，老挝啤酒却是个十足的白富美混血儿。原材料采用德国啤酒花和酵母，法国大麦芽，喜马拉雅山泉水和精选原生态老挝茉莉香米，生产及罐装设备由德国进口，在生态环境低度开发的老挝生产制造。老挝啤酒采用底层低温发酵，完全发酵后需储存六周才被罐装。

　　老挝气候湿热，啤酒是百姓解暑的必需品，Beerlao 在老挝国内市场占有率高达 95%。老挝人快乐开放，很闲适很慵懒也很低效，低效的很大原因是他们较为贪杯；历史上老挝曾是真腊王国的一部分，也是法国殖民地，餐馆经常可见欧洲人，他们的桌旁总是有成堆的 Beerlao 空瓶。

沿湄公河顺流而下 258 公里，我们到了老挝驻地。出了国境后，手机只在经过中国援建老挝的工程时有几分钟信号，无法用国际漫游流量，除非买老挝卡。上岸等候时，同伴顺手摘了几个浆果给我，说是牛奶果。搓掉外皮，奶白色的乳液溢出，滑嫩厚实的甜香颇似牛奶味。据说牛奶果的营养成分高于苹果、柑橘、水梨等多种水果，还具有补血、收敛、下乳等药用价值。芭蕉也很多，香甜度不及香蕉，对于尚未成熟的芭蕉，老挝人喜欢烤着吃。

老挝琅勃拉邦的菜市场，有麂子、鸟类、蚕蛹、松鼠、大蜥蜴，蟋蟀等国内不多见的原生态食材，足见老挝人饮食上的野性奔放。不过糯米饭始终是老挝人亘古不变的主食和零食，也是琅勃拉邦等地布施的主要食品。老挝糯米是一种山谷糯米，比大米便宜许多，颗粒饱满，晶莹剔透，嚼起来似有胶质的同时又不乏铿锵有力。老挝人吃饭不是一日三餐，而是不定时饮食，饿了就抓起糯米饭吃两口，就着一些酱菜、辣椒和老挝啤酒，可谓放浪不羁。老挝女人晨起蒸一锅糯米饭储于罐内或小竹篓内，供一家人全天食用。食用时将无须洗净的手伸入罐中，用手指捏起一坨糯米饭，将其攥紧捏实（据说有点手汗最佳），然后蘸着一种调过味的、类似于海苔的江苔藓碎末或鱼露，送入口中。此时的糯米饭清甜有嚼劲，随吃随抓，十分随性。简单的食材造就了老挝百姓乐观纯朴的生活态度，当然多呆几日，也一定会让外乡人的咀嚼肌疲惫不堪，仿佛吃糯米饭是一天中最大的事了。

那几日雨季开始了，湄公河水涨满河床，在晃动的船影和大山的倒影里，不远处的原始森林依稀可见。喝着老挝啤酒、口嚼坚韧糯米饭的我，对时间的感受淡漠了。老挝三夜，无所事事且意味深长。

| 岛上春膳 |

蜈支洲岛很妖。它只有 1.48 平方公里，却不觉得小，盖因有着多层次多维度的雄奇与清丽。它的最高海拔不过 79.9 米，却悬崖陡峭，礁石嶙峋。极目远眺，烟波浩渺，山海之间的万千气象澎湃出荷尔蒙的刚健本色。凭海临风，清气上扬，浊气隐退，身心皆空，物我两忘。

他们说：去蜈支洲岛私奔！

对于成年人，遭遇爱情、邂逅浪漫都不难，难得的是遇到理解。蜈支洲岛的日与夜，人犹如海天之间的一片枕草子，耳语，听涛，夜潜，这些不太真切的美，适合那种从不能追究的默契与快乐中走过的人……

蜈支洲岛又称情人岛，坐落于海南三亚北部的海棠湾内，相传为纪念因相恋被龙王惩罚变成石头的痴心恋人而命名。它是著名的私奔圣地，冯小刚《私人订制》的拍摄实景地，被誉为中国的马尔代夫。内心有空洞、手掌有痛纹的成年人来此疗愈，是最贴心的短暂逃逸，或许这就是广义的"私奔"。

最早有关蜈支洲岛记载，是清光绪年间，崖州府在岛上修建了一处庵堂，供奉汉字创始人仓颉，这为海南文化发展史上留下永恒的一笔。清廷衰败后，渔民改塑妈祖神像，祈求行船安全。岛的东南方向距公海仅12海里，战略位置显赫。解放后，我军征用了此岛。进入上世纪90年代，和平与发展成为世界的主题，解放军撤出，蜈支洲岛渐渐转型为度假休闲圣地，它以天涯豪侠的洒脱和得道圣徒的超然，在南中国粲然生辉。

私密爱情文化是蜈支洲岛的核心秘笈。在岛上，陌生人擦肩也要致"waailu"的问候（海南方言"我爱你"之意），随处可见身着婚纱的新人们依偎摄影。情人街、情人桥、私人定制、珊瑚酒店、船说、"求带走"等大小景点桥段星罗棋布。情人桥畔挂满祈求长毋相忘的木质风铃。入夜的观海长廊格外婉约，整片微醺的海在月色下摇曳，风在彼此间一纸相隔，让人爱上了某种不可能的光辉。

既是"私奔"，总得吃点有风情的、适合彼时彼刻情境的美食。智利科学家曾对古今催情食物进行过盘点，结果显示几乎所有水中生物，尤以贝类最具催情效果。而生蚝是个中翘楚，这是公认的事实。

生蚝利肾，含锌量极为丰富，17、18世纪的欧洲，男性常常举行秘密的食蚝仪式，在密室每人吃上一打。生蚝的美妙，既在于造型又在于气味和口感，自然会引发浪漫遐思。拿破仑曾将他的妹妹宝琳娜——一个绯闻连连的美丽荡妇放逐到圣多明哥岛，等她重返巴黎时，无可救药的带回一名黑种英武健硕男士。他每天喂她吃的早餐就是新鲜的生蚝与香槟。在2016年中公布的各省烧烤大数据（也即撸串大数据）中，五花肉、羊肉串与鸡翅等肉类是最受北地欢迎的碳烤食材。而沿海各省市最受大众欢迎的碳烤食材则以海鲜为主，其中上海、福建、海南最爱的是生蚝。我在蜈支洲岛吃了不少碳烤生蚝当宵夜，的确有生命的焕发感，不知是因为心情，还是因为生蚝。

生蚝在上海常吃，美腿螺却是海南独具特色的贝类，出了海南则不易吃到。美腿螺的主要产地是在陵水县的黎安、新村港一带海域。美腿螺是鸡腿螺的俗称，外表似梦露的美腿，高颜值，形状性感，入口鲜甜，肉质紧实肥嫩，十分Q弹，高蛋白低脂肪，以清汤氽煮为上，煮开口，说明鲜活，大料烹法则是暴殄天物。如此滑韧的尤物在唇齿间缠斗，总会让人想入非非吧。

与强劲的生蚝与妖艳的美腿螺相比，芒果螺像是低眉顺眼的贴身丫鬟，却也看惯场面，参透不少世情。芒果螺比海瓜子个大，有弹性，很少清蒸，清蒸不易开口也略寡淡无料。经典烹法是家常辣炒。先把芒果螺煮到开口，热油下姜片和干辣椒，煸出香味即下芒果螺翻炒，然后伺时机成熟，加各式调料。无需加水，此物会自然出水，这也是貌不惊人的它的风情暗藏吧。

贝类大餐后，用椰子饭和海南酸汤鱼收尾才算圆满。我是第一次吃到海南酸汤鱼，迥异于贵州酸汤鱼采用番茄自然发酵出的酸味，海南酸汤鱼的酸是用杨桃、本地酸豆与番茄一同熬制的。酸豆又叫酸梅豆，豆科热带常绿乔木，腌渍后的酸梅豆酱是海南许多风味美膳的上乘佐料。海南酸汤鱼的汤底口感清新怡神，十分异质化，投入鲜活的大石斑同煮，口味惊艳独特，教人没齿难忘。

迥异于南部的风高浪急，蜈支洲岛北部风平浪静，白沙滩恍若玉带天成，海水能见度达 27 米，享有"中国第一潜水基地"美誉。吃完这些美食，潜水或散步，都是佳选。环岛一周，繁芜树种茂密葳蕤，从恐龙时代流传下来的桫椤，到地球上留存最古老的植物龙血树等南方特有的奇花异草古树名木，混合着热带海洋的濡湿气息，在中国海陆交界一隅，竖起了一方世外桃源的存在。而神秘静谧的妈祖庙，俨然神明之眼，洞穿俗世喜悲牵绊，让踯躅纠结最终涅槃羽化，与天地相融。

时光多情似故人，岛上日夜，简衣素颜，春膳佳酿，云水禅心，让人事后相思成瘾，离愁成疾。果然这个孤悬山海间的秘境，能够高保真一段刹那芳华。突然想到泰戈尔的一句诗：天空没有留下翅膀的痕迹，但我已经飞过。

为什么是外婆

前几天做梦去外婆家玩儿。半夜醒来还是觉得很真实。因为我在梦中嗅到了市中心黄浦区弄堂特有的气味，那是老抽、肥皂、镇江陈醋、阴沟、油煎带鱼、风鳗，葱姜、长满青苔的水泥板和竹躺椅的味道，间或能听见蒋调的《夜探》，那是上海的布鲁斯，一种非常梅雨感觉的调头，琐碎而心定。

从外婆家到爷爷家路程极近，同处一个弄堂网络，从后门出发，穿过两条弄堂主干路就到了，无需走到大马路上来。弄堂曲里拐弯的，有着柳暗花明的暧昧，颇有异质感。

外婆家的石库门构造相对简单，却也幽艳。爷爷家构造复杂，有东西厢房，曲径通幽，我从没弄清楚过里面到底有几间房。这样的弄堂，有着沪语混着自行车、电动车和小轿车的声音。正门通常是虚掩着的。刚睡醒的女人们戴着卷发筒穿着睡衣在天井的水斗边刷牙，阿婆们坐在门口的小矮凳上择鸡毛菜，男人们坐在客堂间读晚报，小孩吃着两块五毛钱的蛋筒冰激凌窜来窜去。弄堂口的骑楼，遮挡住了小半条弄堂，使得整条弄堂即使在阳光明媚的时候也看上去不甚明朗，似乎是摄影师故意拗出来的光影造型。骑楼下总有早点摊，坐下来就能吃到热烫的粢饭和泡着剪碎的紫菜，虾皮和葱花的小馄饨……

复杂的弄堂网络都是通向哪儿，恐怕除了住户外谁也搞不清楚，就像没几个人能拿捏上海人心一样。但它们也见惯世面，正在吃泡饭酱瓜的老头会边吃边指导小青年：衬衫配圆领毛衣时，领子不需要翻出来的。这些弄堂使上海完成了从生煎馒头到慕斯蛋糕的无缝接轨，每个细节都不忌讳细看，哪怕有不少痼疾和狼狈。因此真正的上海生活没有豪宴的味道，却考究到细枝末节，能最终融入而非隔膜于世情边边角角的人，不管他来自何方，他都是上海人。

弄堂小菜不铺张却很讲究。比如红烧划水，必须用吃螺蛳小虾的乌青鱼，否则有泥土气。银丝芥菜的酸甜度最考验分寸，外婆喜甜而我喜酸，所以逢到我去吃，外婆总是在她的口味基础上，多放许多镇江香醋。上海有三百多万宁波籍人士，也包括我，因此弄堂菜系中有不少宁波菜，比如青豆瓣爆腌黄鱼。黄鱼用盐腌过后，稍微风干后清蒸，上桌时，一股婉转勾人的香气往外冒，咸鲜诱人，十分下饭。香菜小素鸡食材最普通，要做好也是考验功力的。素鸡滑嫩里带着嚼劲。洒上香菜，拌上麻油、辣油，清爽可人，过三得利啤酒或和酒最实惠不过了。以前夏日的弄堂人家里，十户中起码有六七户桌上有这道菜。

酷暑天，无论晚饭吃什么小菜，外婆在接近尾声时总爱拿出邵万生的黄泥螺瓶子，在小碗里挑出几颗来，倒点里面浸着的绍酒，一顿饭就圆满了。她说邵万生的黄泥螺来自沈家门，肉厚鲜润，非鸡毛小店可比。她还常嘱爸爸给她买采芝斋的虾籽鲞鱼，该店的虾籽密集灵透，鲞鱼咸鲜中带着细洁的甜，与之相比，别家的真是粗蠢笨拙了。而买火腿，外婆喜欢去宁波人开的三阳南货店，品相好，干净紧凑，稍微小贵，可送人体面。若是自食，也必须是三阳或万有全的，买了别家的，万一味道不正就因小失大了。自己吃当然要请南货店师傅斩开，上方中方下方脚爪，师傅切得规整漂亮，按部位入食品袋。外婆碰到某个谈得来的亲家，比如我爷爷，就塞一块给他。苏州许多老字号南货店的宝货，像稻香村的鸭胗干，孙春阳的熏鱼子，也都是外婆时时念念的毕生大爱。

有一天我看了本书《外婆买条鱼来烧》，杨忠明著，这书名取的实在是妙。老人与小孩是最拙于表达感情的人，而情感又是最诚实充分的。为什么上海菜里常常取"外婆红烧肉""外婆家"而非"奶奶红烧肉""祖母家"，其中大有深意。上海小囡大部分是要与大人去外婆家度周末的，到奶奶家多数是逢年过节，因此与外婆更亲更要好，她是母亲的母亲，拥有一种翻倍的母爱表达。

小时候放暑假，我会住到外婆家，外婆用檀香皂给我洗澡，那是上世纪80年代末。中学以后，放寒暑假时外婆会住到我家。可外婆住一阵后就吵着要走，她总说厌气，不着地气。有一个黄梅天，暴雨忽然而至，片刻将街道上的路人收集在弄堂的屋檐下。雨安眠了现代的马路，却让古老的弄堂忽然间活起来了。因为走不了，我索性静下心来听一听即将绝迹的叫卖声和市井之声，彼时彼刻，宛若天籁。我突然明白了何为地气。

前阵子上海小学教材中有姥姥与外婆之争引起热议，在我看来，姥姥称呼固然亲切，外婆则更和煦，符合上海或整个江南的文化体系。《咬文嚼字》总编表示，经讨论，语言文字学者普遍认为"外婆"和"姥姥"都已属于通用语范畴，两者都不再是方言。

老舍先生就曾在《我的母亲》一文里两者并用："母亲的娘家是在北平德胜门外……对于姥姥家，我只知道上述的一点。外公外婆是什么样子，我就不知道了。"

老舍，满族正红旗人，本名舒庆春，生于北京。

不过自我感觉里，"外婆"一词更能引发通感，那些外表温存、考究、有文化、慢悠悠、细嚼慢咽、丝丝入扣的中老年妇女，早晨吃咖啡，会织精致的绒线衫，头发一丝不苟地烫成松软文雅的细卷儿，恰到好处地蓬松起来，娟秀妩媚，让人心生尊敬。"体面"两字，形容外婆最合适不过了。以前上海电视台有一档节目，叫《时髦外婆》。外婆不只是一个称呼，也代表曾经有过的花样年华，代表一种记忆，乡愁和文化想象。

共情于风月，与物同哀

十几年前初次赴日是去四国的松山，当时去那儿游历的中国人不多。那是夏目漱石的故乡，依然保留着江户到明治时代的建筑和街道样式。坐着从 1888 年开始运营的少爷列车去泡日本最古老的、存在了 3000 多年的道后温泉——千与千寻中金汤池的原形地，深有时空穿越之感，可这些都不是最吸引我的理由。我被一座古老寺院里的庭院惊到了。

不过百余平米，没有活水，绿树繁花楼台瑶池悉数省略，唯有白砂、石子布局其中，指代河流山峦村落，清寂得让人瞠目结舌。迥异于中国园林的可居可游，那个三维庭园只能像二维水墨画般，供人静观默照，冥想顿悟，在有限中体会无限。后来我才知道那是枯园，也叫枯山水。

心即是境，在窄小空间内，用一种彻底的减法表达抽象清宁的云水禅心，这无疑是深受禅宗精神影响的园林装置艺术。2014 年盛夏我和马尚龙老师及闺蜜在伊豆修善寺前一家 400 多年历史的温泉旅店的门庭驻足很久，那个庭院铺着规格相似的小石子，亦无一草一木，连白砂都没有，只装缀了几尊青灰浑厚的大石，造庭材料简素到极致，然而布石与禅画神髓相通，仅用点墨即将人引入空灵心界，那种物外远致、扑朔迷离的空旷和色空不异，不取不废的禅意，仿佛在方寸之地幻出了千岩万壑。

福冈的太宰府有个园子，那次去不是秋天，庭院里却散布着几枚爬满青苔、铺着红枫叶的石头，仔细端详，红叶是经过处理不会随风吹落的。对于刹那间诗意的领略和对普通细微事物之美的体会是日本人独擅之处。徜徉此园，我再度对日本人心生感慨。对细节的太过拘重执著桎梏了大开大合的性情与想象，然而没有奇山异水却能珍惜一草一木、深具仪式感的、一丝不苟的浪漫精神的确很日本。日本有个典故：父亲为茶会做着精心准备，儿子仔细打扫庭院后，父亲摇头。儿子再度认真清扫，父亲仍不满意。如此往复再三，依然如故。儿子不解，父亲轻摇枫树，洒下了一地落叶，父亲依颜色的不同将其错落码放。儿子恍然大悟。

用极大的刻意追求自然荒芜之美，在日本传统文化中较为普遍。在东京上野吃豆腐怀石料理对于我而言是一次难忘的体验。那顿料理要提前一周预约，店的装潢走侘寂路线，连带着料理氛围的素淡幽玄，实在有在寺庙进食的感觉，浅尝细品，不宜说笑。

也难怪，豆腐料理的前身是精进料理，发端于平安时代，原是僧侣们的斋饭。这顿全素料理有十余道，都是豆腐或豆腐的延伸品，装盛风格玲珑淡泊。虽是全素，却依旧让人感受到高级日料"割主烹从"的风格，灵动口感溢于舌尖。全套料理十几种豆腐美食下肚十分饱胀，待到乘地铁从上野到新宿后，腹中却已然空虚。这顿每人一万多日元的豆腐料理，对于一个既非豆腐粉丝也非素食者的我来说，谈不上解馋，更不顶饱，闺蜜请我去，实在想让我更深刻地领略东瀛文化之美、仪式之美。

固然晓风入松影、清泉石上流的氛围是美的，但若能在阅尽千帆后依旧保持清风明月的心境，又何必在乎是否吃素呢。

此季的东瀛，吃流水素面是古老的风俗。如果没有饶有情致的"流水"，冰镇素面也能替代。细若发丝的面条用沸水烫熟后，再用活水反复清洗，直至水中没有了淀粉质。之后用冰块镇着，撒上调料，蘸着日式酱油吃。日本人讲究细节礼仪，唯独在吃面时能酣畅淋漓地发出吸溜声，似乎不刻意出声，不足以证明面的美味。这让人想起清少纳言的《枕草子》，全篇多以"可赏玩"开头，赏玩的不是外在，而是内里某种难以言喻的微妙情感。

观赏日本茶道仪式，在一座古老的茶室里。利休灰纸糊裱的移门，局促空间内点缀着小花与呈奇数的石头，枯淡的色调、迂回的长廊、沉郁的屋檐使其即使在清晨也有着下午3点的感觉。其实日本茶口味乏善可陈，几乎皆为蒸青绿茶，从口感上至多算是清淡幽微，而茶道却在操作程式中最大程度的追求"枯寂"的表现形式和审美体验。进茶室先迈哪只脚，哪种茶具放在草席的哪一行纹路上，茶碗要横竖擦几圈，移动茶具的路径是曲是直，一杯茶要分几口喝光，行礼用真、行、草何种形式，在何时该提哪些问题并如何应答……一招一式皆有成规，仪轨礼法繁琐至极，指向相应的内涵和寓意。

中国茶道讲求虚静之美。在一盏清茶中品出聚散得失的真意，释然于物我两忘的境界，中国茶道注重心灵层面的沉静恬淡、虚无豁达，所以喝茶时聊天听曲看书说笑皆可，随遇而安，只求内心自悟。虽说日本茶道是对寂寥荒芜贫穷苦闷等价值的重新发掘和演绎，可终究还是脱离了茶的实用功能和神味妙趣。我修为不够，只相信"空故纳万境"，品茶时让各种规则程式塞满内心，何以实现从感官到灵魂的飞跃呢。这感觉真不如在伊豆高原承接着神之灵气的山林雾霭间反转穿梭时，感受的那种迷离空寂。那是真正属于自然的、岛国的清灵幽玄之美。

在关东千叶县九十九里滨的温泉保养所餐厅，我第一次吃到微烤鲣鱼。将新鲜鲣鱼用稻草烤成外熟内生，然后用菜刀拍打鱼肉使肉质紧实。如此烹法，鱼皮焦香，而红色鱼肉却基本是生的。鲣鱼是我在日本小说里时常读到的美食。鲣鱼是生活在温暖海域的洄游性鱼类，春季沿黑潮北上，秋季沿亲潮南下。日本人自古就迷恋吃初鲣，他们对"初物"（即时鲜货）都有着无法言喻的好感。初鲣昂贵，时令转瞬即逝，据日本古籍记载，吃一口初鲣能延长 75 日寿命。初鲣在淡淡的宿命感中凸显的辽远而纯粹之情，颇为符合东瀛在平安时代就出现的独特的美学观点：物哀。

物哀从字面来看，物是所欣赏的客体，哀是情感体验，感受、欣赏、惋惜又悲悯万物，以人生无常，芳华易逝，生灭必然，永恒徒劳为基调。村上春树说，"不管是樱、萤或枫，都会在极短的时间内失去它的美丽。我们为了目击那一瞬的光彩，路途再远也愿意前往。"川端康成的作品中，四季风物的描写无不弥漫着物哀情怀。春天赏樱、夏天戏萤、秋天观叶、冬天品雪……这些在日本现代生活中也颇有仪式感的行为，有一种与生俱来的寂寥伤感。作为一个火山地震海啸多发、国土局促又深受禅宗影响的东方岛国，"瞬间即永恒"是根植于他们文化体系中的直觉性哀感。共情于风月，睹物哀，与物同哀。让人想到一句诗：所有的事物，我都要看上两遍，一遍让我欢欣，一遍让我忧伤。

玛格利和醒酒汤

济州岛是个有魔力的存在。并非拥有海景无敌，而是妙在玛格利、东门市场的海鲜和醒酒汤，妙在质朴豪爽的人情。

看过一部韩国影片《济州岛的玛格利大叔》。两位男士共同追求一位美女，而赢得其父亲、在济州岛经营料理店的倔老头玛格利大叔好感，关键在于喝酒一定要豪迈，于是情敌俩正面交锋拼酒量，而拼的酒，正是玛格利。

济州岛是个能说走就走的地方。从上海起飞，一个半小时候就到了济州机场。出海关时，济州海产业大咖宋昌南社长来接我们。经历坎坷的他笑容诚意友善，纯然的客气谦卑。他是我的好友、中国照明行业大咖陈卫平先生的莫逆之交。宋先生讲一口流利的汉语，他曾在中国生活过七年，回国后依旧深深眷恋着中国。他接我们直奔一家著名的烤肉店。换鞋、盘腿坐定、与陪餐者一番寒暄、穿上围兜过后，黑毛猪肉和大蒜头在烤炉上滋滋作响，玛格利登场了。

玛格利是酒精度在 6 度左右的米酒，是韩国最具代表性的传统酒，又名"平民酒"，且多在梨花盛开的时候用酒曲发酵酿造，因此也称"梨花酒"。

玛格利在干农活时被称为农酒，白色的称之为白酒，不清澈的叫浊酒。

喝玛格利的器皿是铁皮碗，它的口感介于乳酸菌饮料与酒酿汤之间，淡淡的乳白色，淡淡的甜味与酒味，沁人心脾，自然柔美，多饮不腻。玛格利含有氨基酸、维生素、矿物质、乳酸菌等营养成分，能排毒养颜，去油腻，助消化，配烤肉、葱饼、天妇罗这类高热量重油脂的食物真是太合适了。不过玛格利是纯米酿造，多喝几碗就会感觉饱了。

据说制作玛格利时，将米饭放入泡有酒曲的水中搅拌，和面一般揉搓，使其膨胀开来，在酒曲的催化下能迅速发酵。这个过程中产生的液体米浆对皮肤来说是一种神器，可作为面膜使用。韩国人类文化财团和国立韩京大学共同研究结果显示：使用绿色无公害大米酿造的玛格利，将致醉物质最小化，取而代之的是含有大量具美肤功能的维他命 B1、B2 等营养成分，且含有抗癌物质法呢醇 (Farnesol)，其含量比啤酒或红酒高 25 倍。

　　几天相处，几乎每餐都有宋社长陪伴。他的经典动作就是一手捧着塑料瓶（PET）装的济州玛格利酒瓶，一手时蹦蹦蹦地向上推摇，以防止沉淀。玛格利的保质期很短，仅有10～30天左右。据说好的玛格利酒能喝出酸甜苦辣来，就像人生四味。每个韩国餐馆都有玛格利，在超市、便利店也都有卖，算是韩国的国民酒，相当于石库门黄酒在上海，二锅头在北京。当然玛格利也能登大雅之堂，它曾在韩餐世界化国际论坛上，被选定为大会晚餐专用酒。

　　济州人对烤肉的热忱远大于海鲜。黑毛猪肉是给贵客准备的高级餐。整块烤熟后用特制大剪刀剪开，很正很香的猪肉味，让人穿越回上世纪80年代。不由多吃了几倍的量，好在有玛格利化解，没有很撑，十分落胃，让人渐入佳境。只是在屠宰场餐厅吃像巧克力一般的生牛肝，我从心理到生理上都不太能消受，如此茹毛饮血，于我来说口味太重了。

　　济州东门市场、东京筑地市场和台北上引水产是我最喜欢逛的鱼市场。在东门市场，每个摊位前都有银光闪闪如大刀一般的带鱼，神气活现，新鲜无比，那种体量和光泽度，让人见识了何为大刀阔斧，何为大开大合。还有各种奇怪的鱼类，农副产品和药材。宋社长的友人金社长是那几天的酒友之一，他是济州农协的领军人物，以种植橘子出名，他给我们带来大包橘子，他种的橘子其貌不扬却清甜多汁，入口难忘，这也使得他成为了一个几乎能自由出入政府的体面人，人称"橘子金"。

在济州市的一家鱼料馆，我毕生第一次见到活带鱼和红海参。带鱼捕捞上岸后，在模拟海水温度盐度和压力环境中能存活四小时。红海参则是海参中的海参，具有超强修复再生能力，极为名贵稀有，是上天赐予济州海域的恩物。

济州岛的饮食与日本相似，有吃鱼生的传统，不同的是蘸料。日本多用芥末酱油，而济州则多了辣椒酱和泡菜。带鱼刺生的肉质紧实带劲，红海参刺生像橡皮筋，鲍鱼十分Q弹，带着海水的咸香，让我不由自主的又多喝了几碗玛格利。

玛格利是一种极具欺骗性的酒，因为不知不觉间就会喝多，醺然感绵延很久，程度也不浅。于是济州岛有许多几乎通宵营业的醒酒汤专门店。韩国人擅饮，且风格豪放、架势不羁，醒酒汤就是解宿醉的汤。在韩国，发小哥们之间约聚常常是在小馆子喝酒，喝到两颊绯红，直接倒炕上睡着，醒后喝一碗醒酒汤配米饭，酸酸辣辣热气腾腾下肚，既温馨随性，又充满仪式感，细胞被激活，那场醉就像是从来没有发生过。

醒酒汤里通常都有豆芽，因为豆芽里含有消化酶，能起到助消化、促循环、高效解酒的作用。明太鱼汤是韩国是最家常的、具有代表性的醒酒汤之一，将撕成细条的干明太鱼，炖成奶白色浓汤，放入调开的鸡蛋汁和豆腐作配料，用虾酱调味，浓淡皆宜。蚝醒酒汤用蚝、蘑菇、豆芽等熬制，清鲜无比，补充流失的体力与水分最为有效，尤其适宜在男女情事后享用。

好友陈卫平兄曾在韩国生活过两年，海产生意长年出口韩国，于是也有不少韩国饮食习惯。他擅饮，并擅长自制三款醒酒汤。

最简单的是豆芽醒酒汤：将黄豆芽加几粒开洋洗净后放入水中煮沸，小火炖约45分钟，出锅前放少许蒜末香油盐即可；中等难度的是文蛤醒酒保肝汤。蛤蜊是日本韩国包括中国沿海地区最传统的解酒保肝食材。将文蛤（杂色蛤亦可）洗净后放入锅中，加热至开口，无需加水，蛤蜊原汤会自动流出。出锅将肉拔处。用原汤清洗后备用。锅中加水和少量豆芽后煮沸，将沉淀后的原汤和肉放在锅中炖5分钟，加入洋葱粒、青椒粒和葱花粒后即可食用。难度再高点的是海胆海带醒酒汤。将海带丝（裙带菜亦可）放入锅中加水煮沸，微火炖一小时放入海胆，炖3分钟，加入蒜末、蛋花后煮沸即可。海带有显著醒酒效果，海胆为高蛋白食物，保肝效果极佳。

济州之旅，宋社长请我们喝了至少三种高档醒酒汤：河豚汤，海鲜汤和新鳗汤。河豚汤因为贵，在韩国通常是男人发薪那天享用的美食。清早宋社长在手下工人刚捕捞上岸的新鳗里，挑选了一条最大的，带去友人开的海鲜料理店加工，少顷，一锅热辣鲜香的新鳗醒酒汤就做成了。与此同时，我面前又被宋社长悄悄斟满了一碗玛格利。他笑称这是还魂酒、解酒之酒。

| 只是我眼中的温州人 |

那天我请友人喝茶，后半程他的搭档急不可耐的找他有事，也去了茶艺馆。

他的搭档是个四十多岁的温州型男，穿艳色杰尼亚衬衫，执巴宝莉手包，经营钱庄。落座，两人切磋生意的事，也不避讳我。我悄然退场，离座买单时，被眼尖的温州人看到，一个箭步冲上来按住我正准备刷的卡。

一壶茶而已，他却认真急了：温州男人没有让女人买单的事！

有很多年了，温州是一种商性的标签，一种经营的范式，在世人的争议、矛盾、羡慕嫉妒恨中不断前行。温州人有股温州味，与杭嘉湖平原人士不同，他们是很容易被辨认的江浙群体，这也许与故乡三面依山一面靠海的地貌有关。富一代的他们，第一桶金虽多来自鸡毛换糖的交易发迹史，却十分重视子女教育和乡土情怀，尊敬文化人。

上世纪 90 年代后期我的大学时代，隔壁寝室有个温州女孩，确切说是瑞安女孩，她打电话回家时，流利的普通话瞬间转成类似闽北话、金乡话、畲族话的混合方言，如果语速慢，我还能隐约猜出几句：打算几能界走归（准备什么时候回家？）样子訾那光景？真真不毛显（印象怎么样？确实挺不错）……同室山东女孩每次都戏谑她：你说的是什么呀？沪语苏白广东话还找得出规律，你这可真是鸟语啊。那是我对温州的最初印象：温州话难懂。

每次从老家回来，她要翻山越岭乘 10 小时长途车，那时瑞安还未通铁路，温福、甬台温铁路在 10 年后才建成，温州在很长时间里还是铁路尽头站而非枢纽。那时她每次回来总不忘带一口印有"温州"二字的灰色旅行袋，塞满毛巾发夹浴帽肥皂盒等杂物，主要目的是售卖给同学。这些是她从老家镇上批发来的，镇上又是从义乌批发来的，二三十块可装满一旅行袋。

俗话说"无商不活"，那是我第一次近距离见识了温州人的商性和活力。

那时和她闲聊，我说温州很富啊，高楼大厦，温商云集，她说，你不知道，温州市里很富，乡下很穷的，根本不是一码事。

中文系毕业的瑞安女孩毕业一年后弃文从商，从卖花蛤生蒜开始，到如今在温州市中心五马街拥有三个食肆，她只用了不到十年时间就完成了原始积累。

温州自古就是座开放的城市，南宋建都临安，温州得以繁华。至今温州老街还存有近代开放的海港城市的韵味。它的城市名片上印着一溜头衔：中国鞋都、中国服装之城、中国金属外壳打火机生产基地……政府、商会、企业各司其职，组成了温州健康繁荣的市场经济。一二线房价的涨落，温州人的作用一度很明显。

温州人敢拚有梦想，也愿花，肯享乐。温州的马路是很堵的，私车乱调头是经常的，大灯是基本不关的，奔驰宝马满城跑，悍马保时捷也不少，法拉利偶尔也能看到，开车是互不相让的。当然，这些高级轿车怕出租车，出租车怕公交车，公交车又怕人力三轮车。载着游客的人力三轮车真是飚得飒爽。

温州商品房的楼距很窄，客厅倒是很大。温州男人是要扎台型的，面子很看重，请吃饭必有大菜，请唱歌也必去

VIP 豪包。在一线城市闯荡的温州女商人，穿戴大牌居多。在温州本地见到的温州女人，也个个时髦。这座城市服装小店、化妆品小店俯拾皆是，勤奋的美女们逛遍大街小巷而不言累。

温州人爱吃。吃食的名字也很有地方韵味，当我第一次听到子梅鱼、黄汕鱼、白鲞、泥蒜、蝤蠓这类名字时，像忽然跌入一个新奇的世外之城。温州人在吃上是会混搭的，咖啡馆里有卖炒螺蛳，瓯江畔的意大利酒吧里有卖水煮鱼，所以拉芳舍都开到了西藏。

这些年我认识了不少在上海的温州人，他们的交往方式是热力的。生日酒订婚酒满月酒周岁酒，考上学校要请吃酒，找到工作要请吃酒，出国了、回国了、当兵了、跳槽了……人生只要发生一点事情，他们都要摆酒与人分享，场所必是世尊、豪爵等有宏大名称的所在。他们是要扎台型的，既有开放的风采又有乡土的情怀，还有离经叛道的胆识，以及一点守旧的局限。

温州的老街至今尚存有近代海港城市的韵味，这座介于大陆与海之间的南方城市，始终荡漾着商业文明和世俗文化的波影。作为永嘉学派和中国山水诗的发源地，在吴越文化与八闽文化之间夹着的温州总让人感到氤氲徘徊的古瓯情结，以"瓯"命名的道路、宾馆、商铺在这座城市随处可见，温州人很为自己是善于制作陶器用以交换的原始瓯人的后代，而自豪。

食事江湖里的风月之花

据观察，饮食态度口味大相径庭的男女，若无折衷或一方对另一方献身式的皈依，同路时间不会太长。

当年爱得死去活来T小姐，婚后一年龃龉渐渐浮出水面。果然幸福都是听说的……爱正酣时，宽容似海，不和谐都被放到追光之外。追光渐熄，日子弥漫出将馊未馊的气息。彼此自我意识大增：他喜清蒸，她爱红烧，他喜白灼，她爱爆炒，他喜青花瓷，她爱砥部烧……虽说精英美食家多为男士，可更多男人对吃的想象和主见有待熟女开掘，然而他却因自己权威地位的动摇而器局缩小，誓将食脉坚持到底。彼此不再随和妥协，势均力敌的结果是从暗爽到心怀芥蒂、斗志昂扬。磕磕绊绊过了两年，久滞不散的差异最终湮没了他们。

分手后，T小姐跑来与我哭诉：原来，志同味合比一见钟情要紧得多！

单身八年后，T小姐最近再婚了，她是在高铁上认识现任先生的。他坐在她邻座，举止斯文衣着得体，上车时却拎着一只硕大的玻璃桶，装满老家自制的大酱。因为这桶酱，两人攀谈起来。从东北大酱，说到"不得其酱不食"的孔子，说到萧红《呼兰河传》里写到的酱缸，感慨乡愁是种有味无色的记忆。

　　两人从共同喜爱的大酱汤开始，如挖宝藏般开掘出无数彼此共同喜爱的味道。那是一种非常强烈的共振。两人还共同爱好清香型汾酒，深深认同清朝美食家袁枚说的"既吃烧酒，以狠为佳。汾酒乃烧酒之至狠者。"

　　八小时的高铁车程，两人从素昧平生到相见恨晚，下车时有了依依缱绻的情绪。也许略萨说得对："味道和爱一样，是非常私人化的，虽然它们被人们津津乐道，但你很难对它们有准确描述。简而言之，味道和爱一样，最好是去体验，而不是被描述。"三天后，两人相约去城西的朝鲜馆子喝大酱汤，又过了三天，他带着酱桶和红酒登门献艺。

　　Y先生貌似年轻时的徐悲鸿，且有林下风，颇具女人缘。某晚饭局结束后，他开车送一女性友人回家，一时内急，与她说：能否借用一下你家洗手间？

等他从洗手间出来，她已煮上了咖啡，舒缓的音乐在空气里流淌，灯光也幽暗暧昧起来。Y 说了声"谢谢，早点休息"就告辞走了。她有点窘，后来再也没联系过他，碰巧遇到，也假姿假颜起来。

如今单身女的率性大胆远甚单身男。若有一点感觉，往往想让这火花燃烧成燎原之势，于是男人的礼貌拒绝常被她们认为是克制隐忍，欲擒故纵。

在我点拨下，Y 先生有了另一套更人性化的婉拒方案，果然与女性友人之间的关系润滑许多。夜送美女至家楼下，行将告别，美女含情一笑，假装随意的说：要不要上来坐坐喝杯咖啡？他可以这样回答：还是不了吧，我怕自己克制力差。

这话有言魅，潜台词：你不觉得一个让人把持不住的女人很有诱惑力吗？这等于间接肯定了对方的女性魅力，也使自己在她的回味中轻松抽身。

李安成名前一直在家当煮夫，尤擅狮子头。后来他几乎每年拍一部新片，一出门就是几个月，他总会自己揉面提前做好几百个饺子冻在冰箱里给老婆备着。他是怕老婆的，他发现她讲的话时常是对的，因为女人的直觉更胜于男人。他下不了的决定老婆下，他犹豫踟蹰的样子她也不讨厌。他有句话说得实在：男人的最内在是女人。刘青云也坦言自己婚后在老婆那里不过是一个乖乖的、黑黑的小孩子。

常看到型男熟女切磋厨艺。有人发美食贴，熟男甲评论：在做开洋老抽蒸老蛋时，要加几滴老式菜油，会非常香。针对刀豆腊肉焖面，型男乙强调：面要控干，千万要控干，不能带一点水。他们的光芒在平凡生活中闪耀，适合日常的工作生活场景。他们年轻时也曾向轰轰烈烈的人生做些微试探，成熟时会越来越接地气知冷暖懂局限，中看中用又合时宜，他们是上海男人。

上海女人内里都是强的，可红太狼亦多是贤妻。Q 小姐的先生某晚应邀赴宴，她有事不能同去。Q 遂关照东道主：她先生单独出去放松的机会不多，是否可以安排两个容貌姣好知情识趣的女孩坐在他旁边，陪他说说笑笑。

爱情如双色冷拼，清爽悦目，各取所需，皆大欢喜；婚姻似粤地老火汤，不堪细睹，鲜腴馥郁里有着混沌体谅。倘若人生是一场卑微的遇见，那平凡男女一汤一饭一肉一蔬里拌着的包容与杂念、老实与狡黠、合作与交锋，便是食事江湖里开出的风月之花，信手拈来而又意味深长。

你离孤单几海里

到达九十九里滨时，风大了，还下着雨，黑色海滩上散布着少许岩礁。那条毗邻太平洋的壮美海岸线有着非凡的绵长与澎湃，在日本境内很少见。

这个冲浪圣地在夏秋之交让我感到了凛冽。与黄昏的太平洋面面相觑，我吃了一枚甜得发腻的和菓子月饼。此情此境难以言喻，与伊豆高原山林间的清灵和东京上野怀石豆腐料理的幽玄相仿，我亦触及到某种物哀情怀。那气息，名曰空寂。

如同心灵吸氧，我久久沉默不语。空故纳万境，我试图体会的感受在千里之外的此地达到高潮。铃木大拙曾说：感情达到最高潮时，人就会默不作声。

九十九里滨是女友常在嘴边念叨的地名，在日本关东千叶县。千叶县三面环海，东南方面朝太平洋，西侧濒临东京湾，西北面与东京都和埼玉县连接。著名的成田机场和东京迪斯尼乐园的都坐落于千叶，不过我最带感的还是九十九里滨。它古名玉浦，别称矢指浦，长约 66 千米，是日本第二长的海滩。那儿不但适宜冲浪和神思，更是鱼虾贝类的温床，而且这些鱼虾贝在我看来还具有独特的日式物哀气质。

当年女友在深秋离开了那个不能给她世俗归宿的他。过了 30 岁，她猛然发现，他能陪她走的路，将不会再有多远。那要命的虚空感使得她在第二年就抓住一个当时离自己最近的人走入婚姻。婚后三年一直温和、淡漠而游离。没有孩子，放弃财产，她离婚时，光阴像橡皮擦瞬间抹掉了 1000 多天的印痕。见过自己爱的样子，她确定自己从未爱过他。种如是因，收如是果，一切唯心造。拿到离婚证的第二周她就来到九十九里滨看海。后来十年她一直单身。天赋灵性越高的女人，越难以收获世俗意义的美满。她需要超越以爱为命的轮回周期，不执迷，会欢喜，如此才算安顿了自己。

生活不是我们活过的日子，而是记住的日子。在日常几乎见不到戏和景的日子里，能短暂把寂寞和承担甩在身后的人，也一定是极清醒的旁观者，将梦做成生活的药引，定然有颗出离心吧。喝茶，吹风，看海，与宇宙能量互换，这逐渐拨弄出的无限情意，是功夫，亦是生活。

　　有个数据令人玩味：与每个人信息素相对应的异性在世界上有两万人左右。我们能遇见的不足百分之一，能相处的更是少之又少。如此想来，人真是太寂寥了，偶尔会感觉生无可恋，必须找到妥贴的移情载体。村上春树某个小短篇令我印象深刻。男主人公固定的人生模式是与一些女性保持不即不离的状态，自动解除关系时没有积怨，也没有烙印。31岁那年，他认识了一位年长他5岁、对职业保密的神秘女子。她思维敏捷，爽朗而飘忽。他们做爱，睡觉，喝酒，她不依赖他，也不想与谁进入日常生活。因为一旦心被搅乱，就会失去平衡感，带来严重的职业障碍。交往了一段时间后，她晨露般消失了。

　　三个月后，在一档电台节目中，他辨认出了她的声音。原来，她从小喜欢站在高处，后来辞去了证券分析师工作，开了专业清洁高楼玻璃窗的公司，多数时候亲自上阵。站在高空，解掉安全绳，精神高度专注，那里只有她和风。风理解她，她也理解风，她钟情并迷恋这样的时刻，没有恐惧，心是满的，也因此再没有他者介入的余地。仰望流云，他对风的嫉妒感汹涌而来。他察觉到自己对她怀有一种前所未有的特殊情感，有质感有纵深有怅惘。又过了半年多，他确定她不会再回来。后会无期的她，在另一个时空里完全容纳了他的心情。最初，也是最后，她成为他生命中真正有意义的女人。

每到一处有感触的地方，临别前我会刻意留下一件随身之物在酒店，暗中期待故地重游。然后很快，愿望会实现。念力的作用有时能超越很多力量，这并非巫言。离开九十九里滨时，我留下了一枚挂件。

| 黑糖的逆袭 |

　　说到古早味，各人脑里首先跳出的食物都不同。我是黑糖。只因正巧此时书桌上有盒台湾黑糖麻糬的缘故吧。这款麻糬，好友购自淡水总店，甜度适当，Q弹好味，适合文字民工思维枯竭的下午解馋充饥，放松疗愈。

　　口中寡淡时中意吃一支黑糖话梅棒棒糖。鸭蛋大小的它有股特殊焦香，话梅则干硬厚味，台湾零食店论支购买。

　　每月总有几天女人像暗黑破坏神，平日越乖巧温顺，就会变本加厉的乖戾狂躁、难以捉摸。其貌不扬的黑糖就成了很好的安抚剂，能降低烦躁感，让人舒缓起来。且富含铁质，可补充女人生理期的亏损，平衡冷暖，抚慰身心。日本人和台湾人很早就懂得赏味黑糖，从前日本妇女在做月子时天天饮黑糖水帮助排出恶露。我的月子餐参照台湾坐月子食谱，亦大量使用黑糖和甜酒，身材并未遭到严重破坏。

以前一直以为黑糖就是红糖，只是各地叫法不同，其实两者是有区别的。黑糖是未经高度精炼脱色的蔗糖，也有说黑糖是火候过度的红糖，因而有股焦味。同等分量的红糖和黑糖泡水，红糖比黑糖甜不少，因为黑糖杂质多。黑糖含有不少矿物质和微量元素，有利人体酸碱平衡，独特的色素调节物质能淡化色斑、净白肤色。日本江户时代的歌舞伎们已懂得使用黑糖排毒祛斑，如今有不少日韩系化妆品也广泛使用黑糖美容。

黑糖是粗糖，全麦是粗粮，两者有某种程度的神似，这些年逼格不俗，就像现在不少有钱人以西装革履为土鳖装扮，麻衣布鞋才是高大上。其实古时黑糖一直很草根，虽然李时珍在《本草纲目》中说它能和脾缓肝，但刘献庭在《广阳杂记》也说"糖之在上者，色白如霜雪，味甘美异于平日，中则黄糖，下则黑糖也"。斗转星移，如今黑糖逆袭而来。在城市超市，一小袋不过十几粒的冲绳纯黑糖要卖 25 元，这袋糖果在冲绳不会超过 100 日元。一包黑糖萨其马售价五六十元，只因里面使用了冲绳黑糖。也难怪，对很多人来说，冲绳就是黑糖，黑糖就是冲绳。那个海岛除了蓝天碧海便是一望无际的甘蔗田，那儿出产的高品质黑糖采用物理土法制成，完全无添加，富含钾和钙，甜味自然顺滑。我有幸品尝过冲绳黑糖可丽饼，主要调料是黑糖溶于煎锅后加入黄油、白兰地、芒果浆和橙皮碎的加味黑糖汁，口感华丽无比；还有黑糖水羊羹，那属于和生果子，用梅子、黑糖、烧酒等制成，晶莹剔透酸甜多汁且酒意盎然，似有催情作用；还吃过名曰"栗黑丸"的果子，只用栗子和黑糖两种原料，尺寸是栗子的两倍，糅合栗子的甘甜和黑糖的醇香，两者联姻，没有配角，让人知道了何为门当户对，何为举案齐眉。

台湾人也擅用黑糖。友人曾赠给我青梅黑糖，一格一格类似巧克力排，是时下时髦的保健食品，据说能排毒养颜，改善痛风及长期晚睡形成的酸性体质。台湾女人还喜欢用白芍当归熟地川穹加黑糖煲出的乡土糖水调理身体，这四款药材口味本就和顺，加上黑糖更是甘美芬芳，是暖宫补血，美容养肝，补给正能量的佳饮。

这个季节我常自制蜂蜜黑糖菊花茶。菊花用胎菊、洋甘菊或昆仑雪菊，蜂蜜用椴树蜜或洋槐蜜，视当日身体状况而定。做啤酒鸭时，我把白砂糖微调成黑糖，使得色泽更诱人，口味更清甜。

小学时，我一直是便当族，和我一起在教室午餐的闺密丽娜家就住在学校附近，吃完饭我们就去她家玩。她母亲在医药公司站柜台，深懂红糖黑糖的好处，我时常吃到她家的黑糖桂花芋艿汤、红糖赤豆汤等小点。有一次，丽娜当着我的面给另一女同学两粒当时罕见的福建黑糖——却没给我。我只能讪讪的装不在乎。下楼时，她悄悄往我手里塞了三粒黑糖……再没吃到比那天更甜蜜的黑糖了。

勃艮第酒：
在冷寂的流冰上，起爱恋的自燃

　　对勃艮第红酒有了确切的好感，源于前年在巴黎。画家蒋爷在他的府上招待我夜宴。那座优雅的顶楼公寓在凯旋门附近第十五区，据说有着 200 年历史，往来无白丁，当然还有一些气味对路的人。

　　那天桌上布置着香水百合，桌布上撒着新鲜玫瑰花瓣。蒋爷开了1989年的贵腐酒滴金——被誉为甜酒中的爱马仕，还有更为昂贵稀有的亨利·贾爷。

　　亨利贾爷酒似天赐恩宠，将顶级黑皮诺的优点集于一身，细腻精致与醇厚有力兼备，丝绒质感，平衡凝缩，极尽感性之美。不过我只顾好喝，却不求甚解，有点辜负很可能是一期一会的好酒。回国后，我将滴金写成文字，却对亨利·贾爷只字未提。后来才得知此款酒的不可多得，以致于上海红酒教父、葡园董事长阙光伦先生对蒋爷笑称，"这款酒给何菲喝浪费，应该让我去喝！"

亨利·贾爷是勃艮第传奇酿酒师，他一向认为酿酒属于哲学范畴而非科学范畴。在权威网站评选的全球最贵 50 款葡萄酒榜单中，贾爷遗作李奇堡特级园以每瓶一万五千美元左右稳居榜首。就连法国最顶级的罗曼尼康帝酒园也只能屈居其后，虽然它获得酒评界的一致好评，在市面上也难得一见。亨利·贾爷这位勃艮第之神自 1995 年退休后便不再酿酒，2006 年 84 岁的贾爷去世后，世上所存遗作逐年稀少，他虽有两位千金，却志不在此，都未继承他的衣钵。奇货可居，贾爷酒存世的已经不多，且不可再生，喝到就是缘分。我能跨越时空与它相遇，相信之间定然存有某种不能言说的必然。

后来我补习了少许勃艮第酒的功课，也喝了几个专场，对它有了一定认知和心得。勃艮第是法国最古老的葡萄酒产区，随中世纪修道院的兴起而焕发无限生机。勃艮第酒有着崇高的土地精神，最大功臣是西多会的修士们。他们甚至用嘴来品尝土壤差异，将其精细界定划分，把风土的逻辑推向极致。

勃艮第红酒基本采用单一葡萄品种酿造，主要是黑皮诺，单宁不很强壮，酒体看似轻盈，却细腻雅艳，娇柔多变，知性闷骚，很有高级感，需要悉心体会侍奉。这种侍奉并非进醒酒器那么简单——事实上一些勃艮第酒不需要进醒酒器，更不可摇晃，看似淑雅，却是有点作的——而是适时卡住温度和时间品尝。拔出瓶塞，闻香，少量试饮，借此预判需要多久才能打开。这需要丰富的经验，感知与灵性，也需要该出手时就出手的胆识，才能既不唐突佳人，又行云流水般将佳人征服。

美国葡萄酒大师罗伯特·帕克有个观点：一支完美的葡萄酒，最基本要满足两点：平衡和成熟。上等勃艮第红酒能将这两大特点淋漓发挥，且注入自己的特色，风土的多样性又令它变幻多端，耐人寻味。伏旧园的红酒是友人的深爱，我在葡园的比酒会上也屡次喝到，的确难忘，尤其某款蒋爷带来的1969年的伏旧园，带着一点动物皮毛的骚味，有一点仙气和鬼气。

伏酒园是夜丘最大的特级园，是勃艮地教会葡萄园的经典代表，由法国修道士们最早建立，是唯一享受过军队致礼的葡萄园，在葡萄酒界享有尊贵地位。伏旧园在整个19世纪是以酿制能轻易存放20年以上的好酒著称，有着无数历史典故。目前 50 公顷左右的葡萄园为八十多个酒商所拥有，坡顶最佳，为教宗级。中坡其次，为主教级。下坡最次，为神父级，这也是价格与质量上的大致梯度。总体上说，伏旧园特级园的葡萄酒结构十分饱满，感性变化层层递进，色与味都优雅细致至极，入喉时丝般顺滑，舒适中带着干练和秩序感，有极强的久存潜力。待时机成熟，会迸发出惊人魅力，让勃艮第酒的气质灵魂大放异彩。

喝葡萄酒就是喝当年的阳光和气氛。即使是同一酒庄的同一品牌，也不会有一模一样的葡萄，一模一样的微风细雨的润泽，入口时的那一秒绝不会有相同时光，所以上乘葡萄酒感性灵变的特性与美妙智性女子相通，不是网红脸，不是傻白甜，而是工业化、规模化生产无法企及的微妙境界，其魅力如宇宙一样，妙在可以感知却难以捕捉的气息，妙在没有答案。

当然勃艮第酒不能和波尔多的拉菲、拉图、木桐、玛歌等酒庄比名气，也不能与罗纳河谷的混酿"教皇新堡"比浓艳风骚，更不能提性价比，性价比是勃艮第酒的软肋，因为它们的确比较昂贵，却让人在猝不及防之际就已届澎湃，引发体感和情绪的重组，体会到一个无法言说的灵性世界。事后仍回味无穷，思念成殇，宛若在冷寂的流冰上，起爱恋的自燃。

| 刘伶醉与徐水白菜 |

如果没那几个优秀的铁杆哥们，我不会知道河北保定还有一个地方（2015 年撤县设区），名曰徐水。

他们都来自徐水，毕业于省重点徐水一中，高考以后去往五湖四海，成为行业翘楚。不由让我对地理版图上陌生、人文版图上亲近的徐水刮目相看。

徐水座落于冀中平原，古为燕赵旧分界，宋辽古战场，今为京畿重地，毗邻雄安新区，事实上雄安的容城、安新二县，建国初期曾短期并入徐水。1960 年恢复安新，1962 年回复容城。雄安新区，影响着的不止是保定、河北，更是整个京津冀的发展战略，是个必将载入史册的千年大计。

徐水有三宝：白菜，萝卜，大晒药（红薯），还有一款很有名的白酒：刘伶醉。

徐水酿酒有千年历史，刘伶醉酒的美谈传颂至今。刘伶系晋朝竹林七贤之一，嗜好饮酒，放浪形骸，酒量之大，举世无双。刘伶与徐水人张华是知交，曾千里迢迢赴徐水访张华，张华以当地佳酿款待，刘伶饮后无思无虑，其乐陶陶，留下"酒醉三年方醒"的传说。

刘伶醉为地理标志保护产品。此酒以徐水当地产的九种粮食为原料，取太行山下古流瀑河畔的甘泉酿造，又以刘伶墓所在地张华村的芳香泥土封窖，发酵陈酿而成，酒色明澈，酒质甘醇，被誉为"小茅台"。曾获巴黎博览会特别金奖、中国驰名商标等殊荣。

值得一说的是刘伶醉烧锅遗址，它位于徐水刘伶醉酒厂厂房内。遗址建于宋金时期，其中的16个古发酵池已有近900年的连续使用历史，既是生产设施，又是历史文物。经考古专家鉴定，它是中国目前发现历史最早且从未间断使用的发酵池群，是中国蒸馏酒的发源地之一，被列为中国第一批白酒文化遗产景观、全国重点文物保护单位。

再说白菜。对于南北差异，网上曾有"买白菜，南方一次半棵，北方一次一吨"的戏谑，梁实秋也曾在书里描写："在北平，白菜一年四季无缺，到了冬初便有推小车子的小贩，一车车的白菜沿街叫卖。普通人家都是整车的买，留置过冬。"

白菜抵百菜，缓解了北方百姓在相当长历史时期内，过冬无叶菜可吃的焦虑，至今仍在北方蔬菜界占据不可动摇的王者地位。每每聚餐，那几个徐水籍哥们微醺时，常会忆起家乡的白菜。

徐水白菜究竟美味到何种程度？最会研究休闲生活乐趣娱情的清代美学达人李渔在《闲情偶寄》中记载：菜类甚多，杰出者则数黄芽。此菜萃于京师，而产于安肃，谓之"安肃菜"，此第一品也。每株大者可数斤，食之可忘肉味。不得已而思其次，其惟白下之水芹乎？予自移居白门，每食菜、食葡萄，辄思都门……物之美者，犹令人第食不忘，况为适馆授餐之人乎？他将安肃菜列饮馔部"菜"篇。

安肃，即今天的徐水。李渔认为徐水黄芽（即大白菜）是蔬菜中最美好的上品，因此每次吃饭都忘不掉它。据说徐水白菜已有 1600 余年历史，清顺治年间被封为贡菜，宽大层叠的翠绿菜叶和莹白剔透的菜帮，是台北故宫博物院镇馆之宝翠玉白菜的硕大版。李渔生于浙江兰溪，又先后迁居江苏如皋，浙江金华，杭州，江苏南京，生活圈多在江南。江南物候丰饶，他也见多识广，不过依旧认为很少有蔬菜能媲美安素菜，念兹在兹，只能以水芹菜聊以替代，终归遗憾。

李渔的饮食之道是脍不如肉，肉不如蔬，他对蔬菜有着深刻的理解，他认为从来至美之物皆利于孤行，不能用太复杂的烹饪方法，素宜白水，在一箪一箸中寻求恬淡自然。能用白水汆烫的徐水白菜，苗叶鲜嫩，盈盈然脆美多汁，堪称尤物。徐水当地人多用熘炒、凉拌或炖粉条的烹法，尽量保留原味，因产量有限，很多年间，真正的徐水白菜只有部级以上干部才得以享用。在我想象中，若用"刘伶醉"浸泡干贝数枚，与徐水白菜略加汆煮，应是南北通吃的清口美物。

北地冬季干冷漫长，万物萧条，过往岁月里人们冬天只能吃到极为有限的几种蔬菜：土豆，萝卜和白菜，绝大多数绿叶蔬菜难觅其踪。白菜凭借自身坚韧皮实易储存且口感尚可的优势脱颖而出。与土豆萝卜相比，白菜相对烹法丰富且有叶菜的清甜和纤维感，若能小心照看，扒去几层干化老化的白菜帮子，菜心能吃到来年开春。霜降后囤白菜，仍是许多中年人美好难忘的童年记忆。即使如今物资发达，白菜依然是普通北方家庭冬季最朴实温暖的情感寄托，并成为永远的乡土记忆。

有好几次在魔都聚会，平素吃遍珍馐的徐水哥们几个在酒菜酽足后总觉得少点什么，追加两道下酒菜，一是花生米，二是凉拌白菜心，如此才妥帖。所谓圆满，就是时间刚刚好，此时若再喝两盅刘伶醉，此情此景就不止涵盖了徐水人的半生履痕，更有了人情之大善和南北方文明之大美，有了不能被描述的诗意与风流。

一座古城的自我修养与实用文艺

    几场寒流过后，里下河的风犹如湿凉的绸缎。这一站，我们去泰州。

    似乎从未曾有哪个媒体将泰州列为人一生要去 N 个地方之一，这里并没有多少让人惊艳的暗器，也不会让人魂梦恹煎，有的只是顺风顺水的和谐之美，不过我倒是觉得，若有三天两夜闲暇，跨过长江去泰州走走倒是个润养身心的别致主意。

    长江早已不是天堑。每到一座长江沿岸城市，我都习惯于去江边看看。长江到了泰州段，物理距离与南京段不远，而精神气质与南京段有了不少差别。在我眼中，长江南京段是森森万象，落落芳华，而到了泰州段，则包容烂漫，温婉隽永。多了柔软，少了奔突，多了岁月静好，少了别绪千重。长江岸线的汤汤江水，在南京段是属于历史的，属于王朝的背影，浩瀚悲情，而到了泰州段，则属于乡愁，属于鲥鱼刀鱼河豚，属于生活。

　　长三角城市群的好牌太多，上海自不必说，她的参照物是伦敦、纽约、东京和巴黎。南京是资深美女，苏杭是顶级女神，而夹在苏南苏北之间的苏中门户泰州，其存在感一直不很强，宁静淡泊，无意与群芳争艳，却依然有着独一无二的花境，水境，食境，情境与心境。一千多年前，唐代诗人王维曾惊叹泰州："浮于淮泗，浩然天波，海潮喷于乾坤，江城入于洪涛。"七百多年前，马可·波罗游历泰州时感慨"这城不很大，但各种尘世的幸福极多"。在没有用脚步细细丈量过泰州前，我绝对不会想到，距离上海200多公里外的泰州，辨识度那么高，文能提笔安天下，武能上马定乾坤，不仅是承南启北的"水陆要津，咽喉据郡"，更是长三角城市隐性的大IP。

　　泰州有静气，适合走玩，涉目成趣，尽享慢生活。早茶，江鲜，梅兰芳，施耐庵，春兰空调，都是叫得响的名片。不求轰轰烈烈，却也耐读耐品，离尘不离城。很喜欢泰州的古称海陵。这让人想到安静的城池，幽深的古巷，沧桑的石桥和古老的运河。

水在时间之上，水是泰州的掌纹。这座长江之尾、淮海之畔、黄海之滨三水激荡的东方水城，处处可见漕运兴盛时期的繁华印记，还是中国人民解放军海军诞生地。城在水中、水在城中的复式城河，让泰州拥有了中国鲜有的水城格局。凤城河也有风华流光、四季风物和千年文化，载着这座城的积蕴与划痕，悱恻潺湲。凤城河上的古色画舫浮生若梦，却不是秦淮河的迷离旧梦，而是狂来轻世界，醉里得真如。吃罢溱湖簖蟹，在微醺中行舟，古城在桨声灯影里影影绰绰，裹在内心的江湖终能够在此无缚无脱，这可能是对泰州之夜最诗意的打开方式。

在一千多年的历史长河中，盐税收入担当国家财政收入的主要来源。古泰州濒临黄海，辖地广阔，官家盐场分布甚广，"天下盐税，两淮居半，两淮盐税，泰州居半"，后来泰州也成为黄海沿线盐商们贩运营销的大本营。唐代的海陵监为全国十大盐监之首，清朝两江总督林则徐曾在泰州竖立税碑，永禁越坝逃税，又派"扬州八怪"之一高凤翰坐镇泰州办理盐税事务。盐税文化、漕运文化因水而兴，其繁荣很大程度上促进了泰州的崛起和工商贸易的发达，这也使得泰州的富庶安逸有了深厚积淀，也因此产生诸如"早上皮包水，晚上水包皮"的闲适生活方式。

善弈者通盘无妙手，窃以为这句话用在泰州身上是再合适不过了。这恰恰是高手的战略，看似平淡，却积胜势于点滴，有极强的稳定性、可持续性和功成不居的莫测。溱湖湿地，梅兰芳纪念馆，望海楼、雕花楼、兴化万亩荷塘……拆单看无一惊艳，很难具体说出它好在哪里，却有着沉稳的沉淀和节制淡定的表达。稻河古街区是流动着的泰州历史。这个有着长江中下游保存最完整的明清古建筑群的古老街区，老屋、旧巷、古街密布，青砖黛瓦，历数度兴衰而风致无改，宛若一幅水墨画，也是绝佳的摄影取景地。墨和水，干和湿，随节气更替，渗化出许多偶然效果，令审美灵变而多元，游走其中，亦会有被水墨了的心情。从五巷小学到古井博物馆到苏中苏北第一豪宅"九十九间半"，游走其间，如同猜一个首尾相连环环相扣的古老谜语。"九十九间半"是泰州现存古民居之首，也是如今的泰和堂国医馆，欣赏亭台楼阁雕梁画栋之余竟也发现那"半间"屋外"人期百岁，屋欠半间"的楹联，想到梅兰芳先生的一句话：世间再大的繁华，到头来都是一场虚空。

盐税和漕运文化俯仰间已成陈迹，泰州的文气和名气却沉淀下来，从布局到细节皆有功夫，体现出这座古城的自我修养，那种浑然一体的气息美感，配上以烫干丝、鱼汤面、蟹黄包为代表的古月楼早茶、长江三鲜、溱湖八鲜、靖江汤包等名物名吃，以及江淮官话斯文质朴的表达，使得泰州有了与俗世生活相适配的某种实用文艺。各梯度的文化、美食与风物都自带一湾乡愁，最能滋养城市男女生活美学的养成和升级，并为中国式康旅定义。本分澄澈和隐隐的奢念想望，是我对泰州的大体印象，或许这种精神性外化出的物质性，也成为其独特 IP 的主要来源，或许一座城市生命的修为，正是增长于两种矛盾间的牵绊统和。

长沙的俗世之乐

第一次去长沙是为了租车去湘西，顺便到黄泥街、南门口一带吃地道的长沙市民菜：腊肉香干、剁椒鱼头、口味虾、海带炖排骨什么的。那是本世纪初，上海到张家界的航班尚未开通，去凤凰最经济的线路是坐火车到怀化，然后转大巴到吉首，再转中巴到边城，如此会错过不少沿途美景。而我的线路是先飞抵长沙，再到常德，过了桃源，沿着蜿蜒的省道到沅陵、泸溪、辰溪、麻阳、吉首，最后进入凤凰古城。

那时我很雅皮，讲究情调。住在通程的行政楼。从40层隔窗眺望，云层深灰凝重，早春细雨中的长沙城有点驳杂无序，这提醒我，这是一座中部地区中等规模中等发达程度的省会城市。酒店下面，市中心的六层民居凌乱陈旧，封阳台的窗子材质颜色参差不齐。商铺倒是鳞次栉比，尤以美发造型店多。店堂颇具设计感，播放粤语劲歌，理发师都号称从南方学艺归来。湿亮的道路上车水马龙，东南菱帅和北京现代混杂，咖啡店里爱尔兰咖啡和香蕉船是湘版的，白天的长沙风情寥寥。

黄昏，城市开始改妆。长沙人爱把平民饭店命名为"xx大食堂"，是去"大食堂"小酌还是去海鲜城饕餮，或是去火宫殿坐老长凳吃黑乎乎的长沙臭干子都不那么重要，反正每家店堂的空气中都无一例外的飘荡着腊味、葱蒜、干辣椒和干紫苏叶的气味——关键是饭后去哪儿消磨。

初去长沙时，我对其娱乐业的概念还局限于刚刚火起来的电视湘军和上过春晚的奇志大兵，随口问出租司机，都知道那对组合的发迹地。于是去红太阳剧院看火爆的无厘头演出，其中有不少段子是说长沙话的，还有东北二人转，男扮女声唱歌，古法戏法，大腿舞……380元的票价坐无虚席，当时普通长沙人的月收入也就1200元左右。我跟着傻乐了三四个小时，并佐以瓜子、花茶和槟榔。午夜散场后，打车艰难且堵车严重。司机奇怪：那么早就回去？据说凌晨一二点才是长沙夜蒲的黄金时间，娱乐休闲场所爆满，连带夜宵和洗脚业也超级发达。午夜开始拉场子呼朋引伴的人不在少数，一个电话可以让人从热被窝里爬出来，半小时后，认识的不认识的都来了，犹如全民狂欢总动员。所以我这个腋下夹着一卷《三湘都市报》和《体坛周报》打道回府的人显然不合时宜。

这些年又陆续去过六七次长沙。在当地友人的带领下夜无虚度：化龙池的酒吧，解放路的金色年华，五一广场的苏荷、湖南第一师范路口的戏窝子……白天的长沙人大抵还能寻到些心忧天下的古风，而夜晚必定变成一个个娱乐致死的物种，而当地的传媒、体育、教育、商业都乐此不疲地成为娱乐的附庸。至于文化，长沙草根的文化是选秀节目，是网络穿越小说，是能让人捧腹开怀忘记烦劳的一切，是先天下之乐而乐。

很奇怪每次去长沙都是湿漉漉的阴冷季节，地面仿佛从没干过，衬得从黄花机场到市区的一路红土愈发稠厚油亮。因为湿冷，长沙人嗜辣如命。因为重口味，长沙鲜活率直而略显粗糙，超女快男红猫蓝兔层出不穷。这座城市的创意是把消费过的和没消费过的，都改头换面成本土的。那是一种生活热力，一种散漫的、快活的气息，是穿透时间和伪文化的真。

这是个让人不愿久呆却又时常想来转转的城市，没有矜持，无需回味，犹如随手扔在梳妆台上的假珠宝，鲜亮，单纯，诙谐，越夜越生动。很少有人会联想到它已经有了 3000 余年的历史，而且是养育了中国第一批普罗米修斯的极具血性的地方。只在经过古意幽深的岳麓书院和缠绵灵动的湘江时我才会滋生一些抒情。那是从历史和自然中剥落下来的一些稀薄的物质，是岁月蜕下的蝉衣，是我想象中的湖湘文化的诗意。

开封细碎

　　飞机降落新郑机场时下着大雨，可这并不妨碍我的视线。新郑机场现代而豪华，不仅是郑州人的骄傲，也实现了开封人的空港梦。

　　从新郑机场到开封不过 50 公里路。新郑很古老，是春秋时郑国的所在地，从前归属开封管辖，后划归郑州。1953年河南省会由开封迁往郑州，书写了铁路造就城市的老神话，而开封从此寂寥。

　　黄昏时，穿过低矮的城门，开封到了。

　　区别与西安城墙的大气和南京城墙的苍凉，开封城墙完整而低矮，因为地底下还有 12 米城墙。开封几经黄河水淹，如今地下还叠压着六座开封城：依次为战国魏大梁城，唐代汴州城，北宋国都东京城、金代汴京城、明代开封城和清代开封城。曾经的辉煌和气派封存于地底，帝都大气永聚不散。

打开钉满历史铆钉的大门，开封这位中原深沉苦情的老者，虽衣衫寒素，尘土满面，却依旧流露出纵贯南北横贯东西的霸气和旧日繁华余韵。当一些新兴发达城市为自己的血统苦苦寻觅时，开封信手拈来的历史足以使之汗颜。

两碗羊汤、一瓶酒、两人畅饮的镜头，在这座城市随处可见。鼓楼小吃夜市历来是开封的一张名片。据《东京梦华录》记载，"夜市直到三更尽，才五更又复开张。"宋太祖赵匡胤曾"令京城夜市三鼓已未不得禁止"。从下午四点开始，沿着鼓楼马路两侧，百把个小吃摊位排山倒海般罗列开来。红薯泥、筒子鸡、杏仁茶、黄焖鱼、汴京干丝、糊辣汤……普通食材在这个奇异的环境里成了饕餮大餐，就着划拳猜令的喝喊声，成为开封千年不变的影像。

晚饭后的项目是在戏曲茶楼里喝茶听豫剧。豫剧团不景气，演员们纷纷出门走穴。几位女演员缠坐在我们身边殷勤招呼，要求点戏。一中年老生即兴演唱一曲难度系数高的，灯箱上没反映出唱词，我也没听懂。老生情绪激昂，嗓音高亢，好象是说包公的。

相对于龙庭、清明上河园之类假古迹，铁塔值得一看。开封真正的故事几乎都深埋于淤泥之中，只有铁塔因建立在西北角的小丘顶上，故能保存至今。铁灰色琉璃砖瓦上精美的天王、力士、菩萨矗立在霞光之中，如梦似幻。身后的河南大学也真实而恍惚起来。河南大学曾一度是中国三大留学培训基地之一，全国国立大学第六名，涌现过范文澜、冯友兰、白寿彝、姚雪垠、周而复等名人，而今的河大被拆分得七零八落，多少有些单薄萧瑟。

友人提议去城外的朱仙镇转转。

朱仙镇历史上与汉口、佛山、景德镇合称为四大名镇，以木版年画和岳飞抗金的朱仙镇大捷闻名。可历史的盛名有时是种累赘，如今朱仙镇破落萧条，与其他三镇早已不能同日而语，木版年画也被苏州桃花坞、天津杨柳青盖过。离朱仙镇不远有座战国时的古战场。烈日下，黄沙滚滚，冷兵器时期的血雨腥风不见踪影，只有一阵风刮过时落满衣襟的灰尘诉说这里曾经有过的沧桑。

曾经沧海难为水，开封真象个得道精深的老禅师。大相国寺有法语偈：因缘是空。

在本质上，开封是属于历史的。

它的人口增长一直靠自然繁衍进行，甚少移民。没有移民的冲击，古都虽活力激情不足，却知足乐天。郑汴一体化发展并没让开封人有多少心动。开封的哥与三轮车夫都有着一副古道热肠，他们对历史的熟悉钟情不逊于北京人对政治的热心。开封男子多为国字大脸，肤色黝黑，如同秦俑的眉眼。女子虽少有高挑娇媚，但仔细端详，五官都端正而古典。开封人的长相与开封的地理位置和开封人的思想一样，有着"中的精神"，也许这更接近于生活的本相。

温存海胆

　　大连是我常去的地方，也有根据地，它是我国北方最大的港口，先后被俄国、日本殖民过，是我国北方殖民地历史最长的地区，有着敞亮开阔的洋气与浪漫，也有无数海鲜美食。我的基因里自带亲水因子，也仿佛流淌着鱼的血液。有江河湖海，有港口，这让我感觉到生活的开放性和无限可能性，因此有了希望感，也有了对宇宙自然的敬畏。心情不舒时，我偏爱去有水的地方纾解。孔子叹，"逝者如斯夫，不舍昼夜"，苏轼挥就"大江东去，浪淘尽，千古风流人物"，都在大江大河边。

　　大连海鲜里我最钟爱刺锅子，学名紫海胆。形如紫色小球，浑身长刺，用以护身。其实我对于难以言喻的腥鲜味道都有一种特殊好感，比如生蚝，比如海胆。海胆被美誉为"海之精"，滑腻口感犹如法式舌吻。大连人吃海胆讲究鲜活，喜欢刚捞出水、身上的刺还在蠕动时剖开即食。我偏爱用一片海苔包裹，筷子上蘸两下调料蜻蜓点水于海胆黄上，然后一口入喉，丰腴甘柔之美无法描述，感觉吃的不是海胆，是荷尔蒙。

吃的是荷尔蒙真没说错。海胆可供饮食的恰恰是占全重10%左右的生殖腺，又称海胆黄、海胆卵等，不仅美味，更能预防心血管病和抑制癌细胞生长，且含有丰富钙质铁质，美容养颜效果明显。近代中医药学认为：海胆性味咸平，有软坚散结、化痰消肿的功用。海胆外壳可治疗胃及十二指肠溃疡和中耳炎。

大连是我国紫海胆的主产地，产量占全国同类产量的九成以上，这是大连人的口福。除了刺身吃法，大连人还喜爱海胆蒸蛋、海胆饺子等，高级的撸串夜市也有烤海胆。在大连市中心一家颇具格调的饺子馆，我吃到了现擀现包现下锅、枚枚爆浆的海胆饺子。海胆海带汤也异常鲜美。汤色紫黄相间，清鲜可口，回味悠长，实为海之恩物。不过真正地道的海带海胆汤窃以为在韩国济州，因价格昂贵，是接待贵客和婚宴上的珍馐。关于此种美味，《大长今》里也有详尽描述。

口味是很私人化的事，就我个人感觉，虽说熟制海胆也入口即化，不过加热后柔美温存的口感消失，增腥减鲜，不及刺身吃法。村上龙在一篇小说中甚至发问："临死之前可以吃三个寿司，你会选什么？"他给出的少数几个选项里，有金枪鱼中肥，也有海胆。

吃过一种霸气的吃法，是海胆盖饭。有一次在济州，好友从海鲜超市买了一大盒新鲜海胆黄，拿到当地朋友开的料理店里，稍微盐渍一下，像调鸡蛋一样搅拌调匀，然后一股脑盖在刚蒸出锅的米饭上分给我们。虽说前一刻还有玛格利酒导致的宿醉反胃，这一刻却变成了无法抗拒的兴奋不安。海胆的鲜润肥厚与米饭的香滑 Q 弹相遇，灵魂也在唇齿间翩然起舞了。穷尽辞藻也无法形容的这种来自深海与土地的甘甜混合是怎么一回事，直呼过瘾的同时又有少量负罪感，仿佛不该轻易涉入欲念的最高殿堂。

| 鱼露咖啡，在水之湄 |

　　"黑黢黢的大河，离得很近。它的表面。它的肌肤。在夜色青灰里相对明亮"，湄公河承载着杜拉斯复杂纷纭的感情，是她在垂暮之年对那段自传式刻骨情事的深沉回忆。一水连六邦，这是一条具有神秘多元气质、能引发乡愁的大河。当我突然有机会从我国西国边境小镇关累起航开始一段四天三夜的湄公河航程时，却并非因为《情人》，而源于充满刚性血性的《湄公河行动》。湄公河对我有着特殊的磁场引力。那只属于热带山林河流特有的秘而不宣、意味深长的气息。

　　澜沧江—湄公河发源于我国青海省玉树藏族自治州的唐古拉山北麓，在我国国境内称澜沧江，经西双版纳勐腊县南腊河口流出中国国境后，称湄公河。它是世界第六大河，亚洲第三长河，东南亚第三大河。自北向南流经中国、缅甸、老挝、泰国、柬埔寨和越南 6 个国家，在越南胡志明市流入太平洋。是亚洲流经国家最多的河流、被誉为"东方多瑙河"。

清晨的澜沧江—湄公河薄雾氤氲。各国形似香蕉、小而精干的民船商船络绎不绝，显得岁月静好，宁谧祥和。作为亚洲最重要的跨国水系，澜沧江—湄公河是我国同东南亚国家贸易往来的黄金水道。虽然湄公河礁石密布、漩涡湍急、险滩莫测，可我几乎感觉不到舰船的颠簸跌宕，甚至常常有"轻舟已过万重山"的快慰。时不时突然而至的豪雨使得两岸愈发林深似海。

据说在长江行船的难度，基本等同于驾车开高速公路，而在湄公河行船的难度，相当于在高空走钢丝。

在湄公河行船，一路老挝咖啡相随。据每月穿梭于湄公河这条航线上的军警友人说，东南亚甚至全亚洲最好的现磨咖啡在老挝。一旁的老挝朋友频频点头。老挝这个国度很神奇，属世界上最不发达国家序列，却出产世界上最好的啤酒和咖啡豆之一。作为曾经的法国殖民地，咖啡在老挝是一种极其普通的饮品，类似于我国80年代的大碗茶，街头小摊随意摆着的几个透明塑料桶里，盛着提前煮好的老挝咖啡。花四五块人民币即可买上一大杯，兑上冰块和淡奶，虽包装简陋，滋味却清爽宜人，盘正条顺，别有洞天。

与东南亚其他国家相比，老挝的咖啡种植历史并不悠久，20世纪初期才开始由法国人引进。上等咖啡大多种植在离火山口较近的地方，火山岩内含有丰富的硫元素，含硫化合物参与反应能生成丰富的咖啡风味物质，老挝的咖啡种植园也不例外。在温和的气候，充足的阳光，丰沛的降雨，微酸性的土壤蕴育下，老挝咖啡豆馥郁芬芳，带有曼特宁的土味，现磨的咖啡香味细腻庞杂，层次丰富，特有的柑橘香气使其格外清新绵长。

　　全世界最奢侈珍稀的咖啡之一无疑是猫屎咖啡，也叫努瓦克咖啡。经过麝香猫肠胃发酵的咖啡豆在嗜好这一口的人闻来有股异香，尽管其来源和制作工艺实在不能深想。其实500克麝香猫排泄物中只能提取出不足150克咖啡豆，在烘焙过程中还会造成二成损耗，每年猫屎咖啡豆的全球供应量不足一吨，而市场上逾八成的猫屎咖啡都是赝品。猫屎咖啡并非印度尼西亚独有，老挝也有，产地就在著名的琅勃拉邦。对于猫屎咖啡，有见仁见智许多种评价，就像圈子（猪大肠）是此之蜜糖，彼之砒霜。而"带点土腥，略带呛味和内脏味，在嘴里久久不去，直到最后一滴"，最贴近我的味觉感受。

　　当地时间17点左右，我们到达老挝联络点。左岸是老挝，右岸是缅甸，前方是泰国清盛，距金三角水域仅约 11 公里，此处位于金三角经济开发区，是老挝相对富庶的区域，赌场、超市众多，基础设施较好，其在本国地位相当于华西村在中国。那片水域水产丰富，盛产回鱼、鲶鱼、鳝鱼和虾，前三者被誉为"湄公河三鲜"。三鲜灵动肥腴，难得的是没有河泥味，湄公河的虾形似草虾，肉质细腻鲜甜，白灼原味曼妙，将其串烤至变红，无需繁复佐料，只需加少许盐，流转的香味就让人食指大动。

湄公河沿岸的三餐烹饪里，最重要的调料是鱼露。鱼露也是我的大爱，胃纳不美时是疗愈良方。湄公河鱼露集中各种不上台面的小杂鱼和小虾小贝的精华，以古早天然的方式长时间腌制，咸鲜，微腥，富含钙、碘与蛋白质，是盐的代用品，虽其貌不扬，却解腻开胃，蘸上任何食物都有化平淡为神奇的出彩效果。湄公河流域女性窈窕美妙的秘辛，也部分来源于此吧。

在联络点休整一夜，次日清晨，我们再次登船，顺流而下 20 分钟，到达金三角水域。所谓金三角就是泰国、缅甸、老挝三国交界之处。此处水面开阔，波光潋滟，岸边泰国清盛的金色佛像神圣矗立，悲悯的注视着苍生……除了罂粟，金三角还诞生了一个新的噱头：象屎咖啡，用以续写猫屎咖啡的黑历史。据说象屎咖啡口感偏酸滑爽，不加奶与糖，再加上金三角迷醉历史的加成，一杯咖啡里就有了探险的感觉，只是我们已无暇探寻品尝，不过此类诡异美食我也十分不带感。

过了金三角，舰艇开始调头返航。从泰国清盛到关累，将经过 5 个险滩。逆流而上的路途，船体颠簸大了。第三个黄昏，船艇再度靠岸。我与同伴说，走，上岸看看。同伴笑：上不了岸，没有路，我们的船是绑在两棵大树上的。出舱一看，此处果然是杳无人烟的荒岛密林。坐在船头，面对落日溶金的湄公河，我们一人拿着一大纸杯老挝 DAO 牌速溶咖啡，满怀感慨，一期一会。

高级美

　　胸大为美是西方的审美，隐忍而不失优雅的性感才是东方的审美。很欣赏巴西名模吉赛尔·邦臣，她是东西方气质融通的尤物，拥有完美胸型和身材，不经意间就将里约奥运会开幕式变成她个人告别演出的秀场，强悍气场如她，方能驾驭。

　　她虽拥有美胸，却并非肉弹。事实上如今阅历略深层面略高的男人，也并不欣赏丰乳肥臀的肉弹格局。纤长匀称、精致懂事的女人，才是他们眼中的尤物，他们对胸的净重、毛重、空间感、形状和质感，都有着隐秘的衡量。

　　玉婆伊丽莎白·泰勒的价值几乎全部由外在美获得，她骨肉匀亭，胸臀紧实饱满，中年以前，她就是美本身，无需归类与加持，展现出某种强大的生命活性。上世纪50年代，她的胸被视作传世奇珍，到70年代更加波澜壮阔，却在影评人眼里显油腻了。但总而言之，泰勒赶上了影迷长情的慢时代尾巴，一生恣情恣意，及时行乐，她有足够的资本只为愉悦自己而活。

我国出土的新石器时代女体雕像，丰乳肥臀，焕发原始生命力。《汉杂事秘辛》里描写东汉皇后选美，极尽笔墨写颜值、身段、秀发乃至声音，而对胸部就是"胸乳菽发"一语带过，显然汉代对女性美的标准，胸并不占重要地位，且以小为美。唐朝博大而开放，女性丰腴的身材和低胸的着装，足以鉴出唐朝男性整体心态的自信豁达。据说唐朝太医曾发明一道秘制健胸粥品，在月事结束后第四天开始食用，连续食用十天左右即可见效。然而从宋朝到明清直至民国初年，男性深感压抑，不再自信，某些负面能量转嫁到女性身上，将其渐渐束缚成窄肩、平胸、纤足形象。束胸使女性美的性征备受压制，不但不美而且使社会失了很多兴趣。男权社会，胸部的文化意义不受女性自己界定与主导，女性的价值高低取决于男性的生理和美学需求。

近百年来，胸部审美的时尚变迁，让曲线美得以充分释放。如今，无论中西，成年男女都已不再片面追求罩杯大小，开始真正关注胸型与体型、气质的适配。自然、匀称、健康才是胸部审美的前提，正所谓高级美。

近日重读郁达夫作品，发现他的情爱心理与蒲松龄有神似之处：淡化灵与诗意色彩，强化肉的气息和欲的冲动，却又无法以荷尔蒙的外向扩张来减轻内在痛苦，于是对女体的某些露骨描述成为他某种情感畸形的表现。其实男人天生具有孩性，对世界永远充满好奇，大到宇宙，小到女人胸。而他们所欣赏的女性高级性格，也如她的胸部一样充满了质感、弹性与神秘。至于男人的胸，从肉体角度似乎无多大意义，更重要的是其精神意义：胸怀。

法式傲娇

　　我从小觉得自己与法兰西有千丝万缕的联系。那时我从挂历上看到过艾菲尔铁塔和凯旋门，晓得塞纳河把巴黎分成左岸和右岸，这种奇怪的表述非但不招人厌，反而渗出法兰西独有的气质和趣味。上世纪 80 年代中期妈妈从画报上看到法国女郎的发饰，便依样编织了两条宽边发带，她戴蓝色的，我戴红色的，再为我做件墨绿色束带小风衣，喷点来历不明的夜巴黎香水，这些仪式使七八岁的我不自觉聘婷起来。可这些都不是我自认为与法国有某种关联的原因。不把最好的东西留待日后，新买的衣服马上穿，对美食带感，控制压力及时享乐，这些我自幼栽种的习惯在法国均找到了支持和衍伸，且这"魔障"还将延续若干年。

　　很年轻时我的独立思维多少有点混沌，受不少人的影响，有时效仿我阶段性欣赏的女性。不过当我穿过饱受诟病的玻璃金字塔进入卢浮宫，第一次近距离欣赏蒙娜丽莎诡异的微笑时，我确信自己根本是个伪文艺青年，面对目不暇接的艺术瑰宝我缺少该有的心潮澎湃。我只想快点去巴黎第六区的花神咖啡馆用好看的骨瓷杯喝摩卡，坐在海明威常坐的那个转角看满街型男熟女。在有着香颂风格的妖异小环境里，吃着对我来而言甜蜜得太过直接的小点，我暂时失去了外界的执著，进入内心的洞见。纷扰的情况、不安的状态渐渐引退，静与善被沉淀，动辄得咎，退而为静，静又反观生命的律动，以期重新跃入生命的激流。巴黎的神秘在于它从来不是甲之蜜糖，乙之砒霜，它就是能教所有人亦步亦趋的所在。它的元气支撑着它的骄傲，最适合那些擅于捕捉宇宙能量场中无可琢磨的电流的人。第一次亲密接触，我好像空了，却同时变得充盈。

　　有一种思念叫避而不见，8 年后的 2014 年我才第二次踏入法国。那次主打南部。从色彩雅静至极的巴黎一路往南，颜色越来越重，到了尼斯老城已是惊红骇绿，浓得化不开。老城有着强烈的文艺复兴味道，鹅卵石巷子铺陈了整个中世纪。闲逛到一家百把平米的私人小博物馆时，我顺手拿了一本放在桌角的说明书。博物馆唯我一位游客，打扮得体、类似管家的花甲绅士一直静悄悄跟在我身后，保持一米距离，随时等待我要求讲解。然而我听不懂法语，法国人的骄傲决定了他们即使会英语也很少主动使用它。在我即将踏出门时，老管家轻声唤住我：Mademoiselle……我不解的看着他。那一刻他非常羞涩、窘迫，脸瞬间红了。几番比划，我终于明白了意思：我手里拿的册子仅供游客翻阅，不能带出博物馆，这是主人的规定，虽然他很想送给我……他喃喃说着大概是抱歉的话，脸更红了。我把册子双手交还给他，觉得自己脸也红了，因他的脸红而脸红，一种舒适至极的感觉在心里蔓延开来。

在一家小酒庄，我看中一款产自热尔、售价五十欧元的葡萄酒，打算喝一瓶带一瓶。面对爽快的客人，店主并未一手交钱一手交货，而是礼貌地询问我对这款酒了解几分。这让我有点犯嘀咕，可我还是告诉他因为它是由 200 多年树龄的老树葡萄酿制的。他递给我一杯热咖啡，说出了他的见解：虽说这片树历史悠久，却不会酿出真正的好酒，那里不是高品质产区。

他展开一张法国葡园地图，向我与翻译详细讲解波尔多、香槟、卢瓦尔河谷、隆河谷、勃艮第等十大产区的各自特色。

最后我买了他推荐的来自隆河谷 Delas 酒庄的 Hemitage，这款白葡萄酒价格只有老树的 1/5，入口却十分惊艳，名曰半岛，有中国风。还有一瓶意大利起泡酒卡德博斯克，他把它比喻为布加迪超跑，有超越 400 公里时速的快感，能与之抗衡的只有昂贵的法国 Krug 香槟，而它的价格只是后者的 1/3。

临走，这位英俊的高卢人告诉我，花时间去赏物比购物更要紧，那是对物真正的尊重与爱惜。

| 福冈 10 小时 |

大船缓缓驶入博多港。白浪朵朵的湛蓝海域，空气清冽劲爽，傲娇着自然与文明之美。福冈到了。

博多，日本国九州首府福冈市的古称，我虽曾数次造访日本，却从未来过此地。此次亦是匆匆。掐头去尾，我和友人可在福冈逗留 10 小时。

与日本其他城市一样，福冈的马路干净异常，很少有高层建筑和玻璃幕墙。正值工作日，行人很少，车却不少。据说福冈马路上的车时常碰擦，并非因为抢道，而是过路口时彼此太过谦让，请对方先行，推却一番后车主便不约而同踩油门，于是造成事故。

朝日啤酒公司是福冈人引以为傲的民族工业，以建设低碳社会、打造循环型社会、保护生物多样性、传播大自然恩赐为四大主题。在参观厂区时，ASAHI 的引导小姐事无巨细向我们介绍了麦芽制造、糖化、发酵、包装等工序，观赏了大麦和啤酒花等作物。友人随手用手机拍了张照，被婉转提醒这是工业要地，不能摄影摄像。的确，他们在环保领域有几大创新法门：一改将啤酒花与麦汁一起煮沸的传统煮沸法，而是采用全新的 PIE 煮沸法，大幅度缩短了煮沸时间，削减了 30% 的碳排放量，不仅提高了效率，还延长了啤酒泡沫的保持时间；罐装的易拉罐盖亦十分"超级"，不改变传统罐盖的外径，只是改进了形状，就削减了铝使用量 9%，仅这一项就使 ASAHI 全球工厂在一年内减排了相当于 9000 吨的二氧化碳；生产罐装啤酒和啤酒礼盒套装所需的年耗电量除了工厂自己发电部分之外，全部使用清洁能源。

当许多工业企业还仅孜孜以求产值效益时，朝日已经在为实现可持续发展的社会做贡献了。

厂区尽头是个宽阔的品尝空间，朝日公司招待我们每人三大杯刚出产的生啤及各种饮料小食，当然也要量力而行，不可浪费。入乡随俗，我们说话的音量不自觉的低了许多，动作也更斯文起来，喝啤酒后尽量控制打嗝。吃喝完毕后餐具和垃圾要自己端到一个指定地点，有专人分类。在开架式柜台，我选购了两盒 ASAHI 的大麦若叶，有排毒养颜之效，当时国内 128 元一盒，在那儿才卖 960 日元（人民币 60 元左右），左上角赫然印着一枚金色勋章：国产。在这个国家，我随时随地能感受到他们对国货的自矜自爱。

作为日本重工业城市，福冈曾出现过严重的环境污染问题，土地资源的匮乏使其不可能挪出大量土地用于垃圾填埋。于是在过去几年福冈建成了三个环境整洁的垃圾焚烧厂。焚烧时释放的热能可转化为电能，不仅可供厂区内部使用，还能出售给电力公司，并入福冈电网。当然，垃圾焚烧的前提是垃圾分类收集，福冈乃至全日本的公民显然都有一种环保自觉。街头各种颜色规格用途的垃圾箱并排而立，极为有序。导游是入了日本籍的北京姑娘，她说自己刚来福冈时经济窘迫，用的家电沙发都是从特定地点捡来的"垃圾"，七成新，擦拭得很干净，还有手写的使用说明书。

午餐后，我们驱车赴太宰府天满宫。此地供奉着平安时代的学者菅原道真，他被奉为学问之神，在祈祷考试通过、智能增加的学子中人气极高。参拜完神社，我于附近窄巷内发现了一个小咖啡馆。门口的飞梅与菖蒲花修剪得很有禅意。女主人穿着白底小红花和服，发髻和妆容均一丝不苟。她对我报以亲和微笑。我点了拿铁，端上来一套佐贺县的有田彩绘细瓷器具，另有一盏同系列小碟，上面亭亭玉立着一枚棉花糖般的铭菓子，旁边点缀着人造三叶草。咬开菓子，是蛋黄馅儿的鹤乃子。不久，友人风风火火赶来与我会和，女主人亦是欠身，微笑。落座，他点了点我的咖啡对她说，ME TOO。片刻，上了一套纯黑素烧器皿，同系列碟子里卧着一颗当地名吃梅枝饼，衬着一枝"白梅"。这些菓子是随咖啡附赠的。

太仓 30 小时

在上海呆烦了，若有 30 小时闲暇，太仓是个不错的选择。

一进入太仓界，整个世界都清净了下来。太仓人口很少，没有高架隧道，很少堵车，让人有远离尘嚣之感。

在过往岁月里，我去太仓只为清明前后去江尾海头第一镇浏河吃江鲜，顺带走一下天妃宫和一代宗师朱屺瞻的梅花草堂。那些刚出水的鱼虾蟹贝让嘴里瞬间有了余鲜绕梁的滋味感，是深夜绝对不能想的至味。最近那次行旅让我对这座隶属于苏州、毗邻上海，多年来在全国综合实力百强县市中位居前十的非典型江南小城有了新的认识。

清早先来一碗奥灶面。其实我并非面条的拥趸，朋友圈时常有人晒汤面，我多是呵呵。不过东渡宾馆的奥灶面的确曼妙不可方物。面汤按古法制作，用青鱼鱼鳞、鱼鳃、鱼肉和粘液提前熬制而成，鲜醇妖娆。面条粗细软硬适度，与汤的比例恰到好处。碗热，油热，汤热，面热，更难得的是这一小碗奥灶面没有浇头，只一撮青葱点缀，玲珑异常，让人品出意犹未尽、半糖主义的好处。

　　太仓是江海河三鲜美食之乡。浏河镇是江苏海洋渔业基地，国家一级渔港，众多远洋捕捞渔船在此卸货，原材料十分新鲜充盈。母亲有位太仓老友做渔业生意，在我小时候，鱼片干还是较为稀罕的零食，这位伯伯每次总是以一百包一百包的送给我过嘴瘾。太仓江鲜中，鲥鱼、河豚、刀鱼是翘楚。不过窃以为河豚不过是吃名堂。太仓人擅长烹调鱼虾，在保持真味的同时，尽量五味调和。据说鲚鱼饼是太仓游子的乡愁之首，让人相思成瘾，离愁成疾，记忆和想象夸大了它的美味。鲚鱼是凤尾鱼，大的多子，叫子鲚，小的剔骨做成鲚鱼饼，微煎，加土酱油红烧后放点毛豆仁或草头，鱼饼有细微颗粒感，草头和毛豆仁吸收了鱼饼的精华，鲜腴异常，是旧时太仓寻常人家的平常小菜。这道菜价格不贵，却极费工夫。我想，游子们对鲚鱼饼的心心念念，其实是对故乡富庶闲适生活的怀恋。

　　一直以来，我对太仓肉松的好感远超福建肉松、台湾肉松，即使在它的低谷期，我依然喜欢用它来嵌切片面包。味觉感受实在是一种私体验，我爱它的理由与别人不喜它的理由基本一致：干燥蓬松、欲断还连，全然以一种猪肉纤维的形式呈现。太仓肉松骨头也是地道的肉松副产品，一百多年来就有"鸿顺骨头锅里煮，武陵老街三里香"的美称。原料取材鲜猪的筒骨、髋骨、肋骨。通常一头250斤的猪，能选拔出来加工肉松骨头的原料只有50斤左右。我有幸在太仓肉松食品有限公司观赏了肉松骨头的烹制。车间里，技师的动作一环扣一环，如行云流水，期间火候、翻炒技术、辅料香料的分寸尺度唯有那些深具匠人精神的本地老师傅们能娴熟掌握。好肉生骨变，制成后，精肉鲜酥、不烂不柴，筋的胶质处于融化与嚼劲间的临界状态，酱味浓郁，咸甜荤香，让人深恨无法囫囵，只能慢慢啃。

太仓的江南感觉是偏刚性硬朗的，属于江南的一个另类，它地处江海交汇的前哨，自古就是长江第一港，漕运万艘，商贾云集，是苏南板块的重要一员。除了鱼米之乡的小桥流水，更有长江岸线的汤汤江水，于是同时具备了水的柔与刚、温婉与飒爽。太仓自古与上海有着天然亲缘，如今双城间已实现铁路、公路和公交的零距离对接，这让上海人离尘不离城的情结成为可能。清晨喝茶，黄昏饮酒，行到水穷，坐看云起，且走且玩，且饮且醉，太仓实在有着适合各种层面的打开方式。

| 土楼菜，山野风 |

几场寒流过后，闽南的风犹如湿凉的绸缎。这一站，我去南靖。曾有媒体将南靖列为人一生要去 55 个地方之一，据说这里有着世界上最美的土楼。

土楼这种古宅在我印象里一直是阴森神秘的，除云水谣之外，似乎更适合拍摄悬疑片。土楼也称围屋，多年前被列入世界遗产名录，"围"字突出客家人的向心力，是东方血缘伦理关系和儒家道家文化的历史见证，也是独一无二的大型生土夯筑的建筑艺术成就。

出发前提醒自己：土楼不会是想象中的诗意栖居，不必去故作多情。这次倒出乎我预料。游走其间，如同在猜一个首尾相连环环相扣的古老谜语。它是有母性的，像容纳生灵的子宫，在它面前，时空如浮云，根植于泥土的宗族血脉才是土楼永远的传说。

土楼像兵营，像山寨，也像城堡，客家人在古代战乱时期曾先后五次举族外迁，颠沛流离间为团结抵御外敌，大都聚族而居，修筑了这种易守难攻、防御性能极强的建筑。土楼多为形如飞碟的圆楼，房间朝向好坏差别不大，大小几乎一致，体现了宗族内部分配的平等性，且圆形建筑对风的阻力较小，抗震力强。

　　比起轻盈诗意的徽派建筑，土楼显然不够婉约松弛，这种外土内木的庞大单体式建筑给人强烈的安全感和封闭感，于是也有了滞重感和萧瑟感。灰黄褐色的厚重墙体，层高多为三至五层，最高六层。一层为厨房，设有水井，二层为仓库，三层以上为起居室。中心位置是供奉祖先牌位的宗族祠堂，向外依次为祖堂、围廊，最外一环住人。土楼无论大小都设有厅堂，宗族会议、红白大事、饭局宴请都在厅堂内举行，学堂浴室厕所牛栏猪舍也一应俱全。土楼可说是个扩大的家宅或是个缩小的城邦。

　　我对建于元末明初的裕昌楼最有好感，楼虽古老，梁柱东倒西歪，烟火气却充足。天井用鹅卵石分成金木水火土五卦，楼内五个姓氏各居一卦，每卦设一部楼梯。走上楼梯，那些被岁月熏黄的旧木门和门上古意祥和的红色楹联、高悬于楼道的烟熏青鱼和晾晒在自家竹竿上的牛仔裤花围巾，不动声色地传递着现世平俗生活的安稳和趣味。

入夜的土楼果然有隔世之感。梯田错落，水车摇曳，南靖几乎还是原生的姿态。那晚我住在和兴楼内的客栈。客房一尘不染，卧具也还洁净，卫生间由嘹望台改造，只有 2 间，洗澡需排队。土楼的夜有点寂寥。窗如嘹望口般大小，墙却有一米五厚，趴在窗口探望，近处的大山影影绰绰，看不到再辽阔的风景了。手机信号微弱，房内却干燥温暖，屏蔽掉外界的湿冷和嘈杂。一幅书法作品挂于墙头：一本所生，共楼居住，何须待分你我。

入住南靖土楼，自然要吃南靖特色的客家菜。

因为在山区，客家菜十分家常，少有海鲜水产，多以肉类为主，讲究粗刀大块，原汁原味，注重火功，充满山野粗犷气质。客家酿豆腐、梅菜扣肉是标配，出现率极高的，还有漳平笋干。

漳平笋干俗称闽笋，作为"八闽山珍"之一，它节短片宽、鲜脆肥厚、甜嫩清口，被美誉为"玉兰片"，许多当地名菜都不可缺少闽笋，当地流传着"没有玉兰片，百味都不香"的说法。漳平笋干在明清时列为上京贡品，在古典名著

《西游记》里也有"用木耳、闽笋、豆腐、面筋等做各种素菜"的记载。

南靖县船场镇一代青山秀水，十分俊美。平均海拔 600 余米，森林覆盖率高达 80%，常年平均气温 20 多度，沟壑纵横、山涧潺潺，水质清澈。村民养的鸭子每天在山涧溪流中自在追逐，水草、鱼虾、贝螺是它们的食物。如此饲养方式下的鸭子壮实活泛，肉质柔韧灵动，当地人将其命名为"健美鸭"。

健美鸭可以做成许多菜色，比如樟茶鸭、熏鸭、香酥鸭、八珍扒鸭、白果鸭煲、冬瓜焖鸭、笋干老鸭煲等。而在南靖最家常做法是盐水鸭，皮薄肉紧，咸鲜清口，与南京盐水鸭相比，另有一番村野灵气。姜母鸭作为一道传统药膳，在健美鸭中加入姜母、米酒、麻油等，有祛湿、暖胃、活血化瘀等作用，成为闽西南地区享誉海峡两岸的名菜。

我对米面食物不太带感，但南靖的糍粑让人难以忘怀。在南靖，凡遇喜庆，家家户户都要做糍粑敬社稷，待贵客。糍粑源于客家原话，与糯米糍同义，又名状元糍。糯米磨浆蒸熟后，两三人同时用杵臼捶打四十分钟，制成的糍粑柔韧有嚼劲，辅以花生碎、黑白芝麻、杏仁黑糖等配料，格外香甜，因不含任何防腐剂，所以无法长时间保存，现吃现做，米香浓郁。

有好菜不可无好酒。南靖客家糯米酒是我国独有的民间传统发酵型米酒，甘甜清香，馥郁怡人，营养丰富，富含人体所需的十几种氨基酸，维生素和微量元素含量丰富，活血健体，补气养颜，男女皆宜，甚至还适用于产妇的产后恢复。

这些美食下肚，虽非珍馐，却也落胃熨贴。土楼一夜无梦。

我对马肉的偏见

第一次吃马肉刺身是在虹桥的一片日本料理店。餐后，老板陪坐片刻，并殷勤赠予每人两片熊本马肉刺身（日语：basashi），说是刚到的新鲜货。在他笑吟吟的注视下，我环顾左右埋首饕餮的饭友，勉强囫囵吞了这两片厚切霜降马肉。心里一千头草泥马踩过：在日本九州我都坚持没吃马肉刺身，到你这儿倒破处了。

据说马肉脂肪的融点低于比牛肉，因此更能感受到入口即化的柔腻与甘甜，可惜我因为心理障碍重重，无法如期完成完美的品尝。

中国中原一带人士很少有吃马肉的习惯。马在历史上属于战略物资，地位自然高于耕种的牛，且中原地区并不盛产马，马就显得弥足珍贵。至于马肉的味道，我想当然认为那么粗的纤维，不可能可口到哪儿去，农村不是有句俗语吗：

驴肉香马肉臭，打死不吃骡子肉。且骑马时那股子氤氲不去的马味，事后必须洗一小时澡抹三遍沐浴露才能彻底去除，这就让我对马肉有了天生的敬畏和难以接受。

在桂林阳朔，我见过不少马肉米粉店，那是米粉的魁首，米粉界的贵族。马肉米粉的碗仅有茶盏那么大，马骨汤里盛几根米粉和两片腊马肉片，再加上花生、香菜、胡椒等调味，是马粉们的心头好，一顿可吃上十来盏。

十几年前我在北疆的奎屯与熏马肉有过一期一会。熏马肉是哈萨克族传统风味食品，他们将马肉列入冬肉之首，为了延长马肉的存放时间，将水分逼出，哈萨克族人通常选择熏制。他们以伊犁马为原料，将马肉切成块状或条状，撒盐串绳，悬于土房的屋檐下，地面上堆放天山松枝，熏蒸至干，膻涩味尽除，闻之有股异香，牧区气息扑面而来。熏马肉不添加色素防腐剂等化学物质，堪称真正的绿色食品。他们也做熏马肠，用洗净的马肠子将分割马肉时切下的碎肉包裹起来熏制，更便于携带。寒冬腊月，在草原上手拿一根熏马肠大吃大嚼的孩子，是天地赤子，多半是哈萨克族人。哈萨克族还有一道特色美食，名曰那仁，其中一款那仁是手抓马肉面。大块马肉与手擀面、洋葱末、辣椒粉同拌，必须用手抓着吃，十分剽悍。这让我无从入手，只蜻蜓点水用食指和大拇指夹了一小块熏马肉应付场面。

腌腊与熏制马肉的过程，能将马肉的个性渐渐驯服，变得不腥不涩不膻，减少异质感和边缘化程度，扩大了可接受度。

不过总体上说，马肉是一种非主流食物。除了中亚、南美、欧洲东部北部的一些地区以及日本，马肉实在很小众，不属于常用肉类。历史学家中流行一种观点，区分基督徒和异教徒的标准就是是否吃马肉，前几年欧洲曾爆发过"挂牛头卖马肉"的丑闻，马肉扒下了所谓西方文明的底裤。在以英语为母语的国家，吃马肉一直颇受争议，这是文化和情感的推动，在英国，马肉通常被视为一种禁忌。犹太人的饮食法规也禁食马肉。而法国、芬兰、意大利、比利时、瑞典、俄罗斯等国则不反感食用马肉。

在美国，一战期间国内牛肉价格上涨逼迫美国人发明了马肉排，战争刚结束，人们立即放弃了马肉。不久二战爆发，食物的短缺让美国人重拾马肉。由于吃马肉总与贫穷、野蛮等不愉快的主题相连，"马肉"一次在美国也演变成一种政治嘲讽的手段。美国人即便再穷的人，要将刀叉伸向马肉也是极为不情愿的。十几年前，全美最后一家马肉制品厂关闭，马肉从此在美国近乎绝迹。

不过在大洋彼岸的日本，马肉倒还是比较受欢迎的料理，尽管我觉得日本人的人设与马肉实在不搭。

食用马肉在东瀛很有历史和传承，并非新近流行的奇葩口味。日本人尽管知道马肉不属于美味红肉，但高蛋白、低脂肪、低卡路里十分健康，且古代日本男人普遍认为马肉能补肾壮阳，所以他们在情事前，常常先吃些马肉刺身充当伟哥。据说马肉刺身在当时也唯有贵族才有资格享用，是身份的象征。

在日本，马肉刺身盛行于九州地区的熊本县，是著名的乡土料理。山梨、青森、山形长野等地也有生吃马肉的习俗。在山梨县，闺蜜在一处颇上档次的乡土料理店殷勤招待我和友人，她介绍此地的马肉是一绝。友人跃跃欲试，我仍是勉强浅尝辄吃，蘸了大量酱油芥末，生怕有不愉快的味道残留。

其实马肉在日本，也不像牛肉猪肉和鸡肉那么常见，不过在上档次的料亭，总能额外找到马肉的身影。日本在江户时期是不吃四条腿的动物的，到了明治时期，猪肉，牛肉和马肉变得可以接受。为了克服对吃马肉的偏见和心理障碍，日本人发明了"樱肉"的替代名称。另有传闻，在切割马肉时，马肉一旦接触空气就会变成樱花色，而恰巧在樱花盛开的时令，马肉刺身最为肥美，樱肉是以得名。题外话，日本人几乎不吃羊肉，仅在北海道有吃羊肉的习惯，铁锅烤羊肉是著名的乡土料理，名曰：成吉思汗。相传是蒙古人入侵日本时留下的习俗。

其实马肉在红肉中的口感，有点类似于金枪鱼之于生鱼片，较为清淡，没有浓郁的马味，不似羊肉那般个性强烈。马肉刺身在上海的日料里并不多见，主要分为霜降与赤肉两种。霜降甜嫩多汁，吃肉颇有嚼劲，搭配大叶、京葱、芥末和特调酱油，口感倒也丰富，对于放下偏见的人来说会有意外惊喜。不过这其中并不包括我，一提到马肉我还是会有无法言喻的膈应，或许一无所憎的人也是一无所爱的吧。

|深埋于陶罐中的酒，不知东方之既白|

　　国际共产主义领袖斯大林是格鲁吉亚人，他对二十世纪苏联和世界影响深远。斯大林对葡萄酒情有独钟，源于他在流放期间曾患伤寒，狱医悄悄给他一点红葡萄酒，把他从死亡线上救了出来。从此，他便深信葡萄酒的神奇功效。

　　斯大林一生酷爱格鲁吉亚葡萄酒，晚年将其作为接待各国政要的前苏联国宴用酒。据说，当年毛主席与斯大林会晤，晚宴上，毛主席见斯大林将红白葡萄酒混合着喝感到好奇，斯大林带着几分笑意解释道："这是长期以来的习惯了，每种葡萄酒都有自己的味道和醇香，特别是这格鲁吉亚酒。我觉得红酒中渗一点白的味道更浓郁，就像一束鲜花散发着多种花的香味。"

　　为了纪念斯大林，表达格鲁吉亚人对他的敬仰，一款有着斯大林浮雕头像的红酒应运而生。

本以为斯大林干红会是那种偏刚烈尖锐的酒，未曾想到它十分柔顺醇厚，呈紫石榴色，酒体饱满丰肥，带有成熟的浆果香气，在幽艳中凸显出力量感和层次感，个性极为鲜明，辨识度高。它由晚红蜜葡萄酿制而成，最为独特的是，它并非在橡木桶中发酵，而是在陶土罐中发酵而成，使得其单宁丰富、结构感突出，具有巨大的陈年潜力。

打个比方，斯大林干红如同骨肉匀亭，胸臀紧实饱满的熟女，丰美中略带接地气的轻苦，美得不自知，仿佛它就是美本身，无需归类与加持，展现出某种母性而强大的生命活性，且性价比极高。它的调性迥异于娇艳的法国酒和讨巧的美国酒，更适合有一定年资的男士饮用。

格鲁吉亚被称为葡萄酒的故乡和发源地，考古专家在格鲁吉亚境内发现了迄今 7000 年、人类历史最早的葡萄酒遗迹。作为古丝绸之路的重要枢纽，格鲁吉亚将葡萄和葡萄酒传到了欧洲、亚洲和中东地区，英文、法文、德文、俄文中"葡萄酒"一词均来自格鲁吉亚语。格鲁吉亚语中有 300 多个词表达葡萄酒、有 25 个词表达葡萄藤、有 40 多个词表达酒具。在格鲁吉亚的宗教仪式中，葡萄酒是贯穿始终的重要道具，教堂内饰中处处可见葡萄藤图案。据说就连格鲁吉亚的文字，也是从葡萄藤的弯曲缠绕中汲取了灵感。这是一个可称得上是全民酿酒的国度，他的国民常说："我们只有两种酒——好的酒和较好的酒。"

风土适宜、土壤肥沃的格鲁吉亚，酿酒技术之古老、传统，在当今世界，没有任何国家能出其右。许多酒庄仍沿用传统的克韦夫利酿酒法：采用一种深埋于地下、容量可大至3000公升大陶罐用于发酵和贮存葡萄酒。陶罐用土封存，温度从冬季到夏季基本恒定在13-15摄氏度，可储存葡萄酒50年。克韦夫利酿酒工艺是格鲁吉亚葡萄酒的一大特色，在2013年它被联合国教科文组织认定为世界非物质文化遗产。

格鲁吉亚夏季阳光充足，冬季温和，基本无霜害。黑海赋予了格鲁吉亚适中的气候和潮湿的空气，使得此地非常适合种植葡萄树。格鲁吉亚有三大主要葡萄酒产区：卡赫基、卡尔特里及伊梅列季。其中卡赫基产区是格鲁吉亚葡萄种植的核心地带，出产约占该国产量70%的葡萄酒。穆库扎尼是卡赫基产区最经典的酒品，主要用于招待各国政要。

斯大林干红的出品地就在卡赫基产区的穆库扎尼，那片土地是世界葡萄酒地理保护产区，位于阿拉赞河谷南岸坡地上，土壤矿物质丰富，光照较少。在山顶纯净的冰川融水常年滋润下，穆库扎尼的葡萄糖分较北岸产区少，更适合用来酿制干型葡萄酒。这种葡萄品种，名曰萨比拉维，在格鲁吉亚语中是"染料"之意，取义于该品种葡萄的深黑表皮。它还有一个更易读易记、风情万种的别名：晚红蜜。

晚红蜜起源于格鲁吉亚，距今已有8000年的种植历史。在乌克兰和摩尔多瓦、俄罗斯、阿塞拜疆和亚美尼亚和保加利亚也有一定分布。甚至在澳大利亚也已落户。用晚红蜜酿制的单一品种葡萄酒颜色深邃，结构坚挺，酸度和单宁偏高，若用于混酿，旨在增添酒色与酸度。

斯大林干红的配餐，真可说是丰俭随意。教科书式的搭配方法是配肉、奶酪和蔬菜。

具体操作中，斯大林干红搭配浓汤龙虾使得此酒单宁适口，细腻醇厚；搭配蓝鳍金枪鱼，鱼肉的鲜甜肥润则凸显出酒的精致雅丽；以柠檬汁和蛋黄酱调味的蔬菜沙拉佐以少许生火腿与斯大林干红可谓绝配；甚至蒜苗腊肉、地三鲜乃至生煎包，与它同饮都能化浊腻为清奇，飘飘乎如遗世独立……

直至肴核既尽，杯盘狼藉，不知东方之既白。

美食美意丹霞山

　　天乾地坤是造物主关于阴阳的最大指示，岭南丹霞山则对这一指示作出坦白而深情的呈现。

　　丹霞山算不得连绵逶迤，却足够灵性幽深。碧潭古刹瀑布奇石星罗棋布，繁芜树种和南方特有的花草与气息竖起一方世外桃源的存在。相传女娲曾在这里补天造人，舜帝南巡时也曾在此奏韶乐。岩石上那些细密怪诞的纹路，似乎是史前文明的数据磁条，而大量神秘静谧的石窟，俨然是神明之眼，能轻易洞穿俗世的喜悲牵绊，最终涅槃羽化，与天地相融，满山的摩崖石刻，则筑起历代文人的精神主体。

　　它真正的奇诡还在于起伏凹凸的构成。酷似男根的阳元山，酷似女阴的阴元山，辅以张家界式的雄奇与阳朔山水式的清丽，诗性禅意的气象似无限靠近却难以参透的谜题。大地是众生之根，苦难、丰盛却又充满生殖力，情色氤氲的奇石异景大巧若拙，奔放出荷尔蒙的刚健本色，传达出原始、质朴的率真风情，滋养并丰厚着不语的大地。以虔诚敬畏之心观赏大自然的裸露坦陈，何尝不是一种返璞归真！如此山水，道行天地有形外，玄通万物无形中。

独阴不生，孤阳不长，阴元石和阳元石见证了造物主的鬼斧神工。在八卦图形的拜阳台，很多欲求子嗣的男女在此祭拜，而更多爱侣，只为游走山间，物我两忘，用赤诚感应洪荒之远的心跳，体会造物主的悲悯用心和无尽美意。

韶关多山，食物没有生猛海鲜，多为清丽风格的山林土菜。山坑螺和酿豆腐是其中翘楚。

山坑螺是生活在当地山溪涧的一种黑色螺类，外形尖长，细嫩异常，是让人吮指回味的岭南山区名吃。清澈的溪水，加上以山溪中落叶为食，滋养得它们清甜爽脆，通身灵秀。丹霞山的山坑螺与广州山坑螺相比，更爽嫩大只，Q弹耐嚼。炒螺是最家常的吃法。将山坑螺浸泡洗净后，用葱姜、干辣椒、紫苏等调料猛火爆炒，吃的时候尾部一吸，再头部一啜，混着汤汁的螺肉滑入口中，鲜美热辣，回味无穷。初夏黄昏在门口支张小桌，一盘炒螺，一瓶冰啤，看山看水看霞光，也是一种生活的高级。

"谁家坑螺粥，香透三间屋"，将山坑螺洗净汆熟后，挑出螺肉。煮过螺的水煮粥，洒些油盐咸菜，就成了鲜美甜润、滋阴清热的坑螺粥。山坑螺与鸡用佐料腌制二十分钟后，蒸至熟成，汤汁清润回转，肉质细腻丰腴。

丹霞山的客家酿豆腐久负盛名。酿，客家话动词，意为植入馅料，酿豆腐即有肉馅的豆腐。将北豆腐切成大块，中间挖出凹穴，将调味好的猪肉馅填入其中，入油双面煎，微黄盛出。锅内再入油，葱段爆香，加入水或高汤，将煎好的豆腐置入锅内，加生抽、老抽、蚝油、盐和糖调味。充分烧透入味后入盘，余汤淋汁。

客家酿豆腐从形式上比肉末豆腐块隆重庄重，可登大雅之堂，滋味细嫩如脂，鲜滑清香，兼具荤素所长，层次丰富。

花生饼是韶关名吃，佐茶标配。当地花生饼由红皮花生仁和雪豆制成，富含优质蛋白质，色泽光亮、香酥适口。佐茶的另一标配是丹霞酸枣糕。其色泽透明，美似琥珀，以野生植物酸枣和本地红枣为原料，经果物保鲜，脱皮去核，加入蔗糖，铜锅浓缩，自然风干，酸甜可口，营养丰富。

夏富沙田柚是柚中上品，也是丹霞山农特产品之中的精品。夏富果园位于丹霞山夏富村，夏富古村始建于南宋末年，建筑古朴优美，巷子深长，石板路磨蚀出岁月的包浆。据夏富村李氏族谱记载，夏富沙田柚始于民国初期由李公子玉从广西容县引种，经近百年果农精心耕耘培植的沙田柚皮薄肉嫩，甘甜浓密，剔透清香，不仅口感脱俗，更有降血糖、血脂的功效，对高血压、糖尿病、血管硬化等有辅助治疗作用。

丹霞山佛光普照，天然洞穴中有几十处被辟为道场。当地寺庙的素斋十分著名，不仅不能浪费，吃完还要自己洗碗。别传禅寺座落于主峰山腰，由澹归禅师于清顺治年间建造，以六祖慧能"教外别传不立文字"的思想命名，意为以心传心，任凭红尘滚滚，我自岿然不动。寺院玲珑庄严，清奇俊秀，让人暂时放下我执，顿生隐心，此间深藏着佛教的神秘力量。行至寺前石阶时，当地信众悄悄告诉我，靠左走，利于名，靠右走，益于利。名利不可兼得，断不能生贪嗔心。

静穆空灵的寺院与阴阳合欢的生态并存于丹霞山，看似对立，实则自在。唯是平常心，方能清净心，唯是清净心，方可自悟禅机。性本善与不可遏制的初心意外邂逅，融合升华，使这片奇山异水终以天涯豪侠的狂浪和得道圣徒的超然姿态，在南中国粲然生辉。

饭局三见

　　远道而来的女友受邀赴宴，带上了与之同行的闺蜜 Z 小姐。懂事的蹭饭者通常恪守蹭饭的品格，然而 Z 不这么想，举杯时频频向满桌人强调：要了解她，可立即拿出手机百度姓名，网上有大量资讯。

　　众友一时沉默，无人接茬。女友脸色稍带尴尬，而 Z 却延续着彩云之南的性情。她大概不晓得即使在自己的城市和领域有所建树，让人去百度也是犯了忌的——脸要自己做，面子要别人给，不能去讨的；不能在一桌初次见面不知根基的的人面前太老魁，更不能僭越当晚带她来的姐妹。当晚她必须是 B 角。

　　酒过三巡，想当 A 角的 Z 小姐献唱一首歌，技惊四座，挽回一分。若如此气氛延续到散席，可弥补掉她开局的失分。不料临近尾声，来了两位专业歌唱家，应众友要求她们分别演唱了一首代表作助兴。Z小姐棋逢对手，无法禅定，才华岂能白白压抑？遂又兀自忘情点唱一曲英文老歌。曲毕，众人礼节性鼓掌。桌主坐不住了，一番简短致辞仓促宣布散席。关戏。

天地大美而不言，无论是谁也该谦卑俯首，这就是上海滩的可爱和可憎。后来这段子我用在了最近一档直播节目上，有听友嫌我们那晚太温婉，该直接校路子：姐不习惯用百度，常用微博玩人肉。

去年此时有位做萨特课题的香港人请众人吃饭赠礼，席间叹苦经，引出主题：资料太难寻，拜托各位了。数位内地学者拍胸脯表示这有何难，回去三日内就给你快递过去，而上海先生略带迟疑的承诺试试看，但没多少把握，气氛有点冷场，好在须臾间便顺了过去，因为闹猛的那几位开始拼酒言欢，相见恨晚，上海先生则被冷落在一边自斟自饮直到席散。

不久前这位来自上外的上海先生问我讨香港人的联络方式。原来，繁琐的资料他悉已搜集齐全，且分门别类，清晰有效。他说他不是自作多情，是要尽快在心理上扯平那份不薄的礼，了掉一桩活儿。香港人大为震惊：整整一年，当他自己都忘了当日酒桌上的托付时，上海先生却没有忘，其余称兄道弟者在一年期间均无联系。喧哗只留下水印，而沉默却成为刺青，他由衷感慨，自己终于知道了何为上海人，何为 A 角。

很多时候夸耀只是一种积习，并不存着多少坏心思，而低调者未必骨子里不傲慢，只是他们更掌握一种婉转的世故。在这个藏龙卧虎的城市纵使有着足以在别处高调的资本，也须从心理和姿态上匍入尘埃，如此，局即使不大，格也不会低。

L 先生 45 岁即告退休。有回饭局，东道主向生人介绍他：这是 L 博士，以前是 XX 公司（补充说是上市公司）副总裁，再以前是保利地产的 XX……当对方欠身递上名片时问道：您现在何出高就？L 赶紧接口：我退休了。这话引来三人都接不上话的一阵沉默。L 知道自己还会遇上很多类似的沉默，可他真心不尴尬。毕竟生活不只有工作和薪水，还有旅行和诗歌。在这桌上，他只想吃自在饭，谈菜根香。若有一天他重返江湖，也不会再如从前那般常为身份焦虑而允许追求浮名成为生活的重心。

很多人的奋斗目标是由他内心比照的群体说了算的，以为常坐一桌吃饭就同属于一个圈子，这只是错觉。江湖苍茫，一臂之遥都可能是无法想象的距离和叵测。纵然跻身枝头，因凤凰太多，焦虑非但没减少，一不小心还会掉落地面。自以为独有的东西其实根本不那么私密，自己也没啥与众不同。伊丽莎白·泰勒暮年顿悟到自己一生爱过七个男人，有过八次婚姻，上帝给了她美貌声名成功和财富，所以没有给她幸福。林语堂也是混过江湖的，他说：人生在世，幼时认为什么都不懂，大学时以为什么都懂，毕业后才知道什么都不懂，中年又以为什么都懂，到晚年才觉悟一切都不懂。

|油腻在左，清流在右|

Z小姐36岁，单身SOHO，月光族。她办过一次小型画展，经营一家专卖印度服饰和小玩意的小实体店。某日，她接到某海归同学的邀约，请她参加同学聚会，她很是纠结。

人的痛苦多半源自比较。Z的同窗中有嫁贵婿的，有功成名就的，有儿女双全的……每次聚会后她都会郁闷一周才平复。

这次她问我，怎样才能既看到别人的状态，又不暴露自己的囧境（或窘境）？

曾有哈佛商学院教授在学生毕业前最后一堂课上忠告他的学生：若几年后接到邀请，让你参加五年一次的同学聚会，那是件危险的事，你不要去……

话虽偏激，不过结合当下世情，通常混得太好和太不好的人都不会轻易被邀请去参加同学会。同学会是退休以后才真正频繁与纯粹的。

我说，有富不炫，有单不抢，有车不开，保持超然物外的淡定状。这样，别人多半认为你经历丰富，洞若观火。

同学会不是秀场，不是去听歌剧，所以不必在头上精雕细琢，在脸上浓妆艳抹，穿着晚装出席是绝对败笔。美而可亲是一种境界。

当然，手臂是很重要的青春佐证。很多明星，妆化得光鲜，手臂却显露熟态，所以事先几天涂好按摩油、瘦身霜，用保险膜包好，待到那日你会窈窕再现……当然如果有兴致，也可以请个私人教练练几天，但不能保证立竿见影。

还有那天一定要吃点东西再去啊，海归一般都比较低碳，不会让你吃撑。

同学聚会的时间终于来了：当年毫无存在感的同学前一日就殷勤的问 Z 小姐是否要来接，Z 想，自己与他并无多少交往，不必那么客气吧。可他执意要来接，下楼，Z 才发现已然发福的他开路虎揽胜加长版，本该被形容为油腻的样貌，因为这台车的关系，倒也看出些清俊来。

揽胜君又不忘旧谊地接了另三人，包括一位曳地晚装姐。

入席，坐定，有人打扮得比 Z 小姐还低调。那人走仕途当了官，接手机却不肯离席，声音不大却足以让在座都能听到，部署工作表情略显威严且带一丝厌倦，作运筹帷幄状。

席间，信息量不少：有儿子念学费天价的双语幼儿园的，有带着漂亮老婆来的。因无人夸赞晚装姐的衣服，Z小姐深恐她衣锦夜行，憋屈得紧，于是抛出砖头，说这裙子很独特，晚装姐立即接口说是在第五大道买的，并顺势说起自己上个月在美国的见闻……

最后他们想到了Z小姐，问她在忙什么。Z小姐淡淡地说，不忙，只是每年去三次印度，每次一个月，住在德里老城，发发呆……

见情形无聊，Z小姐趁机开溜。

次日，晚装姐告诉Z小姐，路虎揽胜君的车是租的，儿子读双语幼儿园的早离婚了，当官的是上门女婿，借了丈人的光，老婆是河东狮子，谁谁的漂亮老婆五官下巴都是整过的。

海归同学只请喝了下午茶，每人一杯咖啡两块曲奇混了三小时，大家肚子咕咕叫，最后海归露出目的，原来她是要推销她的瑜珈会员卡。

海归同学说，Z小姐这样好的身材和状态，都是练瑜珈的功劳。可当官的说未必，她的背后必定有个不一般的男人……

据说人体细胞每三个月替换一次，旧细胞死去，新细胞诞生，将全身细胞全部换掉，大约需要 7 年。也就是说在生理上，我们每 7 年就是另外一个人。你已不再是你，我也不再是我，走入各自新的轮回。这是我们真实的画皮。

关于老同学相逢的影片，我印象最深刻的是张婉婷的旧片《玻璃之城》。当年因喜欢这部电影，连带着把港大也爱屋及乌走玩了几次。

他和她的爱情，纯粹里带着一些轻率，上演着那个年纪才会玩的文艺桥段。年轻时很容易爱上，也很轻易别离，以为不久将重逢，以为会有数不清的后来，抱着这样乐观的愿景，度过一年年艰苦的时光。

可是远水解不了近渴，爱情不能只是意念里的存在。后来，他没了音信。后来，各自娶嫁。后来，给自己的孩子都取名"康桥"——他们年轻时想去的地方。

又过了许多年。再次邂逅已是中年。他们似乎要重新来过。可是中年的恋爱总是四面楚歌……

再后来，心灰意冷的她去了英国，他追寻而来。泰晤士河畔相遇，带着对未来模糊的一点微光，去康桥看烟花，这也是他们唯一一个新年，却出了车祸。烟花映在她迷蒙的眼中，他拼尽最后力气将她拥抱在怀。或许他们在找一种方法，可以让彼此在死去前一秒还在相爱。

容颜倒不怎么沧桑，爱情也不曾沧桑，保持着最初的鲜度，用岁月解冻。沧桑的是对抗外部世界的心。她问他，我们该怎么办？他说，这是我们无法控制的。

后来，如果不可以，至少还有回忆。

有时我会想到大学时代的闺蜜X小姐，我们初见面便一拍即合，四年形影不离，互为彼此一个时代的见证人。

毕业后我们见面频率慢慢减少直至消失，约会最多的地方是日式拉面馆。缅怀青春是青春盛年时的开场白，每次回忆都让人唏嘘，后来便只谈当下。八年前，S约我去吃北海道味噌拉面。她问我味道如何，我仔细品味那寒温带食物特有的粗犷的顺滑，给出评价。

X幽幽叹了口气，说她喜欢这款拉面基于和她常年中午来此消磨的男人。

她只是他的拍档，关系一天天随惯性运转，没有进展也不会停歇，却比预想中热烈缠绵。一起吃拉面成为他们之间唯一沾地气的仪式。每当两碗热腾腾的面端上，他们就会被无以名状的踏实热度包围，可同时某种幻灭感也乘机升腾而上，在享受与对抗中，不可言说的拉面情愫将他们紧紧捆绑。走出面馆，X屡屡重新审视一道难题：除了吃拉面和极速欢愉外，他们之间还拥有什么？

直到有一天，味噌拉面师傅告老还乡，新来的厨师只做冷荞麦面，吃冷面时，X得出答案：某些事只是青春的大胆假设。

从那天起，X小姐的青春结束了，也在我的生活中消失了。

我们再次邂逅是2015年在米兰世博会。南欧洲六月的骄阳下，我们匆匆一晤不过半个多小时，万里相会只觉得神奇，没有惊喜，用手机合了张影，扫了个微信，平时极少互动。微信上她女儿的头像看上去很乖巧。可除了曾经的经历，我们很少有冲动拿新的话题分享。因为这必须铺垫解释各种人生拐点的前因后果，这实在太费力。

成熟是要确认自己同周遭人事物之间的距离，需要的不是感性，而是尺度。或许依然要感谢这样默契，这样默契的不产生交集，年轮渐增，平行状态显然能走得更远。村上春树有句话大致意思是，人们总要进入自己一个人的世界，总要深深挖洞，只要一直挖下去，就会在某处同别人连在一起。

酒色香颂

——刘沙的微醺地图

︱波尔多地图︱

波尔多与法国葡萄酒的缘分源远流长。

这是一个充满了历史意义的象征，当中世纪时罗马军团里的那个名叫伯纳的士兵，被脚下这片富庶的土地吸引而退役后来波尔多种葡萄时，这种象征就注定成就了法兰西尊严和丰富的葡萄酒文化。

就是因为这份尊严，在伯纳以后的很多年里，无数人为波尔多而讴歌。拿破仑甚至发出了"波尔多引领法兰西前进"的呼声。

如今，波尔多作为一个鲜活的生命，它不仅仅活在法国葡萄酒浓浓的琼浆玉液中，它还活在卢梭、蒙田、雨果以及柯罗和毕加索的散文、诗歌和绘画中。

于是，波尔多成了蒙田的"情人"，在蒙田那些著名的散文中，他不止一次地流露出对波尔多的情深意长："当我有一天扑进她的怀中时，我感受到的是一阵目眩和心跳。波尔多，你用醇美的汁液滋润着我的心田，就像是情人的眼泪，让我迷茫。"

于是，当雨果在写《悲惨世界》时，面对现实而愤愤不平之余，是波尔多让他舒缓了内心深处的痛苦，所以他写出了他诗歌中不多见的抒情诗句："激滟波红的纪龙德河水，永远地流淌在我的心中。"

于是，毕加索便在圣埃米利永的田园牧歌中，有了画和平鸽的冲动。

所以，波尔多会被称之为"葡萄酒的圣经地"。

从古罗马开始，一直到今天，是梅多克砾土上的古老酒窖，是圣埃米利永茂盛的葡萄园，是百塔耶、玛歌堡以及木桐·罗斯柴尔德庄园里一代又一代的酒农们，凝聚起了波尔多不朽的魅力和力量。

从巴黎到波尔多，坐火车是最充满情趣和回味的。

尽管巴黎的奥利机场，每隔两小时就有一班飞波尔多的航班。但乘飞机却远没有坐火车来得经典和充满想象。

当舒适的ＴＧＶ（法国高铁）沿着美丽的纪龙德河行进时，你会从清澈的河水里，看到被誉为波尔多精神的圣·米歇尔大教堂的辉煌倒影。涟涟的水波荡漾在金色的塔顶，像是岁月在不停地流淌。

眺望圣·米歇尔大教堂并冥想它的历史，这是去波尔多旅行的人，不应忽略的一个细节。

圣·米歇尔大教堂是中世纪时，红衣主教克雷芒五世主持修建的。当时，正值法王七世的妻子改嫁英王，并将波尔多所属的阿坤廷公国陪嫁了过去。于是，沉寂多时的波尔多开始复苏。但是因循守旧的克雷芒红衣主教却觉得法王违背了教会的精神，尤其是靠妻子陪嫁而获取的繁荣，更是有悖于神旨。克雷芒红衣主教认为只有他的圣·米歇尔大教堂才是波尔多的不朽。

其实，克雷芒红衣主教并没有活着看到圣·米歇尔大教堂落成。早在选址时，他已陷入弥留之际。但他留下了他那句经典遗言："波尔多没有了，只有圣·米歇尔教堂了。"

著名的建筑师让·雅克听懂了主教的意思，他将教堂建在了纪龙德河岸上。而且，在教堂的顶部，画上了酒神巴克斯。

只有宗教和酒，才能拯救波尔多。法兰西历史上最著名的红衣主教克雷芒的理想终于得以实现。

几百年以后，一个名叫狄德罗的年轻人，站在纪龙德河边，望着河中的圣·米歇尔大教堂的倒影，写下了一篇题为《波尔多的精神》的文章。狄德罗在文中写道："虽然，如今只有从纪龙德河水的倒影里，才能看到当年的波尔多。但自中世纪以来，圣·米歇尔大教堂便一直引领着波尔多。"

狄德罗说得没错，因为有了圣·米歇尔大教堂，当年从郎格多克本笃会出来传教的教士们，便纷纷投奔圣·米歇尔大教堂，同时也把葡萄种子和种植技术，带到了波尔多。如今，波尔多大部分酒庄的祖先，都是当年本笃会的传教士。

我的波尔多之行，是从波尔多著名的葡萄酒产区梅多克开始的。

梅多克葡萄酒之旅，如今早已成为游历波尔多的一个经典项目，更是成为了感受并领悟法国葡萄酒悠久历史和灿烂文化的一扇窗口。

梅多克不仅在波尔多著名，它还是全法国最声名显赫的葡萄酒产区之一，被誉为法兰西的葡萄酒圣地。

梅多克的这一荣誉，早在 18 世纪时便被奠定下来了。

当时的梅多克，是波尔多西北边的一处沼泽地。1750年以后，梅多克的地质开始干涸。当地的一位有经验的传教士发现，这种土质最适合种植葡萄。由于这儿的土地和气候十分适合葡萄的生长，加上纪龙德河水的灌溉，人们种植的葡萄不但年年丰收而且品质优良。于是，梅多克的葡萄渐渐地建立起了声名。尤其是到了 1856 年，法国开始实行在农业产区评定 AOC 等级制度，波尔多评出的 62 个特级酒庄竟全都在梅多克地区。从此，梅多克的葡萄酒开始享誉世界。

一瓶 1881 年的葡萄酒记忆

　　位于纪龙德河左岸的百塔耶酒庄 Chateau Batailley 的创始人，便是那位最早发现梅多克能种葡萄的传教士。为了纪念他对梅多克的贡献，1789 年，国王路易十六和玛丽·安特瓦王后将凡尔赛宫内的一棵桑树赐给了他的庄园。

　　百塔耶酒庄的现任主人名叫卡斯代亚，他的曾祖父曾跟着那位传教士布过道，后来传教士病逝，卡斯代亚的曾祖父便继承了这份产业。

　　卡斯代亚得知有位中国人要前往采访，特意在酒庄门口挂上了一面五星红旗。这天下午我远远地就看见了蓝天下的这面红旗，心情格外激动。待我走近，见卡斯代亚率领十多名酒农列队鼓掌，欢迎我的到来。

　　卡斯代亚先带我去葡萄园转了一圈，他说这儿种植的都是著名的赤霞珠葡萄。而我在来波尔多之前，便已在一些葡萄酒指南上得知，百塔耶酒庄酿制的赤霞珠葡萄酒是波尔多的一款著名的酒，这款酒的需求量特别大，据说从现在起一直到2010年，这款酒已被酒商们全部包购了。

从葡萄园出来，卡斯代亚带我去参观酒窖。百塔耶酒庄的酒窖就像地道，十分隐蔽。我们打着手电筒慢慢前行，而卡斯代亚则边走边讲解："这一排酒已存放50年了，那年波尔多葡萄收成是大年，所以家族留下了1000瓶酒。如今都成了宝贝了。"

在一块写着1881年字样的小木牌前，卡斯代亚停下脚步。他用手电照了照，拿起一瓶酒，而那块小木牌子就挂在这瓶酒上。在手电光的照射下，我看到卡斯代亚手上的这瓶一百多年前的酒虽然酒瓶外包裹着因岁月而积淀的尘埃，但却遮不住这瓶中玉液的晶莹透彻，纯净浑厚。

卡斯代亚手握着这瓶百年陈酒对我说："这瓶酒可是我们家族的镇族之宝啊。1881年是波尔多有史以来少有的几个好年份之一，这年酒庄里所有的酒全都卖出去了，我的曾祖父只在酒窖里珍藏了几瓶，以作纪念。我就跟你说说关于这瓶酒的记忆吧。"

卡斯代亚是百塔耶酒庄的第四代传人。三十年前他从他父亲老卡斯代亚手上继承了如今的这份家产。他回忆说，那天的交班仪式就是在那棵路易十六赐予的桑树下进行的。这本该是他一生中最高兴的时刻，可是面对父亲，他的神情却像是一个做错了事的孩子。

原来，当卡斯代亚还是个中学生时，有一次他在酒窖里帮着父亲将不同的酒归类，这时他突然发现在酒架上有一款1881年的酒躺在那儿。面对这瓶百年的酒他顿生好奇，这酒会是什么味道呢？于是他趁父亲不注意，偷偷打开这瓶酒喝了一口，卡斯代亚说他至今都难忘那酒的香醇味道……

后来他父亲在一旁叫他，慌忙中他想把瓶塞塞好再把酒放回原处，可是这酒塞却怎么也塞不进。他心想这下可闯祸了，万一让父亲知道可是不得了的事。怎么办？卡斯代亚说他做出了一件令他后悔一辈子的事，他竟趁父亲没注意，一不做二不休将这瓶酒给扔了。后来他长大了，才知道他把酒庄的历史给扔掉了。

卡斯代亚一直都不敢把这件事告诉父亲，但随着他长大成人，这件事就如同一块心病折磨着他，一直到三十年前他正式成为庄园主这天，他才把这件事告诉了父亲。卡斯代亚没想到的是，他的父亲听了后竟哈哈大笑起来。他对面露愧色的儿子说："我自己年轻时也干过这样的事。我们家里原先有三瓶1881年的酒，现在两瓶已给扔了，剩下的这瓶真成宝贝了，可别让你的孩子再给扔了呀。"

卡斯代亚说："这就是关于这瓶酒的有趣记忆，我已跟酒庄里的所有人都讲过这个故事了，大家说他们都会像爱护自己眼睛一样爱护着它的。所以几十年过去了，它还一直安静地躺在这里，让远道而来的中国朋友也能看到它。"

我与这瓶1881年的酒合了影，当照相机的快门咔嚓响起时，我感受到的是这份家族记忆的珍贵和不易。很多日子里，让我品尝着它带给我的人性的清澈和岁月的醇厚。

拿破仑的"玛歌堡"

让波尔多或者梅多克声名显赫起来的，除了百塔耶酒庄外，还有著名的玛歌堡和木桐·罗斯柴尔德酒庄。

玛歌堡 Chateau Margaux 位于纪龙德河西岸，被誉为梅多克的凡尔赛宫。虽然玛歌堡藏有波尔多甚至法国最名贵的酒，虽然它是梅多克最壮观的庄园，但真正让它闻名于世的，却是因为拿破仑。

拿破仑第一次到玛歌堡，是 1804 年 6 月，距离他在巴黎圣母院举行皇帝加冕典礼还有半年时间。当时，亡命英国的朱安党头目组织了一批刺客，到处追杀这位科西嘉人。拿破仑的好友拉斯特侯爵夫人，当时正掌管着玛歌堡，她便请拿破仑来玛歌堡躲避几天。从此，玛歌堡的好酒让拿破仑一生情牵玛歌，最后竟生出一段胜也玛歌败也玛歌的悲情。

1805 年 12 月 2 日，拿破仑亲率法军在奥斯特里茨村，与库图佐夫率领的俄奥联军展开激战。拿破仑调运来几十个装满玛歌堡好酒的橡木桶，他要让每个士兵都喝酒壮胆。最后，奥斯特里茨战役以法军大胜而结束。后来，拿破仑的大军打到哪里，装满玛歌堡好酒的橡木桶便跟到哪里。玛歌堡的酒已成了拿破仑心中的护身符，以至于后来滑铁卢战败，拿破仑也把它归结为士兵们没酒喝，所以没有了斗志。

拿破仑在被流放的圣赫勒拿岛上，曾经恳求看守他的英军士兵，去为他拿些玛歌堡的酒来。而在拿破仑的《圣赫勒拿回忆录》里，他再次提到玛歌堡的酒对他打仗的重要性。他在书中写道："因大雪封山，使得 100 桶玛歌堡酒未能运到滑铁卢前线。"由此可见他对战败的耿耿于怀和对玛歌堡的情有独钟。

| 买张酒标三个欧 |

玛歌堡多少因拿破仑而背上了政治和战争的恶名，而木桐·罗斯柴尔德酒庄 Chateau Mouton-Rothshild 却因为戈雅、塞尚和毕加索这些伟大的艺术家而成为艺术的宫殿。

木桐·罗斯柴尔德酒庄的历史，要追溯到波旁王朝时期。当时，整个波尔多地区因沼泽而无法种植葡萄。木桐·罗斯柴尔德家族深知太阳王路易十四喜好葡萄酒，便在南方郎格多克省购置了葡萄园并开始酿酒然后进贡皇室。品质优良的酒立刻就被皇室认可，以至于相当长一段时期内，太阳王只喝木桐·罗斯柴尔德家族酿制的酒。为了表彰木桐·罗斯柴尔德家族对皇室的忠诚，酷爱艺术的路易十四国王将普桑的名画《酒神节》赐给了木桐·罗斯柴尔德家族。

菲力浦男爵夫人是如今木桐·罗斯柴尔德家族的掌门人，也是酒庄的庄园主。她说虽然后来家族将《酒神节》捐赠给了卢浮宫，但跟艺术的结缘却再也没有中断过。

1804 年，西班牙画家戈雅在波尔多游历时，在木桐·罗斯柴尔德酒庄住了一个月，创作了著名的《裸露的玛哈》。后来，泰奥多尔·卢梭、米勒还有塞尚和库尔贝等也纷纷入住木桐·罗斯柴尔德酒庄，并创作出了《亚当鸟的林荫》、《树木与房屋》等世界美术史上著名的作品。

木桐·罗斯柴尔德酒庄能让世人关注，还要归功于男爵夫人的父亲菲力浦先生。

1924 年，为了庆祝第一瓶在酒庄成功装瓶的酒，菲力浦先生邀请了当时古巴著名的海报设计师简·昂为这瓶酒设计了一款至今看来也很另类的酒标。这是世界上第一张由艺术家设计的酒标。

1945 年，为了纪念二战胜利，菲力浦先生决定启用当时法国年轻画家朱利安设计的代表和平胜利的 V 字型图案，作为木桐·罗斯柴尔德酒庄 1945 年的酒标。从此以后，菲力浦先生每年都要请一位世界著名的画家为酒庄设计并绘制酒标。其中赫赫有名的毕加索、达利等著名艺术家，都在木桐罗斯柴尔德酒庄的酒标上，留下了他们的作品。

1976 年菲力浦先生去世后，女儿男爵夫人继承父亲的遗志，不仅每年继续请画家设计酒标，而且开始将酒标的原作拿到世界各地展出。1987 年，木桐·罗斯柴尔德酒庄的酒标原作首次在北京展出。四年以后，一位中国画家成了木桐罗斯柴尔德酒庄 1991 年酒标的设计者。

　　如今，木桐·罗斯柴尔德酒庄已成了波尔多最吸引人的地方之一，来自世界各地的葡萄酒和艺术爱好者视这儿为心中的圣地。在这儿不仅能买到当年路易十四喜爱的顶级好酒，还能参观酒庄中著名的藏画和珍贵的酒标原作。酒庄精选了 20 种酒标制成 30 欧元一套的明信片，有时一天竟能销售几百套。

贵族、船长和酒农

　　如果说梅多克奠定起了波尔多的葡萄酒圣殿，那么，波尔多另一个声名显赫的葡萄酒产区圣爱米利永，同样是波尔多甚至是法兰西葡萄酒的巅峰之地。所以有人说，只有梅多克和圣爱米利永都去过了，才能真正全面领悟到波尔多葡萄酒的精神。

　　圣爱米利永位于多尔多涅河的右岸，是一个依山傍水的古镇。早在公元 2 世纪，罗马人已经来到这儿种植葡萄了，正是靠着繁荣的葡萄酒贸易以及品质优良的葡萄酒，圣爱米利永渐渐地成了当时欧美各国上流社会最爱的一个法国小村落。但是，当这些上流社会的人真正来到圣爱米利永时，他们才发现这个古镇的魅力不仅仅是葡萄酒，这儿的历史尤其是几百年前的古战场以及那些与众不同的圣爱米利永人，足以成为法兰西丰富的人文精神的传承者。

从梅多克驱车前往圣爱米利永只要一个小时的路程，当车子越过多尔多涅河岸时，我发现葡萄园已跟刚见过的梅多克葡萄园不一样了。梅多克的葡萄树没有圣爱米利永的葡萄树长得那么高大，而且结出的葡萄果子的颜色也不一样。

　　陪我前往的波尔多旅游局的多尔先生告诉我，当年西班牙画家弗朗西斯科·戈雅在波尔多居住时，最喜欢去的小镇就是圣爱米利永。他在圣爱米利永住了一个月，画了三百多张葡萄叶子的素描。

　　多尔指着那一片片如画一样美丽的葡萄叶子对我说，圣爱米利永葡萄园的这些美丽独特的葡萄叶子，曾经打动了许多人的心。西班牙画家戈雅后来一生都难忘圣爱米利永，他把他对圣爱米利永的那份热爱和真诚，全部融化进了他的绘画中。戈雅一生中最著名的几幅乡村组画，如《田间的女人》、《波尔多的欲望》以及《葡萄的叶子》全部取材于他在圣爱米利永创作的那几百幅素描。

　　我要去的这个酒庄名叫卡斯德尚酒庄 Chateau Castegens，这个家族是圣爱米利永的旺族。庄园有一百多公顷的葡萄园，多尔多涅河西边漫山遍野的葡萄园全是卡斯德尚庄园的。

卡斯德尚庄园坐落在山坡上，丰盛的葡萄园以及茂密的树林使得这个庄园充满了生机。庄园主左拉出身于圣爱米利永远近闻名的贵族之家，其家族历史之荣耀可追溯到查理七世时期，百年战争最后一役的法军指挥官便是其家族中人。

　　这位左拉的英雄祖先是当年查理七世手下的一员悍将，1453年，查理七世将百年战争最后一场战役的指挥权交给了他，因为这场战争的交战地名叫卡斯德尚镇，所以史称卡斯德尚战役。

　　战役进行了三天三夜，后以法军全胜而告捷，法王查理七世趁机收复阿坤廷统一了法兰西。

　　为了表彰卡斯德尚战役的英雄，查理七世将整个卡斯德尚镇连同周围的山脉全都赏给了他手下的这位悍将，也就是左拉的祖先。从此，卡斯德尚镇变成了卡斯德尚庄园，因为战争中法军是用计谋大败英军的，这计谋便是用卡斯德尚镇上的所有好酒灌醉英军。所以战役结束后，士兵们全都留在卡斯德尚种起了葡萄。

　　祖先从军后辈却再也没人使枪了，左拉酷爱航海，趁着年轻他驾着航船周游起了世界。在卡斯德尚酒庄的酒窖里，左拉请我喝他酿的酒。这酒充满了单宁口感，酒体十分强劲。

这位船长出身的庄园主说，他一生就喜欢喝这样的酒，充满刺激，具有活力。

他说他八岁时就到葡萄园跟着父亲采摘葡萄，有一次坐在葡萄树下吃饭，父亲将一款很烈的酒错当甜酒送进了他的嘴里。左拉当时只是咧了咧嘴，从此后便与这种烈酒有了不解之缘。当他十来岁时，他的体魄里已充满这种酒的强悍元素。很多年后，当他驾着船在地中海上遭遇他一生中碰到的最大风浪时，他在驾驶室里三天三夜没合眼，靠着二十瓶家族酿的那款单宁强悍的酒，愣是将船从死亡线上拯救了回来。

离酒窖最近的那片葡萄园，种植的就是专门酿制这款酒的丽佳酿葡萄。在海上漂泊了二十年后，左拉回到了庄园，丽佳酿葡萄成了他的最爱。如今在他漫山遍野的葡萄园里，丽佳酿的产量最多，问其原委，老船长动情地说，除了童年的记忆外，这些葡萄时时让他怀念起海上的那次遇险，而正是靠着这些葡萄的生命之液，让他渡过了难关。

在卡斯德尚这个贵族之家，我到处感受到的是浪漫传奇以及英雄主义的气息。从百年战争的遗址，到老船长的海上历险，还有丽佳酿的款款情深。而当我提出要给左拉拍一张照时，老船长温柔地把妻子轻轻拉到身边，靠着她，朝我微笑。

后来，这个微笑一直印在了我的脑海中，微笑传递给我的是一个船长的勇敢，一个酒农的质朴和一个真正的贵族的永恒不灭的骄傲。

好酒换来路德雷特一幅画

从卡斯德尚酒庄出来，我便去了另一个著名酒庄冥特尔酒庄 Chateau Montrose。

冥特尔酒庄就位于美丽的纪龙德河边上，波尔多有许多酒农提起冥特尔酒庄，就格外羡慕庄园主查莫，因为他的家族竟能将葡萄园开垦在河边。群山倒影青色的河水，岸边是绿色的葡萄园，大自然将两者有机地交融成了一幅美丽的图画，而查莫家族就生活在这画中。尤其是到了秋天，酒农们边摘葡萄边听着河上小帆船的嘟嘟声，真是别有一番风情在心中。

抵达冥特尔酒庄已是中午了，查莫先生和太太站在庄园门口迎候我。他说想不到我从这么远的中国赶来他家采访，我说我也没有想到最开始只是在一本画册里看到冥特尔酒庄，竟然会有朝一日亲临此地。

午后的庄园十分寂静，只有河面上不时飞过的水鸟发出叽叽喳喳的叫声。查莫先生说："如果你早来一个月，赶上摘葡萄季节，那就热闹了。姑娘们边唱边摘葡萄，而纪龙德河上的那群渔猎人，每年采摘季节，他们都会将船划到附近，听这儿的姑娘们唱歌，这儿是波尔多最有情趣的地方，没有一个地方的采摘会像我们这边这么热闹。"

　　我告诉查莫先生，在那本画册里曾经这样介绍冥特尔酒庄，说是有一年一位姑娘的歌唱得特别好，等到葡萄摘完了，她也跟着那个打鱼人走了。后来，许多姑娘都愿意到冥特尔庄园来摘葡萄，因为可以有艳遇。

　　查莫先生听后哈哈大笑，他说："这都是传说，但不管怎样，我这儿的环境真是优美，在波尔多地区绝对是数一数二的。"

　　环境好葡萄自然生长得好，人的心情一定更好，好上加好酿出来的酒能不好吗？所以查莫家族的酒，在波尔多这个到处都是好酒的地区，竟长年的供不应求，查莫先生说，他的酒已被订购至 2010 年了。

　　查莫先生带我绕过河边，爬上一个山坡，一大片葡萄园展现在我眼前，大部分葡萄果实已没有了，但即使挂在上面的零星的几串，同样显露着刚刚过去的丰收景象。因为今年葡萄是大年，两个月前，满山坡的葡萄几乎要把山给掩埋了，如今剩下来的葡萄枝和美丽的葡萄叶依旧绚烂无比。

在外面转了一大圈，我们回到了查莫先生种满了玫瑰花的院子。他太太站在门口等着我们，走进查莫先生的家，仿佛进入了一个小型博物馆，墙上挂满了法国各个时期的著名的油画，我竟然看到了路德雷特的《河边的少女》，如果不是复制品，这幅绝对是价值连城。

查莫先生说他一生除了钟爱葡萄就是画，种葡萄卖酒挣了点钱，全都挂在了墙上。

随后他一幅画一幅画耐心地给我讲解，说到路德雷特的这幅画时，查莫先生说他是倾其家产拍买来的。

为什么要倾其家产拍买来这幅画呢？

查莫先生向我讲述起了关于他们家族以及这幅画的故事。

查莫家族是 1815 年来到波尔多的，从他的曾祖父这一辈算起，查莫已是庄园的第四代主人了。

二战期间，德军占领波尔多时，查莫才十几岁。他记忆中他家的这个庄园是德军驻扎在波尔多的一个司令部。当时家里珍藏的所有好酒全都给德国人运走了。他还记得有一回德国军官来他们家，限他们三天后交出 500 瓶酒，当时的庄园主是查莫的母亲，她看了一眼查莫，竟答应了下来。

德国人走后，查莫问母亲，家里哪里还有酒啊，到时交不出酒，德国人就会把庄园给烧了呀，母亲最后是用她陪嫁过来的饰品以及家里所有值钱的东西去向别的酒庄换了 500 瓶酒给了德国人。

在这些值钱的东西里，查莫看到了一幅画，这是当年父亲送给母亲的定情物，因为母亲酷爱画，所以父亲投其所好，用 300 瓶好酒换了一幅法国著名画家路德雷特的风景油画。

那天当德国人将酒拿走后，母亲对查莫说："儿子，我们已倾家荡产了，但因为你就要长大了，你会把这一切都争取回来的。"

当时的情景以及母亲的话，让查莫记住了一辈子。1944年，参加过第一次世界大战的父亲病逝。庄园所有的重任全都落在了母亲一个人身上。为了母亲的希望，战争结束后，查莫来到巴黎念大学。大学毕业那一年，法国在其殖民地阿尔及利亚有战事，查莫被征召去阿尔及利亚当兵。由于他在阿尔及利亚勇敢作战，很快便得到升迁，可是查莫情系庄园和母亲，他放弃了一条在别人看来绝对是阳光大道的仕途。服役结束后，查莫毅然返回家乡种植葡萄。因为他已经有了一个信念，他要让庄园重振其鼓，不辜负母亲的希望。

1960年，年迈的母亲将庄园交给了查莫先生，查莫家族开始了新的创业历程。第二年，查莫先生与现在的太太跟许多庄园浪漫故事一样，因葡萄而喜结良缘。查莫先生说，他永远忘不了结婚的那天，他们请了好多客人来喝酒助兴，但他却发现，母亲的酒杯里竟全都是用水掺的酒，查莫先生知道，母亲是舍不得喝酒。

1968年，重振其鼓的冥特尔庄园的葡萄酒终于获得了欧洲其他国家的订单，他把喜讯告诉了母亲，全家人喜极而泣。自从当年德国人敲诈勒索以后，查莫家族一直过着清贫的日子，能有今天，怎么会不高兴呢？母亲问儿子，还记得他小时候，德国人来家里时，母亲看他的那一眼吗？查莫先生使劲地点了点头。

正是当年母亲的那一眼，才让查莫发愤图强了几十年。如今酒庄振兴了，查莫先生要为母亲实现另一个愿望，那就是路德雷特的画。自打那天德国人来过以后，母亲再也没有得到过一幅画，查莫决定用第一次葡萄酒出口的钱去购买一批画来。这时，听说巴黎有个拍卖会，便匆匆赶去。拍卖会上正好有路德雷特的作品，查莫心想再贵也要把它拍下来。当儿子将从巴黎拍来的路德雷特的一幅风景画拿回家时，母亲老泪纵横。……

在查莫先生招待我的午餐上，他拿出一本名为《家族》的书对我说："这是我花了十年时间写的一部家族回忆录，既是对家族的纪念又是对历史的负责。"

查莫先生说，他的父亲有个表哥，住在尼斯，在德军占领期间去世了。死之前指定查莫先生的父亲为遗嘱执行人。在执行过程中，查莫父亲发现有一箱子东西是属于他的，便运回波尔多的家中，从此这箱东西就一直没有去动它。

很多年后，查莫的父亲以及母亲都已经相继离世了，有一天，查莫先生整理房间时，发现了这个箱子。当时他的太太正好怀孕在家，便好奇地要他打开看看是什么东西，查莫便打开箱子一看，竟然是他们家的"历史"。不但有文字记载的家谱，还有一部分祖先用过的器物，以及几件衣服，上面都附了说明，是何年何月谁用的和干什么用的。

查莫先生即使现在回忆起来依旧是十分的动情，他告诉我，当他打开这个箱子发现是家族的历史时，那感觉真是比发现一箱子金子都更令他激动。

从那时起，他开始了《家族》的撰写，书写得十分辛苦，每个年代每个人都要严格考证，又不能耽误了葡萄园里的活，所以虽然是写了十年，但每年也只有冬季葡萄园息养时才动笔写一部分。

有一次，他得知巴黎正在举办一个展览会，其中有个女收藏家手上的一枚徽章，竟是他们家族的族徽。于是，查莫先生便与这位收藏家通电话，希望能将这枚族徽买下来。

后来，查莫先生又专门前往巴黎与收藏家单独协商，最后总算是打动了收藏家。查莫先生说这枚族徽是16世纪家族的族徽，上面刻着祖先的名字，是他们家所有历史遗产中最为珍贵的东西，可以见证一个家族辛勤劳作的历史。

查莫先生将一本《家族》的签名本送给我，虽然是一本书，我拿在手上却是沉甸甸的，我揣着的不是一本书，而是一个家族几百年的兴衰荣耀的历史，而这一刻，我仿佛彻底弄懂了法国葡萄酒里与众不同的醇美与厚重，因为酿在酒里的不仅仅是葡萄还有文化和历史。

波尔多著名的酒庄远不止这些，还有贝尔谢夫酒庄，还有波伊雅克酒庄和希汉尔酒庄等等。同样，波尔多也不仅仅只有梅多克和圣爱米利永有这么多传奇的故事，波尔多最早为英国皇室供应御酒的格拉夫酒庄，从 17 世纪开始就用延迟采摘的方式生产贵腐甜酒。而让孟德斯鸠流连忘返并写出了著名的《波斯人信札》的索泰尔讷酒庄，它们同样都有无数经典传说和不朽欲望。所有的这一切，已经全都因为散落在美丽的葡萄园里，珍藏在古老的橡木桶里，流淌在通红的酒液里而得到了永恒。

勃艮第地图

勃艮第种植葡萄的历史，至少可以追溯到公元前 1 世纪。

当时，居住在地中海和希腊的高卢人，开始将葡萄种子从瑞士传到勃艮第。

而勃艮第葡萄酒真正意义上的发展，是在公元 11 世纪。

与此同时，在法国乃至欧洲葡萄酒发展史上起过重要影响的本笃会，在勃艮第成立。

本笃会奠定了勃艮第葡萄酒的宗教意义，并开始了宗教与葡萄酒联姻的启蒙。

而这种启蒙，直到今天，依旧是法国葡萄酒的经典。

所以，在法国人心中，只有勃艮第的葡萄酒，才是他们的精神源泉。

尤其是那片延绵数公里，被著名的玛丽·安托瓦内特王后誉为"金色之丘"的葡萄园、那个有过一段曾经让查理曼大帝的士兵们俯首称臣的历史，后来这段历史又被莎士比亚写进戏剧里的名叫博讷的小镇，已成为勃艮第葡萄酒的圣殿，更是法国人的心灵驿站。

2005 年秋天的一个午后，在巴黎古老的里昂车站，我登上了开往勃艮第的ＴＧＶ。高速列车只运行了差不多两个小时，便到达了同样古老并独具魅力的勃艮第首府第戎。

14 世纪时，第戎是勃艮第公爵的夏宫。至今依旧保留着公爵宫、巴赫塔和腓力王塔这些世界闻名的建筑。第戎是去博讷的必经之路，而连接它们的便是著名的"金色之丘"。

高速列车到达第戎后，不用出站，过一个道口，便能转到一列去博讷的火车。这列火车每天一班，但没有固定的发车时间。一般是在高速列车从巴黎抵达第戎十分钟后发车。

这是一列老式的蒸气机牵引的火车，早在维希政权时期，就已经在这条线上行驶了。它是目前全法国年代最久远也是仅有的一列还在营运的蒸气机车。

在月台上有一块纪念牌，上面刻着早年曾经乘坐过这趟列车去博讷游历的名人的名字，我看到其中有萨特和波德莱尔。所以，当我坐在这趟车的硬板椅子上时，便生出一丝幻觉，这椅子莫非就是当年萨特坐过的？

同行的雷笑我自作多情，但在后来的两个月的酒庄之旅中，却不断地让我觉得，在法国游历，你一不小心就会与名人遭遇。不仅仅是萨特，在香槟区的埃佩尔纳，我还在拿破仑用过餐的桌子上吃饭呢。

蒸气机车隆隆的轰鸣声，载着岁月的缅怀，在浪漫的南方田野上行驶着。沿途是一望无际的葡萄园，夕阳绚丽灿烂的余晖，把葡萄园染成了一片金色。在如画一般的葡萄叶子上，落日洋溢着闲适的优雅和喜悦。而在金红色裹着的枝蔓上，等待收获的葡萄在苍穹的寂寥中，显现着绰约的风韵。

如此美丽和富足的景致，要归功于当年西笃会的教士们。公元11世纪时，教徒们在索恩河边开始垦植勃艮第的第一块葡萄园，开启了宗教与葡萄酒的联姻。而这块8000公顷的葡萄园，无论是它所处的朝向，还是种植的土壤以及所受的光照，都是整个勃艮第甚至全法国的"极品"。

1000年以前的景象，今天依旧如此。法国人觉得，这块葡萄园足以挑战波尔多的梅多克葡萄酒产区。由于这儿地势起伏，长年日照强烈，每天清晨和黄昏，朝霞和夕阳把葡萄园染成了一片金色。

当年，法王路易十六的奥地利王后玛丽·安托瓦内特来勃艮第巡视时，看到索恩河边的这片层林尽染的葡萄园，她情不自禁地感叹："这真是金色之丘啊。"

后来，雨果在他的诗歌《心声集》中，又一次将勃艮第比喻为金色之丘："索恩河的涟漪映着美丽的夕阳／勃艮第的田野化作了金色之丘……"

火车始终在"金色之丘"上穿越，我探头望去，连铁轨也被染成了金色，而远处，被葡萄园簇拥着的是古老的红砖墙屋顶和古老的教堂金色的塔尖以及冒了几百年炊烟的古老的灰铁皮烟囱。暮色中，淡淡的炊烟在寂静的葡萄园里缭绕而散去。

博讷终于到了。

有趣的是，博讷火车站，竟也建在葡萄园中。走下火车，便一下子跌进了历史里。

黄昏时分的博讷，寂静得除了我散漫的脚步声外，竟没有一点声音。昏昏欲睡的中世纪城墙，懒懒的歌特式田舍以及弯弯曲曲的碎石子街道和长满了青苔的屋顶，引领我在古老的历史中游走。

最先映入我眼帘的，是一座宏伟的建筑。驼黄色的屋顶在蓝天下显得格外的耀眼，这就是闻名于世的博讷主宫医院。

1443 年，英法百年战争刚刚结束，勃艮第一片混乱和狼藉。博讷所有的葡萄园全都毁于战火，街道上到处是乞丐和无家可归的士兵。当时主政的是勃艮第公爵的大法官尼古拉·罗兰。他觉得百事待兴，但重振酒业救治病人是当务之急。于是，在救济会的帮助下，罗兰和妻子德莎林用了一年半时间，建起了这座后来为博讷赢得了世界声誉的医院。

当然，真正让主宫医院声名大振的，是那幅挂在医院大厅上方的油画《最后的审判》。只是这幅早已被列入世界名画的作品，其作者是谁却至今都没有定论。

有说是法国著名的宫廷画家约翰·凡·爱克的作品，因为他早年曾为罗兰画过肖像。据说他钦佩罗兰的义举，特意画此画捐给医院。

也有考证说这幅画是博讷的著名画家德维尔登的作品，当年他住在医院里就开始构思这幅画，出院时将画送给了罗兰。

但就这幅画的意义来说，作者是谁已不重要了。波德莱尔为这幅世界名画写下过这样的诗句："美啊，巨大恐怖而又纯朴的妖魔／你来自天堂还是地狱／这又何妨／只要你的眼睛微笑／能为我把我爱的无限之门／打开……"

其实，整个博讷的历史更为显赫。

莎士比亚曾借《李尔王》之口说过："罗马帝国征服了法国，博讷却征服了罗马帝国。"

当年，不可一世的查理曼的罗马大军，就是带着葡萄种子征服了当时还被称作为高卢的法国的。优良的葡萄品种和先进的酿酒工艺，使得高卢人觉得罗马大军为他们带来了财富。一夜之间，罗马的万千铁骑便横扫高卢一半山河，而高卢历史上最屈辱的这段历史，却恰恰是法国葡萄种植技术大力发展的时代。

很多年以后，在法国人的历史书上，依旧将这段殖民时期，称之为法兰西的复兴年代。因为当时，大面积的葡萄种植，支撑起了因战争而即将消亡的国力和士气。

唯一的一个例外，就是博讷。

当罗马大军来到博讷时，他们发现了"金色之丘"。

索恩河畔的这片丰厚肥沃的砾石土地上，充满了阳光的葡萄园，让罗马人看得目瞪口呆。而更让他们惊奇的是，博讷酒农酿出的酒，其口感远远胜过在这之前他们喝过的所有好酒。

罗马军队在博讷待了三年，他们边种葡萄边享用当地的美酒，并和博讷的酒农结下了深厚的友情。三年后，查理曼大帝一声令下，军队要开拔了，但在博讷的军队却有一半留了下来。博讷的酒赢得了他们的心，他们宁可留下来当酒农，也不想再去征战了。

不仅仅是留在博讷的军队不肯走，就是已经远征的士兵，也纷纷解甲归田来到博讷，他们说博讷有好酒早已名声在外。后来，查理曼大帝特地颁布法令，军队不得再去博讷。但为时已晚，军心早已涣散。查理曼大帝临终时留下话来："罗马帝国靠葡萄而昌却因葡萄酒而衰。"

就在查理曼大帝"军队不得再去博讷"的法令颁布1000年以后，有位出生于科西嘉岛的法国少尉，被派到博讷执行任务。与他的祖先一样，他也同样被这儿富庶而美丽的葡萄园以及品质上佳的好酒深深吸引住了。

当然，他的艳福也不浅，一位美丽的酒农的女儿，跟他们家的酒一样，勾住了他的灵魂。两个月的驻防任务结束后，科西嘉人因违抗归队的军令，擅自在博讷多呆了几天而受到扣除当月军饷的处分。18 年后，这位曾经迷恋于酒色名叫波拿巴·拿破仑的少尉，成了法兰西的皇帝。

| 杜福尔酒庄里的"拿破仑故事" |

　　绕过博讷古老的蒙伽广场，沿着"金色之丘"往索恩河北边走，可以看到世界上最美丽的葡萄园风光。在秋天的采收季节，连空气里都弥漫着酵母和葡萄汁的香味。几乎所有的酒窖都打开着，采摘葡萄的男女青年们背着驼篮，唱着他们父辈那个年代流行的歌曲，缅怀着田园的岁月。

　　这儿就是勃艮第著名的尼依葡萄酒产区。

　　围绕着"金色之丘"共有 24 个生产红葡萄酒的特级酒庄，其中 23 个在尼依产区。杜福尔酒庄 Domaine Guy Dufouleur 便是其中之一。

　　这个酒庄以生产口感强烈，单宁味浓的浓郁型红葡萄酒为主，所酿制的酒为目前世界上最昂贵的酒之一。

　　法国大革命时期著名的革命贵族加尔比瑞·米拉波伯爵酷爱藏酒，他认为杜福尔酒庄酿制的酒是法国葡萄酒的极品。

1777年，他被父亲大米拉波伯爵以激进之名关进伊夫堡。三年牢狱之苦后，他竟不回巴黎而直接来到杜福尔酒庄。

在他后来写的回忆录中，他说在杜福尔酒庄的日子，是他一生中最快乐的时光。"白天在索恩河边陪着葡萄晒太阳，晚上在酒窖里闻香得钻心的酵母味……"

在酒庄陈列室里，有一款酒引起了我的兴趣，因为这款酒的酒瓶上竟贴着拿破仑像。在法国采访期间，我知道拿破仑像是不能用来作酒标的。

见我好奇，陪同我的主人让·杜瓦先生的太太笑着说："在全法国，也只有我们杜福尔酒庄能用拿破仑像来作酒标，因为我们这个家族跟拿破仑之间还有一段鲜为人知的故事呢。"

原来，当年那个让拿破仑少尉痴迷因而丢了一个月军饷的漂亮姑娘，就是让·杜瓦先生曾祖父的外孙女。

他们是在博讷的一个小酒馆认识的，当时那个姑娘是小酒馆的服务员。因为会唱歌还经常把家里酿的好酒拿到酒馆里来卖，所以很博男人喜欢。自从见到了拿破仑后，两人便一见钟情，甚至还到了谈婚论嫁的地步。

不久拿破仑被召回巴黎，临行前特意送了一枚戒指给姑娘，并答应过几年退役后就来博讷跟姑娘完婚。姑娘当真左等右等，却等来了她的情人当上法兰西皇帝的消息。这时，昔日的少女已成了半老徐娘，只有那枚戒指，成了她青春的回忆。

后来，让·杜瓦的曾祖父得知，法兰西的皇帝曾经喜欢过自己的外孙女。便对外孙女说，能不能跟皇帝商量一下，生产一款以他名字命名的酒。姑娘真的就写了一封信，托人带到巴黎。据说拿破仑收到这封信时正好打了胜仗，心情格外好，便委派信使告诉博讷的那个小姑娘，拿破仑皇帝同意她的请求。信使还带来了一幅随军画师画的拿破仑一身戎装在橡木桶边喝酒的画像。这幅画像便成了这款酒的酒标，并一直沿用到现在。

杜福尔酒庄如今的主人让·杜瓦先生，既是酒庄的庄园主又是博讷的父母官，他是这个家族第 14 代传人。得知我是专门从中国上海前来勃艮第探访酒庄的文化和历史的，让·杜瓦先生非常感动。他说下午本来他有事情要处理，作为博讷这个小镇的镇长，正好要跟一个美国采购团谈判关于博讷葡萄酒出口的事，但他得知我要来，临时决定将谈判推迟一个小时。

我们在酒窖里坐下，让·杜瓦先生将一张已经泛黄的用塑料封套封起来的纸片递给我说："这就是我们这个酒庄的历史，如今只有这张纸还能作为见证，其余的东西，包括酒窖全都在法国大革命时期被砸了。"

我接过这张纸片，这是一张证书，它是当年由法皇路易十二颁发的，上面有路易十二的亲笔题字："父子酒庄"。

让·杜瓦先生说："父子酒庄"在当年是显赫一时的，之所以叫"父子酒庄"就是因为酒庄一直是由父亲和儿子共同经营的。当时路易十二正率军在亚平宁半岛征战，让·杜瓦的祖先便源源不断地将酒送到意大利前线，美酒不仅陶醉了法军，更俘获了意大利人的心。

喝了"父子酒庄"的酒，意大利人竟然没有心思再打仗了，很快米兰和佛罗伦萨纷纷沦陷。为了表彰"父子酒庄"的功勋，凯旋而归的路易十二亲自为让杜瓦的祖先题写了"父子酒庄"四个字。而与此同时，站在意大利人一边的罗马教皇颁布了禁酒令。

这则禁酒令在法国酿酒历史上赫赫有名，史称"尤利乌斯禁酒令"。因为当时的教皇是尤利乌斯，他的这则禁酒令的意义在于几乎全欧洲都因为禁酒令而知悉了当时还属于独立公国的勃艮第"父子酒庄"的酒。据历史的记载，尤利乌斯禁酒是从 1519 年开始的，而这一年也正是"父子酒庄"开始迅猛发展的一年，到了 1526 年，"父子酒庄"的酒已占到勃艮第整个葡萄酒产量的五分之一。

让·杜瓦先生说，在他对酒庄的记忆中，最清晰的是他祖父这一辈。

"到了我祖父这辈，酒庄已经不再叫'父子酒庄'而是用他们的名字命名了。我小时候看我祖父酿酒是跟别人不一样的，按照我祖父的酿法，橡木桶里的酒必须灌得很满，等到发酵时，橡木桶里的酒就会溢出来。而等到发酵完了，这桶口的酒渍便会干裂发硬，如果不把它去掉就会影响空气流通。每当这时，祖父便让酒农爬在橡木桶上，用手来扒酒渍，然后再用木棍人工搅拌。久而久之这些搅拌的酒农被称之为'干这活的人'而在勃艮第名声大振，许多酒庄都来请他们去干这活。"

让·杜瓦先生自豪地说，他们是全法国目前唯一的还在部分运用这种人工方式来进行酒的发酵处理的酒庄，因为在他们的家谱里，这种工艺已延续了 500 年。

让·杜瓦先生带我去参观酿酒车间，正好有两个"干这活的人"赤裸着身子，爬在足有十几米高的橡木桶上搅拌正在发酵的酒。让·杜瓦先生指着那个留长发的说，那是他的儿子，是个喜欢复古怀旧的人，他目前在酒庄里负责所有原始的手工活。

作为博讷小镇的镇长，这些年来，让·杜瓦先生也在积极地进行技术改革。在他的带领下，博讷的所有酒庄都已实现了机械化，但是每当让·杜瓦先生面对自己酒庄从采摘到压榨、再到发酵、灌装等那一大堆机械化设备时，便会生出一份遗憾。他告诉我，过去一瓶好酒要十年后才能喝，如今只需要两年就行了。

听得出让·杜瓦先生言语间的几分无奈，我想这无奈和遗憾或许只有在酒庄仅存的一点原始的手艺活中才能得到释然。

| 满墙酒色是浪漫 |

从杜福尔酒庄出来，已是黄昏时分了。绚丽的落日像是涂画在天上，那浓艳的颜色似乎全是勃艮第的酒酿成的。忽然想起在巴黎时，有朋友说过勃艮第的酒如日落般浓烈和绚烂，这话还真的说对了。

曾经还听到过一个传说，勃艮第人在采摘好品质的葡萄时，一般都是选择在日出或日落时分。据说，汲取了太阳最绚丽的养分后，这些葡萄的品质会更佳，酿出的酒也就更加醇厚。

半个小时以后，这个传说便被我验证了，翻过一个山坡，便看到一群人在夕阳里采摘葡萄，这就是我在博讷造访的第二个酒庄第昂斯家族酒庄 Domaine Roux Pere et Fils。

第昂斯家族酒庄的历史似乎更悠久，门口那台 12 世纪的葡萄压榨机一下子让我感到了眼前这个看上去并不怎么显赫的庄园，却有着一种沉甸甸的厚实。

当时，第昂斯家族酒庄的庄园主塞巴．第昂斯先生，是位年已七十岁的老人了。他站在庄园门口等着我，而当和他寒暄握手时，我注意到塞巴·第昂斯先生身后的那扇门，竟是破裂开来的，那种裂缝一眼看去就是陈旧的，裂缝凸显出来的历史痕迹，仿佛是被岁月撕裂出来的。

一问果真如此，这扇门已有 500 年历史了。门的材质是南方的梨木，这是当年查理五世吞并勃艮第公国后，给每个酒庄赐的圣门。这种梨木做成的门厚实牢固，尤其是不怕日晒雨淋，虽然 500 年了，却依旧基本保存完好。

塞巴·第昂斯先生告诉我，他得知我是来寻找记忆的，便有意在这扇勃艮第最古老的门前迎接我。他说他家还有另一扇门可以进去，但他更喜欢这扇门，并希望我也喜欢。我情不自禁地先将眼前的这扇历史之门拍了下来，当我跟着塞巴·第昂斯先生走进酒庄的院子时，突然发现有一堵墙竟然是斑斑驳驳的红酒颜色，一看便可以肯定这又是有许多年历史了。

不过这堵老墙上从里到外浸出来的酒色是怎么回事呢？老人说，这堵墙的里面是酒窖，已有几百年了，酒的颜色都已从墙里渗透了出来。我用手触摸起墙面，心想这是多么精彩和生动的历史印记啊，我感觉就这一堵墙，便有说不完的故事。

塞巴·第昂斯老人深情地望着墙上的酒色，沉思了一会儿说："要说记忆，这墙和这墙上的颜色就是我的记忆。我年轻的时候，这墙上已经是透着红红的酒色了，当时酒庄里有个规矩，凡是去葡萄园采摘葡萄的人，脸上都得用葡萄汁抹红了。祖先说这是对历史的尊重，所以每年一到采摘期，我们这个酒庄的葡萄园里是最漂亮的，远远地就能看见每个人的脸全是用葡萄汁涂成红红的，特别是在太阳下显得格外美丽。我到现在还怀念当年我们脸上涂着葡萄汁，手上拿着葡萄汁，边走边唱歌的情景。"

塞巴·第昂斯一定是难忘那个岁月的，因为他和他的太太正是在多年前的那样一个美丽的夜晚，在红墙边开始了他们幸福浪漫的一生。

在那个年代，采摘葡萄的季节就是恋爱的季节，男女青年如果摘到同一串葡萄，那么两人就可以恋爱了，所以年轻人一到葡萄园，那双眼便忙个不停，因为按照当时的规矩，只要彼此都看中了，摘葡萄时便会有意靠近。塞巴·第昂斯说，他太太那时是一个大学生，一到葡萄园便有好几个年轻人看中了她，而她却没看中别人，反而看中了他。

"有一天我正摘着葡萄，突然一双软软的手把葡萄从我的手中抢走了，我抬头一看，竟是她，没等我反应过来，她就说我们恋爱了。

"我的脸一下子红了，面对这个城里的大学生，我一时不知说什么好，这时她又将了我一军：'怎么要耍赖啊，摘到同一串葡萄就算恋爱了，这不是你们的规则吗？'我被她说得脸又红了。"

塞巴·第昂斯的恋爱简单却浪漫，二十天的时间，白天在葡萄园里干活，晚上在葡萄园里唱歌跳舞，那时还种了许多玫瑰花和红豆。秋天结束了，他们的爱情也收获了，当年采摘结束后，要举行篝火晚会，就在那个晚会上，塞巴·第昂斯和这位大胆的女学生举行了婚礼。

"这天晚上，当大家闹完了，她拉着我来到红墙边。我至今还记得那天月光是那么的明亮，红墙在月色里清澈纯洁。我问她：'为什么喜欢我？'她说：'是你们的这个家族最先吸引了我，你看这渗着历史酒汁的红墙，还有你们摘葡萄时用葡萄汁涂红的脸，这一切多么富有激情啊！'我当时被她的激情说得感动了起来，我为自己并为家族找到这样一位充满感情，珍惜历史传承的姑娘而骄傲。"

很多年以后，塞巴·第昂斯先生回想起当年的这段往事，脸上还是弥漫着灿烂的微笑。

百瓶好酒送给戴高乐

在博讷住过一晚后，第二天早早便醒来了，曾经在书上看过这样的描述，博讷的日出就是勃艮第的酒色，博讷的空气就是勃艮第的酒味。我站在窗前，眺望山坡上那一片晨曦中的葡萄园，真正从内心深处感受到了这样美丽的比喻是多么的真实。想到马上又要去一个美丽而充满历史的酒庄，心情竟格外的舒畅起来。

德索曼家族酒庄 Domaine Yves et Huges DE Suremain 算得上是勃艮第的旺族了，酒庄在路易十四时期便开始了葡萄的垦植，并不断向皇室供酒。路易十四当年在征战西班牙途中，几次亲临德索曼家族酒庄，并与庄园主柯尔伯结下私交，后来柯尔伯为感谢太阳王之恩，便随其左右，成为太阳王身边为数不多的几位能臣。

到了拿破仑三世时，德索曼家族酒庄又成了波拿巴的心仪之处，这位拿破仑三世最爱喝的几款酒中就有德索曼家族酒庄的酒。所以后来有人说，勃艮第的德索曼家族酒庄真的是尽忠报国。当年太阳王感动了柯尔伯，而拿破仑则感动了这个酒庄当时的庄园主利维先生，他的哥哥毅然跟着拿破仑去了滑铁卢，但是此去却凶多吉少，最后战死在滑铁卢。

从我住的地方开车约半个小时，便来到了德索曼家族酒庄。

如今的庄园主维拉特先生，今年 50 岁，是那位滑铁卢烈士的重孙子。

一踏上德索曼家族酒庄的田园，便立刻感到这个酒庄是那么的气派和富遮，尤其是两扇白色的雕花铁门，伫立在旷野之中，远远望去，仿佛是一个威严而独立的王国。

已得到通知说我要来并在此等候了一会儿的维拉特，用热烈的拥抱欢迎我的到来。他说先带我参观一下他的庄园，于是，我便象是游园一样，在松软的草地上，跟着指点江山的维拉特走马观花起来。

古老的葡萄压榨机，太阳王当年的猎场以及酒窖，使得德索曼家族酒庄如同一本厚厚的历史书，我们则在一页一页的翻阅。在酒窖门口，我看到一个年过半百的工人，在用手推车将一个个橡木桶放进地窖。我记得在别的地方，这种活早已机械化了，这是我看到的唯一还在用人工搬运橡木桶的酒庄。而且这个搬运工的装束竟和我收藏的法国老明信片里的那些上个世纪的酒农装束是一样的，半统靴，围兜和皮帽。

我想起昨天在杜福尔酒庄里看到的赤身裸体的工人，在橡木桶上挤压葡萄的情景，忽然觉得勃艮第的酒好，一定是因为这个地区至今还有许多酒庄坚持用人工的原委。

维拉特说，在德索曼家族酒庄，不仅仅搬运橡木桶是用人工的，即使酒窖里调节发酵的酒温和口感，用的也是人工，而不是机器。

我跟随维拉特下到酒窖，见有个酒农正用玻璃试管在橡木桶里测量，然后又用试管将正在发酵的葡萄汁抽取一部分用嘴品尝。维拉特说干这活的都是富有几十年经验的老酒农，他们的味觉足以评判出一款酒的好坏，甚至比任何机械化的运作都要精准，酿出的酒会更富有人性化。

维拉特告诉我，这样的老酒农史称"酒神"，是顶级酒庄不可或缺的人物，因为他们能凭自己的经验让一款酒做的更好。其作用甚至要大于庄园主，有点像一家餐厅的主厨。

德索曼家族酒庄最早的"酒神"出现在波拿巴时代。当时是这个家族的祖先自己充当的。维拉特说，在那个年代，"酒神"足以撑下一下酒庄的门面，庄园主再显赫，你的"酒神"水平不高，那你的酒也是卖不出。当年随拿破仑从军后来战死的那位兄长，便是当年德索曼家族酒庄的一名出色的"酒神"。

如今德索曼家族酒庄的"酒神"叫巴亚克，就是我在酒窖里看到的这位，他们家是世代"酒神"，而且全都是供职于德索曼家族酒庄。他们出色的手艺不但为德索曼家族酒庄增添了荣耀，还为法兰西争得了面子。

我们从酒窖出来，便看见一男一女两位老人，手牵着手缓缓的从外面走进酒庄，两个人的另一只手上还各拿着一束玫瑰花。

维拉特赶紧上前问候，然后向我介绍说这就是他的父亲和母亲卢瓦·维拉特和桑地亚。

卢瓦·维拉特显得特别有趣，听说我来采访酒庄的历史，便把身边的老伴推到我跟前说，问问她，当年为什么来问我要酒喝。而这位叫桑地亚的太太同样是个有趣的人，她说问他要酒是个借口，因为想多看他一眼。说完两个老人竟哈哈大笑起来。

原来，两个老人用他们听得懂的方式在讲述着他们的故事。

　　卢瓦·维拉特深情的回忆说，当年第一眼看见桑地亚就喜欢上了她。因为她比别的摘葡萄的姑娘要勤快得多，边摘葡萄还边唱歌。有一天中午吃午饭时，卢瓦·维拉特特意倒了杯酒送给她，说她干的勤快，奖励美酒一杯。

　　眼看着采摘季节很快就要过去了，姑娘们也就马上要各奔东西回到自己的家乡，卢瓦·维拉特这时已喜欢上了她，想把她留在酒庄，但每次端着酒话到嘴边就是开不了口，酒倒白送了好几杯。

　　"没你这几杯酒，你哪会得到我？"桑地亚太太也风趣了起来："他给我第一杯酒时，我就看出了他的心思，虽然他话不多，但美酒却醉了我的心，我也不知道什么原因，二十天后我决定留下来了。可这时他除了给酒喝，就没有别的话了，眼看着第二天我要走了，他也不挽留。所以那天晚上我鼓足勇气，敲他的门。"

　　卢瓦·维拉特兴奋起来，抢过话题说："那天我一开门看到是她，一激动竟问了一句你怎么还没走？话一出我后悔死了，生怕她一走了之。"

桑地亚太太又接过话来说："亏他还问得出来，要是换成别的姑娘，早就转身走了，说实话他这一问问得我也蛮不自在的，但我还是鼓足勇气说，我还想喝杯你的酒。"

我赶紧问卢瓦维拉特，听到她要酒，你什么反应，老人说："我敢有什么反应，我太太就在身边。"

搞了半天，这位桑地亚太太竟不是卢瓦·维拉特的夫人。

一旁的维拉特见我惊诧，便向我解释："桑地亚太太一直是父亲很好的帮手，几十年来一直以家族的管家身份出现于世人面前，10年前她退休回到了巴黎的家。前两年我母亲去世了，终身未嫁的她特意从巴黎赶来陪伴父亲。而为了敢感谢这位太太这么多年来对我们家的忠诚，我们小辈们都尊称她为母亲……"

卢瓦·维拉特对我说，要写酒庄的记忆，一定要写写这位美丽的太太，老人说要不是她的机智和勇敢，他们的酒庄或许早已不存在了。

1942年，德军进驻了勃艮第，几乎每个酒庄都住满了德国人。德国人住的时间越久，酒庄的酒就越遭殃，因为德国人不仅仅自己喝，见了好酒还往家运，眼看着老祖宗传下来的家业就要毁于这些鬼子手里，勃艮第的酒农们人人急得团团转。

有一天，德索曼家族酒庄来了一个德军上尉，他让卢瓦维拉特给他腾出房子，并要卢瓦维拉特备一桌接风宴来欢迎他，他还特地点名要喝德索曼家旋酒庄最好的酒。当时桑地亚太太已是德索曼家族酒庄的管家了，当她得知那位德国军官也是出身于德国一个酿酒世家时，便急中生智将几款酒打开渗进一些清水，然后送过去让这位德军上尉品尝。

当时对卢瓦·维拉特说："这个德国人是懂酒的，所以喝了今晚的酒，他一定不会再呆在我们这儿。"果然吃完饭，这位德军上尉便告辞了，临走时用枪顶着卢瓦·维拉特的头倚老卖老地说："你们这些法国人，即不会打仗，连酒都酿不好。"

德索曼家族酒庄成了在德军占领期间，唯一没有大批进驻德国军队的酒庄。战争结束后，勃艮第大部分酒庄的酒全都给德国人弄走了，但是德索曼家族酒庄却基本上将好酒保存了下来。战后，卢瓦·维拉特将家族珍藏的 100 瓶好酒送到巴黎，送给了戴高乐将军。

60 年后，年迈的卢瓦.维拉特提起往事，依旧深情的对身旁的桑地亚太太说："这一切都是全靠你呀……"

｜博若莱地图｜

在很长一段时期内，无论是作为一个著名的酒区，还是法国南方的一个风景如画的小镇，博若莱似乎只能存活于勃艮第的荣耀里。

46 年前，戴高乐将军来到这个叫博若莱的村落，品尝了一款被称之为酒龄越年轻酒就越好喝的"博若莱新酒"。回到巴黎，将军即对到访的当时的联邦德国总统阿登纳说："法德和解了，我请你去勃艮第喝'新酒'。"

而在更遥远的年代，1865 年 3 月的一天，被称之为拿破仑三世的法兰西第二帝国皇帝路易·波拿巴来到勃艮第体察民情，勃艮第的官员们自然用博若莱的酒农们酿造的"新酒"招待皇帝。

过去的几百年历史里，似乎只有著名的印象派画家保罗·西涅克，对博若莱情有独钟。这位一生酷爱自然风光的画家，于上个世纪初来到博若莱小住数日。他不仅被博若莱的美景吸引，更是被博若莱的新酒醉倒，他创作了多幅以博若莱为主题的画作，这些画如今分别珍藏在博若莱美术馆、勃艮第的第戎博物馆和巴黎的奥塞博物馆内。

博若莱寂寞了好几个世纪，直到上个世纪的 70 年代，它才成为法国的一个独立的葡萄酒产区。尽管这个地区的"新酒"早已为博若莱为法兰西赢得了荣誉，并在世界上奠定了它的不可替代的地位。

从巴黎去博若莱，最方便的一条路，便是坐火车到里昂。然后，从里昂火车站乘长途班车，约两小时的路程，便可抵达博若莱著名的葡萄酒产区布依利山丘。

都说博若莱最终是靠着"新酒"而从勃艮第的土地上独立出来的。其实博若莱从来就是独立的。早在公元十二世纪时，当时叫博若的博若莱便是远近闻名的酒城了。而让博若莱声名显赫起来的，是一个叫博若共济会的组织。这个组织将从酒农处收购来的当年收成当年酿制的酒摆出来供人们品尝。这就是著名的博若莱新酒的由来。这个传统从十二世纪至今，从未中断过。

博若莱新酒以水果香型为主，口感清淡色泽红艳。新酒的制作方法是与众不同的。它采用的是二氧化碳去皮法，将完整的未去梗和破皮的葡萄放进封闭的充满二氧化碳的酒槽中浸泡数天。这样酿出来的酒体便会充满浓郁的果香味。

每年十一月第三个星期四，这是全世界的人喝"新酒"的日子。

当年的"新酒"必须统一在这天上市。迄今为止，全世界已有多达一百个国家的人，能在这天同时喝到博若莱新酒。2001年11月的第三个星期四，博若莱"新酒"首次在中国的上海面市。

当然，最有味道的新酒，一定还是要到博若莱去品尝。

每年的11月的第三个星期四，天才蒙蒙亮，酒农们便把当年酿制的新酒摆放出来，每一款新酒都用鲜花扎起来，酒香花香弥漫在空气中，随风飘逸。打扮漂亮的姑娘们载歌载舞，这场景容易让人联想起里盖朗卡尔通的宫廷画《酒神》。这幅现珍藏于卢浮宫的名画，表现的就是法国南方的酒农们喜悦的心情。

上午10点，一年一度的博若莱新酒品尝正式开始。人们只要花两个欧元便能品尝博若莱所有的新酒。新酒有的已装瓶，有的就放在橡木桶里。最有味道的品尝就是用勺子直接从橡木桶里掏酒喝。这种在橡木桶里放了一阵子的酒，醇厚甘甜特别好喝。尤其是酒香，没有一丝年轻的苦涩，更多的是陈年的回味。酒农们说，是橡木桶赋予了新酒不朽的经典。

费特罗先生是博若莱酒区最德高望重的长者，他的家族跟法国历史上著名的卡佩王朝有着联姻关系，而他的祖先便是当年博若共济会的创办者。

费特罗先生说，他和他的家族见证了博若莱的兴衰浮沉。尤其是在很多年里，当世界并不了解博若莱时，博若莱人却没有放弃。因为他们坚信在这块富足丰厚的土地上，他们耕耘的除了葡萄之外还有他们的信仰和精神。

而正是这种永恒的坚持，才会有今天 100 个国家的人在同一天喝到博若莱"新酒"的奇迹发生。而费特罗先生一生的愿望就是要让博若莱的"新酒"渗透到世界的每一个角落，因为这是当年他的祖先在创立博若共济会时的理想。

普利查泰酒庄的牛油土豆

布依利山丘是博若莱最具代表性也是最富足的一个产区。由于它地处连绵的丘陵地带，雄伟的博若莱山脉阻拦了来自西边的潮湿气流，使得布依利山丘的气候十分温和，加上它拥有的钙质粘土和花岗岩质土，布依利山丘出产的酒早已跻身世界顶级酒的行列。

负责接待我的博若莱葡萄酒行业协会，为我安排的到达博若莱的第一个落脚点，便是位于布依利山丘上的普利查泰酒庄 Domaine Pouilly-le-Chatel。

普利查泰酒庄不仅仅是个历史悠久的葡萄园，还是一个著名的客栈。在欧洲著名的旅游景点评价书籍《米其林宝典》"最值得入住的乡村客栈"一栏中，普利查泰酒庄便名列其中。

凡是去博若莱游历过的人，几乎都知道普利查泰酒庄，并都梦想着能在此小住几日，但往往又因为造访的人太多庄园接待不过来而与之失之交臂。好在我是深秋季节来到博若莱的，一年中布依利山丘难得的清闲时光竟让我碰上了。庄园主卡米耶夫人说，我是她接待的第一个中国人。

普利查泰酒庄坐落在一望无际的葡萄园里，而当我扣开庄园的大门时，则仿佛置身于画中。

此时的博若莱，葡萄已经采摘了，酒农们将收获的葡萄和爱情一同珍藏进了他们的希望里。葡萄藤寂静闲适，安详美丽，仿佛像一个个秀气水灵聪颖羞涩的少女，在寂寥的天地间，一览无余地凸显着心中的快慰和愉悦。

于是便想起当年西蒙·波伏娃说过的关于葡萄藤的名言："结满果实的葡萄藤就像孕妇，当酒农将葡萄剪去以后，葡萄藤才美丽。"一个坚定的女权主义者，竟会将一根枯藤作如此性感的比喻，足以见得西蒙·波伏娃心中的那份藏得很深很深的隐秘柔情。

卡米耶家族的祖先与法兰西历史上著名的黎塞留沾亲带故。卡米耶家族的族徽便是由法王路易十四钦定的。如今的庄园是她的祖先在 1630 年用岩石建造的。在博若莱有个传统，凡是用岩石砌成的庄园，其主人一定是有贵族血统的，虽然如今庄园兼着客栈的功能，但是只要一走进庄园，你便能强烈感受到这个家族的规矩和尊严。

　　仆人将我的行李安置好以后，便带我去见主人卡米耶夫人。夫人说从没有一个中国人到她家来过。大概这就算是她的欢迎词。接着，她便指着壁炉边的一圈椅子中的一个告诉我，这是我可以坐的椅子。她说累了可以坐在这儿喝茶，接着她又带我到餐桌边上，告诉我吃饭时该坐哪个位置。

　　卡米耶夫人做得一手好菜，都是祖上传下来的，尤其是那道牛油土豆，竟让我吃出了肉的味道。见我吃得高兴，卡米耶夫人趁兴说起了典故，原来这道菜是法国宫廷菜。卡米耶夫人的曾祖父曾经与拿破仑三世共进晚餐，晚餐上皇帝最爱吃的就是这道牛油土豆。后来曾祖父便学会了做这道菜并将其作为家族的传菜。只要有尊贵的客人来，家族成员便用这道菜来接风。更让我惊讶的是菜和酒的搭配竟是那样的讲究，一道菜品一种酒，甚至最后的甜点，也配上了一款酒。

　　在博若莱还有另一个习俗，当庄园里的管家年纪大了以后，庄园主必须将自己的土地分一半给管家，并为管家建一栋木质结构的庄园，条件是这个管家必须世世代代在此经营和生存下去。所以，博若莱是法国所有著名酒区里，家族性保存得最纯洁最完好的一个酒区。

虽然多年来，岩石和木头划分着贵族和平民的界线，但对土地和葡萄园的共同挚爱，却使博若莱的酒弥漫着与生俱来的高贵和典雅。

| 三个男人的酒色情缘 |

卡米耶夫人告诉我，在博若莱有个玛努卡拉酒庄 Domaine Manoir du Carra，当年英国首相丘吉尔最喜欢喝他们酿造的充满了浆果香味的酒。于是，从二战结束后一直到今天，玛努卡拉酒庄的浆果酒便成为丘吉尔家族的最爱。卡米耶夫人说，玛努卡拉酒庄的祖先，便是她曾祖父的管家。

玛努卡拉酒庄就坐落在不远的一个山坡上，远远望去这真是一块风水宝地。酒庄朝南阳光充足，周围起伏的山脉既可以阻挡风雨又能使岩石的热量聚集到空气里而使得葡萄园有充足的养分。

我是第二天前往玛努卡拉酒庄的，但是关于这个酒庄的传奇故事，在刚到博若莱的那天晚上，卡米耶夫人就已经绘声绘色地描述给我听了。

1942 年 3 月的一天，德国人在博若莱地区击落了一架英国皇家空军的飞机，飞行员跳伞幸免于难。当时，他的伞就落在玛努卡拉酒庄的葡萄园里，正在葡萄园里工作的酒农们赶紧将飞行员藏到一个酒窖里，当时的庄园主热瓦鲁先生关照酒农们，德国人如来找人，谁都不许说。

果然，德国人没过多久就来搜寻了，好在带队的那个当官的是一个酒鬼，见了好酒就没命。热瓦鲁先生用最好的酒招待他并跟他说，这儿都是老实的酒农，哪敢藏英国人啊，飞行员没有，酒倒是可以随便拿。最后热瓦鲁先生用一桌宴席加 100 瓶家族的好酒，打发走了这几个德国人，保全了英国飞行员的生命。

英国飞行员在玛努卡拉酒庄住了半个多月，不但天天有好酒喝，还跟热瓦鲁先生学习酿酒技术。临走时，他已经是半个葡萄酒专家了。

后来，战争结束了，有一天玛努卡拉酒庄来了一个人，热瓦鲁先生一看原来就是当年的那位英国飞行员。飞行员告诉热瓦鲁先生，如今他已退役，开始专门从事酒的贸易，他主动申请专做法国酒，而且就做博若莱地区的玛努卡拉酒庄的酒。

他告诉热瓦鲁先生，玛努卡拉酒庄的酒是专门给丘吉尔首相喝的。

热瓦鲁先生以为英国人在开玩笑，后来看了他的身份证明，吓了一跳。原来这位当年的飞行员，如今的酒商，竟是丘吉尔首相的侄子。

就这样，玛努卡拉酒庄的酒在英国一炮打响。1953年，英国伊丽莎白女王登基，皇室通过丘吉尔家族，向玛努卡拉酒庄订了一万瓶酒，而且迄今为止，每年博若莱"新酒"发布日，在英国皇室选中的十款"新酒"中，一定有一款酒是玛努卡拉酒庄的。

如今玛努卡拉酒庄的主人是热瓦鲁先生的儿子让·热瓦鲁先生，他带我参观了他们家的酒窖，这个酒窖就像过去中国人挖的地道一样，弯弯曲曲却又曲径通幽，面积至少有几千平方米。

一个拐角处，放着个大橡木桶，边上还有几个小橡木桶。

让·热瓦鲁先生介绍说："这是品酒的地方，小橡木桶可以坐，而大橡木桶摆上酒和杯子，便是张桌子。当年为了掩护英国飞行员，父亲就在这里请那个德国人吃了一顿饭，而最令我意想不到的是，这三个人战后竟然在我们家的酒庄里重逢了。"

原来，就在英国飞行员退役做酒的贸易后，那位德国军官也早于德国战败前退役回家了，有意思的是，他们两人竟不约而同地选择了做酒的贸易。因为德国人在博若莱待过，知道博若莱的酒好，而且他记起了当年为了寻找一位英国飞行员而闯入的那家酒庄，以及那个主人送给他的 100 瓶酒，让他觉得这是他喝到的世界上最好的酒。于是，战后当他想做酒的贸易时，便想起了这个酒庄。1955 年的一天，德国人真的就找到了博若莱的玛努卡拉酒庄。

　　让·热瓦鲁先生说："当德国人见到我父亲时，父亲只是觉得面熟，却记不起他是谁了。德国人倒也诚实，说他就是当年来酒庄搜查英国飞行员的那个军官。这下父亲终于想了起来，他一反常态跟眼前的这位德国人拥抱起来，事后，他骄傲地说他的酒是多么富有魅力啊，竟能让曾经的敌人成为朋友。

　　当晚他便将德国人留在酒庄，然后通知那位英国人赶快过来，说是要给他一个惊喜。当时英国人正在巴黎，当晚就赶到了酒庄，这时，父亲已在酒窖里摆好了酒，英国人到了以后，父亲先向德国人介绍说，想不到吧，这位就是你当年要抓的英国飞行员。就在德国人吃惊地看着我父亲时，父亲又说，那天我在这儿请你喝酒，他就藏在后面那个大橡木桶里，那天你喝着酒不想走，我急坏了，因为英国人还没吃饭呢，你在这儿多待一会，他可就要多饿一会儿。后来，你还是上当了，让我给赶走了，不过我也损失惨重，100 瓶好酒啊。

英国人仿佛是在听天方夜谭，因为我父亲从没有把这些告诉过他，所以英国人说，这 100 瓶酒算他的，他说在下次生意中扣除，而德国人怎么也不干，他说那就算是一起做了笔生意，既然是生意，那 100 瓶酒就不能白拿，一定要付钱。父亲说："你们都不要再争了，这 100 瓶酒救了一个人，又交了朋友，我出得值啊。"

我对让·热瓦鲁先生说，玛努卡拉酒庄的这段记忆使我仿佛在听一个传奇，在看一部大片。

让·热瓦鲁点头称是，然后又补充说："这是一个庄园的有趣记忆，也是法国葡萄酒酿出的真实生活。"

跟阿玛尼说再见

　　与玛努卡拉酒庄美国大片似的传奇故事相比，接下去我所访问的查特拉酒庄 Domaine du Chatelard 的历史和记忆似乎就要平淡得多，但平淡中却也另有一奇，尤其是查特拉酒庄的主人郎斯先生，绝对是一个值得多去写几笔的人物。

　　查特拉酒庄是我在博若莱访问的第三个酒庄。庄园主郎斯先生四十开外，他在他的客厅里接待我。

　　如果直接走进这个客厅，你一定感觉不到这是在一个古老的酒庄里，客厅里的那张巨幅现代派的绘画，怎么也不能将古老历史与之联系在一起。郎斯先生穿着一件这两年巴黎最流行的立领对襟衬衣，坐在画下俨然就是一个先锋派艺术家，而且他喝酒的姿势也与众不同，他不是将酒晃动着在鼻子前闻闻，然后再在嘴里小咪一口，而是端起杯子仰头一饮而尽，喝葡萄酒竟像喝啤酒，一副洒脱至极的先锋作派。

一聊才得知，郎斯先生果真与众不同，四年前他还是巴黎一家电视台的主管，而他本人同时也是巴黎乃至欧洲时尚界的宠儿。当年他的一组关于范思哲的采访报道，使他成了报道欧洲服饰时尚界炙手可热的人物，以至于后来著名服装设计大师阿玛尼专门请他去意大利采访他的时尚帝国。

　　正当郎斯先生在欧洲时尚界风起云涌之际，2000 年，掌管着查特拉酒庄 3500 公顷葡萄园，一年产酒 12 万瓶的郎斯的父亲决定退休。他问在巴黎的儿子有没有兴趣接班，接替他成为查特拉酒庄的新主人。

　　如果儿子没兴趣老郎斯就决定将查特拉酒庄转卖出手，因为至少有三个跨国公司在与老郎斯谈判，准备接盘查特拉酒庄。

　　老郎斯的决定是突然的，当时郎斯正在意大利米兰出差。他回忆说，当时阿玛尼正要请他策划一个大的时尚晚会，但为当酒农他只得跟阿玛尼说再见。接到父亲的电话，他当天晚上便赶回巴黎，第二天就到了酒庄。他说他几乎没作思考，就决定接下父亲的班，因为他最爱的是酒，是酒庄以及他家的酿酒历史，这是再多的金钱也不能估量的。

　　酒庄的记忆对郎斯来说是那么充满趣味，他说他永远忘不了五岁那年，父亲把他带到葡萄园玩，母亲用一个小勺子将酒滴进他的嘴里，从此，他便开始了酒的童年。

郎斯见我有点不明白"酒的童年"的意思，便告诉我说，从五岁一直到十岁，他几乎天天跟着家族里的大人与葡萄和酒打交道。每年采摘时，他便帮大人提放葡萄的小桶，到了十岁那年，他已开始帮着采摘了。而他的酒量也日益见长，不到十岁，他已能喝半瓶红酒了。

在不采摘葡萄的日子里，幼年的郎斯便在橡木桶边玩耍，口渴了喝一杯原味葡萄汁，有时母亲或父亲也会弄杯刚发酵过的酒让他尝。

在郎斯的记忆中，他不到十岁就已开始品尝家族自酿的酒了，他至今还记得有一年秋天，有个美国人来他们酒庄买酒，父亲便请了几位酒农品尝把关，其中有一款酒就是让郎斯品尝的，因为他从小就喝这款酒，知道这款酒的稳定性。

父亲对郎斯说："你只要喝喝是不是跟上次喝的是一个味，如不是这酒就不能给别人了。"郎斯像模像样地品尝后，肯定地点了点头说："这就是那款酒。"于是父亲便对身旁的美国朋友说："拿走吧，没问题。"美国人则惊讶地看着眼前这个小孩，不可思议地耸耸肩。

跟随郎斯先生去参观他们家族的葡萄园，是一件十分好玩的事。满山遍野的葡萄树在阳光的照射下，显现出温柔和生机，还没有全部采摘完的葡萄点缀于绿叶间，如晶莹剔透的彩珠，仿佛能听到它们在清脆的鸣响和欢唱。这些延迟采摘的葡萄即将酿制成一种贵腐甜酒，这种贵腐甜酒在博若莱地区，也是由查特拉酒庄最先生产的。

　　说起贵腐甜酒，郎斯先生又回忆起了许多趣事。

　　如今还挂在树上的葡萄到底延迟到什么时候才能采摘呢？郎斯先生让我看葡萄园边上种植着的百合花。他说："我曾听我的祖父说，百合花开了100天以后，就能采摘贵腐葡萄了，一定要100天，少一天都不行。而且贵腐甜酒的装瓶也有严格的讲究，绝不能在夜晚月亮挂在天空的时候装瓶，最好的装瓶时间是在月亮落下去的时刻，也就是清晨时装瓶。"

　　郎斯先生说，这决不是习俗，而是有科学依据的，因为百合花的花期和葡萄的生长期是一致的，成熟了的葡萄结在树上不去采摘的话，一个月后水分就开始收干了，而这时，百合花正好开放100天，为何会以百合花为准呢？因为100天以后百合花会变色，比较容易识别，所以酒农们在长期的实践中发现，百合花一变色，就是葡萄延迟采摘的最佳时期。

而郎斯入主酒庄后，还做了一件事就是养起了马，原来早年祖父辈们是用马来驮葡萄的，后来用拖拉机了，但郎斯觉得拖拉机会损坏土地，不利于来年的耕种，而马则可保持住土壤的结构，并均匀土地与空气的交融。

这种古老的做法，并没有随着科技发展而在查特拉酒庄遗失，相反查特拉酒庄更严格地按照祖传的方式在进行着他们自己笃信的酒业。

或许这就是葡萄园和橡木桶带给郎斯的生活，注定让郎斯的血脉里注入了酒的元素。虽然成人以后并没有直接从事酒业，但郎斯心中对酒的不舍的情感却始终不曾割舍过。其实，即使他在欧洲时尚界里干得再红火，他的心也未曾真正离开过酒庄。他的父亲老郎斯知道儿子的心性，不然又怎么会在孩子五岁的时候就将他一个人放逐于葡萄园里呢？又怎么会在酒的交易中，敢让一个孩子的评判去决定酒的优劣呢？

| 女人的酒庄 |

如今女人做庄园主的酒庄已经很少了，据说全法国几万家酒庄中，只有为数不多的几家是女人的天下，博若莱著名的女性家族布里昂酒庄 Domaine de Briante 便是其中之一。

来到布里昂酒庄时，天色已晚，夕阳的余辉把美丽的葡萄园映照得如同油画一般充满了灵气和绚烂。因为事先知道这是个女人酒庄，所以总感觉映入我眼帘的这个庄园、葡萄以及玫瑰花和合欢树全都有着女性的柔美，连晚霞的光线都是柔和的。

据陪同的博若莱酒协会的安迪女士告诉我，这个地方因为连年战争，男人少女人多，而许多酒庄在战后因为男人死了，女人就将庄园和葡萄园卖掉了，但是这家叫布里昂的酒庄，却是他们这个地区绝无仅有的一个女人的酒庄。

女主人名叫托玛，她站在庄园门口迎接我，远远望去，夕阳下的托玛如一座雕塑，充满了美艳和知性。

托玛是这个家族的第五代传人，祖先于1797年来到博若莱，开始是做酒的贸易的，后来觉得自己对种葡萄酿酒似乎更加感兴趣，并能挣更多的钱，便于1810年从一位犹太商人手上买下了800公顷的葡萄园和七个酒窖。

后来法国大革命开始，曾祖父是保皇党马拉的追随者，他便要家族里的男人统统去巴黎，保卫革命果实。在法国著名历史学家索布尔写的《法国大革命史》中，有这样一段描述"当深得人心的内克被路易十六国王免职的消息传到巴黎后，全城震动，在十六区的罗亚尔宫花园里，一位叫卡米尔·德穆兰的年轻律师爬上了一张桌子，用激动人心的演说向民众大声呼喊：'巴黎面临的是对爱国者的大屠杀。'"

这位年轻的卡米尔·德穆兰律师便是托玛曾祖父的亲弟弟，当年他是博若莱的一位律师，革命爆发后，曾祖父对他这位弟弟说："去巴黎吧，那边更多的人需要你。"在那次演讲50天以后，卡米尔·德穆兰被保皇的贵族们枪杀，死在去巴士底狱的路上。

托玛说："我的家族跟法国大革命有着千丝万缕的联系。

大革命后，曾祖父收留了很多从巴黎逃亡过来的革命党人，这些放下武器的年轻人便在布里昂酒庄开始了酒农的生涯。不知是不是这些人的缘故，我们酒庄的酒都十分烈性，单宁强，酒体坚固，那种酸性酒、果香味重的酒似乎很少出现过。"

托玛的管家是当年被托玛曾祖父收留下来的一位革命党人的后代，当然到了他这一代，早已没有了烟火和仇恨，但他的记忆却有这样的细节，当年那些革命党人出身的酒农立志要酿出干烈的酒，他们觉得法国人太软弱，只有喝烈性酒，喝单宁强的酒才能培养刚烈的性格。

这些人后来全都被托玛的祖辈们送去了战场，这也了却了他们的心愿。第一次世界大战时，布里昂酒庄的 19 个男人走了 17 个，战争结束后，三个人活着回来了。

而到了第二次世界大战时，酒庄里的 21 个男人走了 16 个，最后竟没有一个人活下来。尤其是托玛的祖父，当时已跟随戴高乐将军的自由法国踏上了祖国的领土，然而在诺曼底跟德军的最后一次战斗中，倒在了自己家乡的土地上。

战后，托玛的祖母一个人将酒庄撑到 1970 年，祖母去世后，托玛的母亲开始掌管庄园，一直到 1994 年，托玛便成了这个家族第五代掌门人。

在布里昂酒庄的酒窖里，有一尊圣母玛利亚的像。这尊像已在这儿放了近一百年了。托玛说，这尊像浓缩了他们家族所有的历史和记忆。早年，因为战争，男人们都在前线，所以每天晚上家族的女人们全都来到玛利亚像前祈祷，保佑男人，希望他们快点回来。

后来这儿又成为保佑女人们的地方，因为男人们战死在沙场，只剩下女人们在操持着这片土地，家族的女人们便恳求玛利亚保佑她们这些不幸的孤寡们能平安度过艰难的岁月，能用自己的生命乳汁酿出最好的酒来。

所以，在托玛的记忆中，她们家族对葡萄的种植、采摘以及酿酒的工艺有着近乎严酷的规矩。托玛的祖母说过一句掷地铿锵有声的话："布里昂酒庄的女人们在替那些正在战场上的男人们而活着。"

很多年以后，托玛算是理解了祖母的意思，活出样子来，就是要酿出好酒。

托玛告诉了我一件事，她说虽然是件小事，但她会记一辈子。在她幼年时，有一次她爬到橡木桶上玩。那是个巨大的橡木桶，里面正在发酵着酒，盖子没盖实，留出了一道缝。托玛想爬到橡木桶顶上去，便顺手一推把盖子盖好，她不知道这一盖却闯祸了，因为酒在发酵时必须要有空气透进去，而盖上盖子后空气便没有了。果然过了没有几天，橡木桶慢慢地就裂开来了，里面近千公升的酒全都没用了。

那时还是祖母当家，当得知这事是八岁的孙女干的时，便一下子把她拽进了酒窖的一个黑屋子里，每天只给一片面包和一杯白水，托玛被关了两天才被放出来。52年后托玛依旧清晰地记得祖母曾对她说的那句话："孩子啊，这流掉的是多少人的血啊。"

对战争的记忆，早已成了这个家族的一份精神财产，虽然是女人当道，但这种精神却同样让女人昂起了男人般坚强的头颅。在她们决定了要替她们的男人活出精彩来以后，生命里便没有了孤寡女人的苟且偷生，而是活得有声有色有滋有味起来，就如同葡萄园里的那一抹夕阳，虽然有些惆怅寂寥，但却还是灿烂绚丽的。

| 卢瓦尔河谷地图 |

戴高乐将军说，卢瓦尔河谷是孕育法兰西精神的地方。

卢瓦尔河谷的辉煌和荣耀，来自于河两岸雄伟而又璀璨的城堡。自从中世纪开始，这里已是法国王室和贵族的休闲地了，这儿也被誉为法国文艺复兴运动的摇篮和精神的圣地。

王尔德说："卢瓦尔河是这个世界上最美妙的河流之一，整条河的水面上，有一百个城镇和五百个城堡的倒影。"

而巴尔扎克在他的《河谷中的百合花》里则写道："在这片梦幻般的土地上，每移动一步，都会发现一幅崭新的图画展现在眼前，而画框就是一条河流或一个平静的池塘，倒映着城堡、塔楼、公园和喷泉。"

卢瓦尔河下游的昂布瓦斯镇则散发着文艺复兴时期的魅力。伟大的莱昂纳多达芬奇生前最后的绘画全都完成于小镇，镇上美丽精致的塔楼绘画也都出自于大师之手。莱昂纳多达芬奇在卢瓦尔河畔度过了生命的最后四年，最后长眠于昂布瓦斯镇的圣于贝尔堂。

卢瓦尔河是法国最长的河流，从起源地阿尔代什一直到圣纳泽尔流入大西洋，全长达一千公里左右。宽阔舒缓的卢瓦尔河沿岸，长满了茂密的葡萄树。葡萄园从上游中央山地的圣普桑产区到港口南特产区，中间流经都兰产区和安茹产区，卢瓦尔河谷总共拥有五万公顷的葡萄园。

卢瓦尔河谷种植葡萄的历史十分悠久，据能查到的资料显示，早在公元一世纪时，当时的高卢人就已开始在卢瓦尔河上游地区种植葡萄了，而最晚的下游地区，到了公元六世纪时，也有了自己的葡萄园了。

当时因为水运比较方便，卢瓦尔河谷的葡萄酒贸易非常发达和兴旺。在公元七世纪，巴黎、布列塔尼以及英国的葡萄酒市场十分繁荣的时期，卢瓦尔河谷的葡萄酒就占有了绝对主导的地位。而当时所有的葡萄酒中，要数安茹产区的酒最为著名。

由于权倾一时的安茹公爵准许设立葡萄酒的运输和专卖，所以早在波尔多酒兴旺之前，安茹葡萄酒便已在英国打开了市场并占据了主导地位。即使一千年以后的今天，在英国说起安茹葡萄酒，依旧能让老一辈的贵族们心动不已，十分怀念。

金雀花亨利伯爵的后代

我的卢瓦尔河谷之旅，就是从安茹开始的。

从卢瓦尔河谷的首府图尔坐车前往安茹，只需一个小时的车程。安茹坐落在卢瓦尔河谷的中游，沿着河谷往南延伸，虽然只有两千公顷的葡萄园，却有着十几个ＡＯＣ法定产区，由此可见这个地区拥有的复杂的地形、丰富的葡萄品种以及多元的葡萄酒酿制法。在安茹的肖姆·卡尔特酒庄 Domaine Quarts-de-Chadel，我有幸遇见了一位名叫瓦第纳的老人，因为据说他是很多年前那位法国历史上赫赫有名的"金雀花亨利"伯爵的后代。

所谓金雀花亨利伯爵，便是法国历史上赫赫有名的公属国安茹国的国王亨利伯爵。由于他喜欢在头盔上插一枝金雀花，所以人称"金雀花亨利"。

当年金雀花亨利俊逸潇洒，倜傥风流。他最得意的一招也是轰动当时法国王室并为这位金雀花亨利在历史上留下盛名的事，便是他竟然使法王路易七世的王后阿莉埃诺改嫁投入了他的怀抱。由于阿莉埃诺的改嫁，亨利的领地在原有的安茹、曼恩、都兰和诺曼底外，又增加了阿基坦公国。

这时，亨利统辖的领地竟比王室领地还大五倍，不久，亨利又继承了英国王位，这时，他便建起了他身兼英国国王和法国安茹国伯爵的金雀花王朝，从此金雀花王朝便成为法王统一法兰西的最大障碍。

虽然在法国的历史上，安茹国的亨利伯爵是作为阻碍法兰西统一的反面人物被载入史册的，但是他在统领金雀花王朝时，开放酒令鼓励葡萄酒贸易却作为一份奠定了法兰西葡萄酒的世界地位的功劳而被人们记忆至今。

那位叫瓦第纳的老人浑身洋溢着贵族气息，不仅说话慢条斯理，举手投足之间也充满着文雅和分寸。全无我曾见过的酒农或庄园主身上的那份质朴和勤劳，连给我品酒的感觉都是与众不同的。

他拿出杯子，为我倒上一杯桃红葡萄酒，他说这是一款名叫诗南的葡萄酿制的酒。而作为葡萄品种，诗南在整个法国已基本上没有了，因为诗南的栽培条件十分复杂，不但要有符合它生长的土质，还要有适合的光照，甚至连风向都十分讲究。

如今，安茹产区作为诗南的故乡，还保留着一块种植土地，而且是法国唯一用葡萄品种来命名的法定产区。瓦第纳说，跟当年一样，诗南历来是贵族喝的酒。在金雀花王朝时期，诗南使安茹的酒占领了英国甚至全欧洲的市场，而今天，诗南同样是有钱人的饮品，并被历任法国总统作为国礼送给世界上最显赫的人物。

经瓦第纳如此这般的一番提醒，我顿时感到手中的这只酒杯竟沉甸甸起来。我轻轻地喝了一口，说实在的并没有喝出特别的地方，比我喝过的其他产区的酒似乎多了些单宁成分，酒的结构似乎也强烈些，喝到嘴里有一股烈酒的刺激。

我并不太适合喝这样的酒，但一般好酒的酒体都是强烈的，所以这款诗南酿制的酒一定是好酒，否则也不可能在欧洲有这么高的知名度，更不可能被法国人当成国礼。

酒跟女儿一起嫁给他

　　距离肖姆·卡尔特酒庄不远，靠近卢瓦尔河下游的河岸上有一家餐厅。因为已是吃午饭的时候了，瓦第纳拿起两瓶好酒执意请我去那儿吃饭。

　　瓦第纳与餐厅主人拉德斯先生是朋友，所以当瓦第纳将我介绍给他时，拉德斯先生显得特别高兴和激动，他告诉我两年前他刚刚去过上海，当时巴黎美食协会专门组织了一个厨师代表团去中国访问。他说，上海给他留下了十分美好的印象，有很多人建议在上海开设正宗的法国餐厅，他听后很心动，他说很有可能再过几年，他的这间餐厅就能在上海开分店。

　　原以为他只是个开餐厅的，可是一聊起来，才知道他是个庄园主，这餐厅只是他的门面，因为他喜欢交朋友。而他的酒庄就在餐厅后边的那座小山坡上，山坡上的那一大片葡萄园以及葡萄园下的那个酒窖，才是他真正的家园。

山脚下树立着一块木牌，上面用拉丁文和法文写着灯塔酒庄 Chateau Eanterne 的字样。

没想到这顿中饭又吃出了一段记忆。这间坐落于卢瓦尔河边的餐厅的老板拉德斯先生，竟然拥有这个地区最古老的酒庄。史料记载，这木牌上面的拉丁文，是当年路易十六题写给拉德斯的祖先的。

据说，当时路易十六正在参加河岸边上一座教堂的奠基典礼并用拉丁文为教堂题写了经文。在回程途中路经河岸酒庄并小憩片刻，期间因喝了一杯好酒而兴奋不已，便主动为酒庄题写名字。所以，如今拉丁文"灯塔酒庄"和旁边的圣东尼大教堂上的拉丁经文，已成为卢瓦尔河边的两处人文痕迹而越来越引起人们的兴趣。

吃完饭便跟着拉德斯先生去他的酒窖，因为他说他的记忆全在酒窖里。一走进埋在山坡下的酒窖，我就如同走进了时光隧道，几乎所有的酒架和酒全是古老的，上面萦绕着丝丝蜘蛛网。

拉德斯用手电在前面引路，边走边说他们家族的历史。早在 1701 年，他们的祖先便来到卢瓦尔河边开创家业，因为对皇帝的忠诚而成为当地著名的保皇派，所以在波旁王朝以及拿破仑当政期间，是家族最辉煌的时期，许多人都在巴黎做官，酒庄的酒也成为凡尔赛宫内的贡酒，但后来因革命而废除了立宪，他们的家族便开始衰弱了，好在后人勤奋努力，一门心思酿酒而不再过问政治，到了拉德斯祖父这辈，灯塔酒庄再次兴旺起来。

在一个酒架前拉德斯先生停了下来，他用手电照着拿下一瓶酒给我看，虽然这酒瓶因岁月长久而沾满了泥尘，但透过手电光我依旧能看见瓶中的晶莹和清澈。拉德斯先生说，这瓶酒是上个世纪二十年代的，而关于这瓶酒，还有一个浪漫的故事。

大约在 40 年前，酷爱藏酒的他跟着父亲在一位贵族家玩，无意中看到了这瓶标着 1921 年的酒。拉德斯先生回忆说："当时看到这酒，心里便一激动。因为这酒的色泽一下子吸引了我。我知道眼前这瓶酒不仅仅是因为几十年而珍贵，更因为是一款好酒，而且从这酒的色泽和清纯度上可以判断，这款酒一定够得上顶级了。"

这天下午，这款酒竟让拉德斯坐立不安起来，酷爱酒并正在收藏酒的他十分想得到这瓶酒，但因为是第一次去，不好贸然开口，倒是主人的女儿看出了这个年轻人的心思。在晚餐上，这位姑娘主动问拉德斯，是不是很喜欢她家的这款酒，拉德斯立刻说这简直就是一款不可多得的、相信以后也很少再可能出现的好酒。

两人的对话让主人听到了，于是他问拉德斯："先生，你出多少价来买我的这瓶酒？"主人并不知道拉德斯年纪轻轻已是个收藏酒的专家了，他随口问的这句话竟改变了两个年轻人的历史。

拉德斯回答说："先生，您这款酒是没有办法用价钱来衡量的，至少我是出不起这个价钱的，但我喜欢，你若答应我就会经常来看看的。"

就这样，拉德斯为了这款酒，竟每周都往他家跑。痴迷之心感动了这家老小。老人想把这款酒送给小伙子，而姑娘也因拉德斯如此执着而动心。最后的结果是老人将酒和女儿一起送给了拉德斯。后来老人说出了心里话："虽然决定将酒送给小伙子，但总还是有点舍不得。既然因酒生情女儿爱上了他，便也有了安慰。女儿嫁过去了，这酒不还是在自己家里吗？"

这就是拉德斯的记忆，一段跟酒有关的淡淡的爱情。虽然已经那么多年过去了，但我相信在拉德斯先生心中，这份爱一定跟那瓶陈年老酒一样，在岁月中透着晶莹和清澈。

| 这款甜酒叫"贞德" |

　　提起卢瓦尔河谷的葡萄酒，有一个人的名字是必须要提的，那就是被誉为法兰西民族英雄的圣女贞德。

　　在卢瓦尔河谷的西北面，有一座小城叫奥尔良。当年贞德就是在这里带领法国军队大败英军，从而激起了法兰西人民的高昂的爱国热情和战斗意志，取得了百年战争的最后胜利。

　　因为贞德，奥尔良的葡萄酒在法国和英国都十分有名，而真正的奥尔良葡萄酒则都产于奥尔良的萨韦涅尔酒庄Chateau Savennieres。

　　萨韦涅尔酒庄距离奥尔良小城不到十公里，我们开车前往只用了十几分钟，便到了这个被称之为是英雄产区的地方。

　　萨韦涅尔酒庄之所以被称之为英雄产区，那就要功归贞德了。

当时，英军三万人马包围了奥尔良，贞德便召集起萨韦涅尔酒庄的酒农们，让他们拿出最好的酒来招待英军。这一招果然奏效，英军竟连喝三天三夜，个个喝得酩酊大醉，这时贞德向法王查理七世表示，她听到了来自天国的呼唤，要她赶紧率领法军消灭英军。

查理七世同意了贞德的请求，命她率精兵趁英军大醉之际将其消灭并解奥尔良之围。贞德的到来，使城里的军民士气大振，他们配合贞德里应外合，终于打败了英军。贞德胜利的消息令正在兰斯加冕的查理七世欢心鼓舞，在加冕结束后，他亲自将萨韦涅尔酒庄命名为英雄产区。

英雄产区的每一个人，几乎都跟当年贞德大败英军有关，因为他们的祖先便是当年犒劳英军的酒农。为了纪念他们祖先的壮举和贞德的一世英名，萨韦涅尔酒庄至今还在生产一款名为"贞德"的甜酒。

这酒的颜色浅淡，口感舒缓，喝在嘴里十分柔和。如今，每一位来萨韦涅尔酒庄参观的人，走时几乎都会带几瓶贞德酒回家。

当然，萨韦涅尔特殊的土质也是让这个葡萄产区声望特别显耀的原因，尤其是萨韦涅尔独一无二的紫色岩和页岩土，使得这里出产的葡萄酒中有着强烈的矿石、蜂蜡、洋槐花以及熟透了的水果香。所以，萨韦涅尔的葡萄种植面积并不多，只有三千多公顷，但区内却有两个独立的法定产区，分别是罗什摩恩和库雷塞朗，这在整个法国都是不多见的。

乔治·桑爱喝希农葡萄酒

　　就在准备离开萨韦涅尔时，得知著名的希农产区就在附近，心不由得为之一震。

　　许多人都知道希农是法国葡萄品种最丰富的一个产区，希农生产的葡萄酒充满着新新人类的元素。比方说希农产区的酒农在贮存葡萄酒时，除了传统的橡木桶以外，还用钢桶，这在法国其他产区是很少见的，但很少有人知道，这希农在历史上曾经是法国许多文人和艺术家汇聚的地方，而最负盛名的便是法国著名作家乔治·桑。

　　乔治·桑从小便在希农长大，十三岁时进入巴黎的一个修道院，五年后她回到希农发愤读书，这期间她创作了她的第一部小说《安蒂亚娜》。小说提出了妇女解放的问题，因此引起了社会的密切注意，希农和乔治·桑更是名声大振，而波兰钢琴家肖邦正是读了她的这部小说而慕名第一次来到了希农，从此希农成了乔治·桑爱情的故乡，她一生中写给肖邦的大部分情书，都是完成于希农。1837 年，乔治·桑与肖邦在希农开始了他们自己或许都没有想到的在一百多年以后依旧会被人提起并津津乐道的同居生活。

希农如今依旧保留着乔治·桑和肖邦共同生活的房子，只是房子并没有作为文物，而是一直有人住着。如今的主人是蒙贡杜尔酒庄 Chateau Moncontour 的庄园主索拉先生。

索拉先生得知我从中国来，显得十分兴奋，他听我提起乔治·桑，竟吃惊地看了我半天，我知道他之所以吃惊，是因为我是冲着乔治·桑来而不是因为伟大的希农红葡萄酒。

索拉先生说："希农产区的红葡萄酒是用著名的品丽珠葡萄酿制的，由于希农得天独厚的自然条件，品丽珠在这里生长得非常优秀，其品质的所有精华全都被希农的酒农们提炼到了极致，所以，用品丽珠酿制的希农红葡萄酒口感圆润，酒体柔和并充满果香。由色泽纯度和味觉浓度来体现的希农红葡萄酒品质，已可媲美波尔多梅多克的上佳葡萄酒。"

在索拉的葡萄园里，我的口感欲望早已强烈了起来。说来也怪，这一路喝了那么多的酒，还很少有如此馋嘴的，我想这恐怕首先要归功于乔治·桑。

当年乔治·桑和肖邦同居时，每天都喝希农的红葡萄酒，乔治·桑把这款酒比作他们的爱情。在乔治·桑给肖邦的信中，她写道："我们彼此的心，红得已越来越像希农的葡萄酒了。"肖邦曾经披露，那时的乔治·桑天天喝酒，几乎喝得倾家荡产。后来她写的小说《木工小史》、《康素埃络》以及《安吉堡的磨工》等都是为稿费而写的。

所以，令乔治·桑如此钟情的那一款酒，那是一定要尝的。还有一个原因就是听说希农的酒可以媲美波尔多的梅多克好酒，而品好酒我一定是当仁不让的。

索拉先生将酒递到我面前，那色泽红得如深红的玫瑰，难怪乔治·桑会联想到爱情。我的品酒水平还很浅显，实在是没有办法将这酒去跟梅多克的酒作比较，但我却能喝出里面的浆果味，我甚至还喝得出这酒不是放在橡木桶里陈酿的，因为缺少了橡木气息。

我把我的体会告诉索拉先生，他说完全正确。因为希农葡萄园里长满了各种浆果，那种气息便会渗透到品丽珠里，所以希农红葡萄酒有浓浓的浆果香味。至于不放进橡木桶里陈酿，主要是不想让橡木味"串"了浆果的香气。

我告诉索拉先生，我之所以品尝出了浆果味，那是因为曾经在书上看到当年乔治·桑最爱吃这里的浆果了，至于这款酒不用橡木桶陈酿，我觉得完全是希农人的另类所致。既然一百多年前乔治·桑就敢与情人在希农同居，那么一个半世纪以后的希农人，又为什么不能反一回橡木传统而用钢桶来标新立异呢？

索拉先生笑了，他说酒农只会种葡萄，而文人只能写文章。

|索谬尔小镇的巴尔扎克|

在卢瓦尔河谷游历，有一个小镇是必须要到的。欧洲最权威的旅游指南《米其林宝典》是这样介绍索谬尔的："卢瓦尔河畔有 300 个美丽如画的小镇，如果你只想选择一个，那么就去索谬尔。"

而法兰西文豪巴尔扎克当年在索谬尔游历时则说过这样的话："如果法兰西有十颗明珠，那么索米尔就是其中的一颗。"

其实索谬尔是个很普通的小镇，屋子是陈旧的，街道是老式的，甚至连居住在索谬尔的人都没有一点新潮的感觉。

然而，就是这样一个外表看起来极普通的小镇，却是卢瓦尔河谷的葡萄酒之乡，卢瓦尔河谷至少有一半的酒庄都围绕小镇而建，而跟小镇同名的索谬尔酒庄 Chateau Saumur 更是大名鼎鼎，因为酒庄的旧址便是法兰西历史上赫赫有名的大文豪奥诺雷·德·巴尔扎克曾经住过并在此写出好几部世界名著的故居。

从图尔驱车，沿着美丽的卢瓦尔河往西行，你会看到像画一样的城堡沿河而立，在黄昏的夕阳里是那样辉煌和气派。尤其是那一抹粉红色的霞光，竟像油彩一样尽情地涂抹在城堡的砖墙上，这种景象会让任何一个走过的人都情不自禁地凝视相望并被它所震撼。

这就是索谬尔，一个真实而又虚幻的"天堂"，一个承载着法兰西文学史上最耀眼的明珠的圣地。当你得知在巴尔扎克著名的《人间喜剧》系列小说中，至少有五分之一的作品全都是以索谬尔为故事发生地时，你便会觉得索谬尔本身就是一部生动的小说。

而在巴尔扎克跟索谬尔有联系的多部小说中，最著名的便是小说《欧也妮·葛朗台》。

这部小说的发生地点就是索谬尔镇东边的那条满是木墙结构的小路。

"……索谬尔镇里有条起伏不平的街，小石子铺成的路面，走在上面会传出清脆的回声。街面窄而曲折，两旁的屋子却显得非常的宁静。这些屋子已有几百年的历史，虽是木结构的，却很坚固。有的屋子的横木上还盖着石板，在结实的墙上勾勒出蓝色的图案，而有的屋子则露出了破旧黝黑的窗槛，细小的雕刻已看不大清了，爱美的女人便会放上一盆石竹或者蔷薇。"

这就是巴尔扎克笔下的索谬尔小镇。在这样的环境中，他为世界留下了几十个栩栩如生的人物。除了葛朗台和欧也妮以外，还有《于絮尔·弥罗埃》中的米诺莱、于絮尔、玛尚、克莱伯特和《比哀兰德》中的西尔维和洛格龙等等以索谬尔人为原型而创作的生动的人物形象。

在巴黎的巴尔扎克故居内，存有一篇巴尔扎克的日记。日记记载了他当年之所以把索谬尔当作他小说背景的原因。因为在他去索谬尔旅行时，发现索谬尔几乎聚集起了法国所有的性格独特栩栩如生的小人物，其中就包括欧也妮和葛朗台的原型。

巴尔扎克在这篇日记中这样写道："这位叫都塞尔的先生是我居住的小旅馆的老板，每天坐在房间里只有一件事，那就是反复数钱。有时没有客人，他就把已放起来的钱又拿出来数一遍。"后来在小说《欧也妮·葛朗台》中，数钱便成了葛朗台最富特征的一个细节。

1960年，一位医生的到来，打破了小镇的宁静。这位名叫克莱特尔的外科医生把这栋旅馆以及后面至少50公顷的土地全部买了下来，开始镇上的人以为他要来这儿开诊所。而当看他连土地都要，便觉得此人来头不小，直到后来他种起葡萄，建立起了索谬尔酒庄，人们才恍然大悟，原来，医生要当庄园主了。

　　一个医生怎么会最终成为一个酒农了呢？如今75岁的克莱特尔神秘地告诉我，这个问题自从四十多年前他来到小镇时，就有人问过他了。但每次他都是笑而不言，直到今天镇上的人都搞不清楚他来这儿的原因。

　　他说其实很简单，就是缘于他和他的家族对巴尔扎克的喜欢。尤其是他的父亲，从20岁到82岁去世，一生都在读巴尔扎克。同时，父亲还是个品酒师，有一次他来卢瓦尔河地区参加一个酒的品尝会，无意中得知索谬尔这个地方竟然有巴尔扎克的故居，而且他最著名的几部小说全都在此完成。

　　于是，父亲便带着儿子前来参观，这一参观他心动了。因为当时房子已为私人拥有，而房子后面又是一大片荒芜的葡萄园，父亲当时便有了把这房子和后面的葡萄园买下来的念头。后来，又来过几次，和这家主人谈判，最终如愿以偿。

克莱特尔先生陪我在他的这幢古董房子里参观，他带我到当年他父亲住的那间屋子里，只见书架上摆满了巴尔扎克的书，他告诉我，这里有五十多本巴尔扎克的书，全是他父亲读过的，而且在上面还作了笔记。

他说："这批书已是我们家族的无价之宝了，甚至比酒窖里的名酒都要珍贵。当年这户人家开始并不同意将这幢房子卖给我们，后来在交谈中，看到父亲有这么多书并且都在上面写有笔记，这个人感动了，他说没想到天底下还有这样痴迷巴尔扎克的人。所以他对父亲说：'这幢房子应该是属于你的。'而且他要的价格很公道，几年后这家主人回来跟父亲聊天，他说，当年冲着这些书，他都不太好意思喊价了。"

克莱特尔先生告诉我，他父亲临终时嘱咐他，一生中留下了两样宝贝，一个是家藏名酒，还有就是这五十多本作过笔记的巴尔扎克的著作。但跟书相比，酒可以送人也可以卖掉，但书一本都不能少。

如今四十多年过去了，索谬尔酒庄的葡萄酒已是卢瓦尔河谷地的骄傲，多次代表卢瓦尔河谷的葡萄酒获得过多次世界声誉。比如 1989 年和 1994 年，两款品丽珠酒就相继获得欧洲葡萄酒金奖和世界最佳红葡萄酒的美誉。但对于索谬尔酒庄的庄园主克莱特尔医生来说，他最在乎的是他至今依旧活在巴尔扎克的世界里。

| 罗讷河地图 |

　　在阿尔卑斯山脉的勃朗峰脚下，一汪积雪融化成的水，沿着山涧流淌着。渐渐的水变得湍急起来，突然间它越过岩石飞流直下……

　　这就是伟大的罗讷河，它被誉为法兰西的母亲河。

　　罗讷河流经日内瓦湖，穿越阿尔卑斯山，在里昂与莱茵河汇流，然后再南下注入地中海。而被称之为河谷的葡萄园产区，主要指从里昂南边的维恩市到阿维尼翁市之间的这片土地。这里的葡萄园面积广达八万公顷，在法国十大葡萄酒产区中名列第三。

　　罗讷河谷的历史极其悠久，早在公元前 2 世纪，便已成为罗马帝国的殖民地了。至今，罗马人留下的遗迹依旧可以在河谷地区看到。当时，罗马兵团来到这片土地，在如今的维恩和罗第山麓两个区域种植了葡萄。目前这儿已成为法国境内最古老的葡萄园区之一。

罗讷河谷是继波尔多后法国第二大高档酒出产地，它的酒经常现身于世界上最好的宴会。很少有葡萄酒能像罗讷河谷的酒一样，有着辉煌的荣耀。罗讷河谷的酒曾经是罗马教皇饮用的，著名的教皇新堡承载着罗讷河谷的光荣与梦想。

从巴黎乘飞机抵达里昂，然后转车去一个叫维恩的小镇。这就开始了迷人而又激动人心的罗讷河谷葡萄酒之旅。

小镇是个中世纪城堡，坐落在美丽的罗讷河边。镇上几条崎岖陡峭的小径蜿蜒盘旋在葡萄林中。沿着弯曲的路径，可以清楚地看到倒映在河水中的维恩镇斑驳、焦灼和波浪般起伏的风景。

这时，空气中仿佛弥漫起了一种甜蜜的孤寂和永恒的平和的气息。这是岁月蹒跚过后的靓丽和纯净，这更是历史颠沛过后的雅致和清澈。

我突然觉得，此时此刻没有再比维恩让我的心情更惬意的地方了。层林尽染的葡萄园、鹅卵石的路径、长满了青苔的残垣、锈迹斑斑的铁栅门以及昏昏欲睡的教堂的尖顶和慵懒的钟声。

在历史上，维恩曾经赫赫有名。

当年恺撒大帝率领罗马军团一路西征，占领了地中海沿岸的大片法国土地，与此同时，罗马士兵引进了葡萄的种植技术。恺撒大帝命令罗马士兵一边打仗一边生产。为了有效地管理葡萄的种植，恺撒还在维恩建立了高卢行省，专门统领负责葡萄生产，恺撒亲任总督。

虽然打仗生产两不误，但自从高卢行省建立以后，罗马大军便在地中海沿岸止步不前。而铁靴所到之处，却踩出了一片又一片葡萄园。所以，米盖尔在他的《法国史》中写道："恺撒和罗马大军打败高卢用的是剑，而征服高卢用的却是葡萄。"

因此，维恩成了当时罗马元老院里名声最响的高卢城镇。后来，恺撒遇刺，他的甥孙渥大维统领罗马的军政大权。渥大维继任后做的第一件事便是撤销恺撒在高卢建立的所有行省，却唯独保留了维恩的高卢行省。于是《法国史》的作者米盖尔又写道："法国人觉得渥大维只有一点比恺撒好，那就是他把更多的葡萄种子和技术带进了法国。"

当年的行省，如今已是一座失修多年的庄园。但恺撒的画像和罗马军队的盔甲依旧显现着这座庄园以及这个小镇曾经拥有的不可一世的显赫。看门人告诉我，这儿很久以来都是一个修道院，几年前修道院才搬迁，里昂市政厅决定在这儿建一个葡萄酒博物馆。

离开维恩沿罗讷河西行不远，便有巍峨山峦耸立于白云之间，山脉下一望无际的葡萄园层层叠叠起伏不定，远看竟如麦浪滚滚。这就是罗讷河谷赫赫有名的葡萄酒产区罗第山麓。

罗第山麓有葡萄种植的记载至少早于一千年前，而在公元 17 世纪因火山爆发而形成的岩石土质，则开始了这个地区种植优质葡萄和生产优质酒的历史。罗第山麓以种植王牌品种希拉为主，生产的酒层次极其丰富，能汇聚各种果香。比如覆盆子、紫罗兰花、郁金香甚至胡椒、雪松子等香味都会在酒体中反映出来。而这种果香与希拉固有的强悍以及浓烈的单宁综合在一起，便形成了罗讷河谷葡萄酒最与众不同的口感。

跟一段历史说再见

　　阿方斯·都德在他著名的《磨坊书简》里，把罗讷河畔的罗第山麓称之为是他真正的故乡。这位出生于圣·特罗佩的普罗旺斯人在给巴黎的抒情诗人皮埃尔·格兰葛瓦先生的信中动情地写道："今年夏天，我在罗讷河边游历，好客的塞特庄园的主人每天请我去喝他酿的酒。这种酒的强悍和浓烈使我产生幻觉，仿佛喝着自己的血液，只有我生命里才会有这种味道。"

　　皮埃尔·格兰葛瓦接到都德的信后，竟一时冲动从巴黎赶到罗第山麓，两人一同在塞特庄园住了半年时间。其间正逢葡萄采收季节，庄园主让都德去采摘希拉葡萄，并对他说："强悍的生命和浓烈的血液，全都来自于希拉。"有意思的是，这句话后来竟成了希拉这款葡萄的广告语，并一直延用至今。

　　很多年后，都德再次来到塞特庄园，他在那儿完成了他的回忆录《巴黎三十年》。

如今的庄园主卢贝尔先生热情地带我参观了都德当年所住的房间。这是很普通的一间屋子，要不是墙上挂着一幅都德的画像，怎么也不可能想到这儿曾经住过一位世界著名的作家。卢贝尔先生说，自从都德离开后，这间屋子一直有人住着，如今则是他的卧室。

在塞特庄园的酒窖里，卢贝尔先生请我品尝曾经让都德产生过幻觉的那款酒。这是我在法国所有的酒庄里喝到过的口感最浓烈的一款葡萄酒，尤其是强烈的单宁味，裹着口舌长久地不散。卢贝尔先生说，都德就是在这个酒窖里边喝酒边写他的回忆录的。

在卢贝尔先生的记忆中，他们的家族与法国历史上的许多文化名人有联系，除了都德以外，法国著名的浪漫主义天才，被誉为"自由的化身"的萨德侯爵，竟也是族中远亲。只是岁月久远已很少有迹可寻了，卢贝尔翻出一张画像给我看，他指着他曾祖父边上的那个年轻人说："这就是萨德侯爵。"

我猜想这幅画应该作于 1765 年，这年是著名的阿维尼翁大桥落成 500 年纪念。而阿维尼翁大桥便是萨德的祖先曾经担任过阿维尼翁市市长的路易·德·萨德出资捐建的。

　　500 年后的这次聚会，是萨德一生中最后一次回故乡。要不是这位法国历史上的叛逆者后来在监狱里待了 23 年，恐怕他留在卢贝尔先生记忆中的东西会丰富得多。

　　我带着些许遗憾离开了卢贝尔先生的塞特庄园，虽然记忆是支离破碎的，但我能感受到的这些记忆中闪现的历史画面却是完整的。当我握着卢贝尔先生的手跟他道别时，我觉得我是在跟一段历史说再见。

| 性情中人霍利尔 |

如果说塞特庄园浸泡着浓浓的历史，那么紧挨在塞特庄园边上的贝努尔酒庄 St Benoit 则要闲适清淡得多。没有繁琐的拱门和气派的廊柱，也看不见绿荫环绕的深宅大院。葡萄种植在山坡上，而酒窖就挖在山洞里。远远望去，山坡上除了葡萄园还有几栋房子，应该就是家族的住处和酿酒的地方了。

我到达贝努尔酒庄时，酒农们正在山坡上摘葡萄，满山遍野看过去，全是扎着五颜六色头巾的姑娘。原来，这些女孩全是附近学校的学生，特意来酒庄采摘葡萄体验生活。

每年的采摘季节，酒庄附近的学校都会派学生来参加劳动，这样既可以体验生活增强葡萄酒的知识，还可以利用二十多天的劳动挣一点学费，而且各个酒庄也需要帮手。见我在一旁使劲拍照，一位戴着眼镜手里拎着个放满葡萄的小桶的中年人，笑盈盈地朝我走来。

他就是贝努尔酒庄的庄园主霍利尔先生。

霍利尔先生向我表示欢迎并递给我一只小桶和一把钳子，邀请我一块去摘葡萄。他说："你来得正好，眼下是我们罗讷河的酒庄最热闹的时候。有这么多姑娘在葡萄园里，看你有没有艳遇了。"

霍利尔先生一开口就让我觉得他是个十分有趣的人，我接过他给我的钳子和小桶，跟着他上山采葡萄。他说这个山坡上的葡萄园，种植着一款名叫歌海娜的葡萄，用这款葡萄酿制的酒细腻清爽充满活力。霍利尔剪下一根树枝给我看，他说这批葡萄树种迄今已有两百多年了，它们在罗讷河的土地上一代一代传承下来，至今依旧是最优良的品种。

我问霍利尔先生，他是否也是在这葡萄园里长大？霍利尔笑着摇摇头，他说："你一定听故事听多了，好像庄园主一定有个葡萄园的童年。我25岁以前一天都没有在酒庄里呆过，我生在巴黎，后来一直在巴黎受教育，直到大学毕业我才第一次回到父亲操持了一辈子的酒庄。

因为我学的是电子工程，当时已经找好了一份不错的工作。而这时父亲年纪大了身体也不怎么好，便想回去看看他，顺便跟他商量一下，如果他身体不行就把酒庄卖了。"霍利尔先生说他做梦也没想到，这一回去竟再也没有出来过，在酒庄一干就是 25 年。

霍利尔家族在罗讷河沿岸并不显贵，早年，祖先们只是别人家酒庄里的酿酒师，一直到霍利尔祖父这一辈，才开始真正拥有自己的葡萄园。

"我们家族的祖先们都是酿酒出身，而且每个人都干得很好。我的曾祖父还曾经进凡尔赛宫为皇室酿过两年的宫廷酒。

酿酒师这个行当一直传承到我的祖父，当年他在波旁王朝的一个贵族之家担任酿酒师，在我祖父的经营下，这家酒庄的酒在罗讷河地区的名声越来越响，连西班牙人和英国人都慕名前来进口酒。

这位贵族之后是懂酒的，就在他临终时，他立下遗嘱，将他的酒庄所拥有的四块葡萄园分别给了他的三个儿子还有我祖父。我祖父分到的就是我们现在正在采摘的这片葡萄园。当时那位贵族对他家人说，他要把最好的一块土地留给对酒最有研究的人，这样才能让好酒世世代代传承下去。"

就这样，霍利尔家族终于有了自己的葡萄园。这时，霍利尔的祖父便把正在巴黎读书的儿子叫了回来。他对正在念初中的儿子说:"别念书了,跟我种葡萄酿酒吧。"

很多年以后,当霍利尔的祖父临终时,他拉着已经跟着他在葡萄园里干了半辈子年已半百的儿子说:"我没让你念书,你怪我了吧。可是这块葡萄园更需要你啊。"

因为这个葡萄园是霍利尔家族一辈子的声誉,霍利尔的父亲理解老人的心思,所以尽管半途辍学,但他没有丝毫怨言。只不过他不忍心像当年他的父亲对待他那样对待他自己的儿子,所以儿子霍利尔直到大学毕业都不曾知道家族的这段故事。

"一直到我跟父亲商量,是不是要把葡萄园卖掉时,父亲才把这块葡萄园的来历告诉了我。那天,我望着60岁的父亲,我的眼泪情不自禁地掉了下来。我知道为了能让我把大学读完,父亲竟多干了20年。他舍不得这片葡萄园,但他更舍不得让我放弃学业,就在那一刻,我决定什么地方都不去了,就留在父亲身边跟他学酿酒。"

如今25年过去了,霍利尔先生不但继承了家族的事业,而且把这份事业越做越大。贝努尔酒庄已拥有了七百多公顷的葡萄园,每年出口的酒占了罗讷河地区总出口量的百分之十。

　　一个下午全都用在贝努尔酒庄的这片葡萄园里，和煦的秋风带着芬芳的果香轻拂着大地，而姑娘们采摘葡萄时的那阵阵笑声，就仿佛是这秋日午后的太阳，温馨而甜蜜。不远处的罗讷河上一叶扁舟缓缓驶过，像是有意为这个静静的闲适时光添上一笔动感。咔嚓一声，按下快门的瞬间，性情中人霍利尔先生竟探进头来，留下了他的会心一笑。

| 阿维尼翁的眷恋 |

　　要不是接下去还要赶往教皇新堡，我真想在霍利尔的贝努尔酒庄住一晚。但忽然想起法国存在主义文学大师萨特的忠告来，他在那本著名的游记《存在的风景》中说："到了罗讷河谷就一定要去教皇新堡。"

　　教皇新堡 Chateauneuf du Pape 位于罗讷河谷南部的阿维尼翁小城，因 14 世纪罗马教皇迁都于此而著称。

　　教皇新堡的葡萄种植面积有三千二百公顷，以厚实的卵石土质著称。由于卵石土质贫瘠干燥，排水性好，加上罗讷河谷南部充足的阳光和极其良好的吸热性以及多达 13 种的法定葡萄品种，14 世纪以后，教皇新堡很快就被冠以绝佳的葡萄产区的显赫声名。

　　1936 年，教皇新堡更是被法国第一批授于ＡＯＣ葡萄酒法定产区。

教皇新堡能有今天的辉煌，完全应该归功于当年的酒农。

1340 年，英法开战。对于法国拥有绝对权力、利益和影响的罗马教廷集体迁都阿维尼翁。在百年战争期间，共有七位教皇在阿维尼翁建立了夏宫和教皇宫，巧合的是这七位教皇全都是法国人。最早迁都的罗马希塞尔斯红衣大主教还买下了阿维尼翁靠近罗讷河沿岸的一大片葡萄园区，并在河岸建起了庄园，这就是最早的教皇新堡。希塞尔斯红衣大主教号召阿维尼翁所有的酒农，都到庄园来种葡萄，用最好的酒来慰问辗劳前线的法军。

酒农们一呼百应，不但引进了大量优良的葡萄品种，并根据教皇新堡特有的土质和水性改良了种植技术。后来的历史学家说，14 世纪阿维尼翁的酒农们实行的葡萄种植术的革新，对日后整个法兰西葡萄酒的发展，起到了划时代的意义。

深秋的阿维尼翁显得格外的潮湿和阴冷，尤其是一阵秋雨后就更是萧瑟肃穆起来。法国浪漫主义作家戈蒂耶 1832 年游历亚维农时，面对苍穹之下的教皇宫感言："即使一百年后，阿维尼翁都改变不了它如今的容颜，因为古罗马的遗风早已弥漫在了这座小城的空气中。"

如今，差不多二百年过去了，我游走在阿维尼翁历史的残壁和断垣之间，真的就如戈蒂耶所言，时空中感受到的尽是光阴的眷恋和岁月的缅怀。

来到阿维尼翁，伟大的教皇宫是一定要去的。这座气势非凡的哥特式建筑是由教皇克雷蒙六世主持兴建的。里面有价值连城的波提切利的名画《圣母与圣婴》以及西蒙·马提尼和马泰欧·乔凡内提的精美画作。

但是这些珍宝却在法国大革命期间被马拉的支持者洗劫一空。法国诺贝尔文学奖获得者加缪将其称之为"法兰西历史上最羞辱的往事"。而有趣的是，马拉被刺后，竟有人又将其中的六幅虔诚辉煌的精美壁画归还给了教皇宫，这才使得这座声名显赫的宫殿，保持住了一份尊严和高贵。

如今，这些壁画早已和教皇新堡一样，成了阿维尼翁的灿烂历史。当然，最令我感兴趣的，倒还是当年希塞尔斯红衣大主教买下的那座庄园。

从教皇宫向南步行十几分钟，走过著名的阿维尼翁桥，便来到了罗讷河边的教皇新堡酒区。放眼望去，那片沿河岸栽种的一望无际的葡萄园，在经历了百年风霜雨雪后，显得更加生机勃勃了。而那座庄园，则变成了卡勒维美术馆。

原来七任教皇在卸任时，将他们收藏的艺术品全都留在了阿维尼翁。1956 年，阿维尼翁市政厅将希塞尔斯庄园改建成卡勒维美术馆。虽然藏品不多，但因藏有一幅凡高的《铁路车厢》而使得美术馆远近闻名。令我稍感失望的是，美术馆竟没有一个字介绍当年庄园的盛况。

孤独的酒庄

　　夜宿罗讷河，竟又有了一个新发现。在离酒店不远的罗讷河谷北面，有个叫格里叶的葡萄园是一定要去造访的。因为据说这是全世界最小的一个葡萄酒产区，只有三公顷的葡萄种植面积。而更有意思的是，这个葡萄园区还有一个酒庄叫女总统领地酒庄 Domaine de La Presidente。酒庄里只有一个生产者，既是庄园主又是伙计，他叫马恩斯。

　　格里叶原先并不是一个独立的葡萄产区，它只是罗讷河谷北部名城孔得利约城中的一块专门生产白葡萄酒的葡萄园。

　　历史上记载，早在卡佩王朝时期，格里叶便生产以杏仁、合欢花为主要口感的白葡萄酒。后来因这种白葡萄酒口味独到、酒体丰富而被推荐给当时的查理二世国王。查理国王顿时被这款酒迷住了，他天天畅饮欲罢不能。

当时有民间传说，查理二世喝酒忘了江山便出处于此。而格里叶的名声也随之大振，格里叶的白葡萄酒从此成了极品中的极品。到了波旁王朝时期，同样好酒的亨利四世干脆一道谕旨，格里叶竟成了皇室的葡萄园，而负责种植生产的就是马恩斯的祖先。

女总统领地酒庄因早年酒农全是女权主义者而得名，它是第一批被法国政府授于 AOC 的法定产区。其显赫的历史，独特的品质足以使它成为独立的酒区。

马恩斯先生平时住在巴黎，但每个月都要回来摆弄一下葡萄，而每年 10 月采摘开始一直到第二年 3 月，他就住在庄园里。他告诉我他的葡萄园酒庄从没有雇人来采摘过葡萄，从他的曾祖父开始，便是一个人完成采摘和酿酒的全过程。他说这种严格的独立操作始于波旁王朝时期。

马恩斯先生只有三十多岁，但却已显出一丝老成相，眉宇间仿佛有着太多的世故和市井气。在法国人中我似乎很少发现这种表情。中午他请我在他家用餐，一位老太太在摆着餐具。马恩斯说："本来想请你去镇上吃饭，但觉得还是在家里亲热一些。"

我问他天天待在这个地方，是否禁得住辛苦和寂寞？他笑笑说："为什么用禁得住这个词呢？我早已离不开葡萄园了。告诉你，我一颗葡萄都舍不得让别人去摘。"

马恩斯先生用他自己养的羊还有甜瓜和一种叫合页的菜来招待我，他说这些东西全是他自己养的和种的。

"早年，我祖父有个德国管家，后来祖父去世了，我便跟着父亲来到了格里叶葡萄酒庄。那时我还很小，老人就教我种菜种花。他说这些植物既能吃还能保护葡萄，提前预警防止蛀虫侵食。我10岁时就开始种菜，记得第一次吃我种的菜时，父亲还开了一瓶家族的藏酒。我一直以为父亲开这瓶酒是庆贺我种菜成功，直到父亲退休那天，他才把实情告诉我。原来正是我种的菜预先报警有虫害，避免了一次格里叶葡萄园酒庄毁灭性的灾害。父亲说，如没有及早发现，那酒庄的葡萄树全完了。"

马恩斯先生在葡萄园边上挖了一个游泳池，他说采摘葡萄累了，便跳进去泡一会儿，有时也会泡在水里孤芳自赏这片美丽的葡萄园，甚至还会想些浪漫的事情，让它们发生在这葡萄园里。我问他一般都创作些什么浪漫的故事，他说那一定是爱情。他告诉我他现在就在写小说，讲一个很有钱的女人，把他的庄园买了下来，他则成了那个女人的酒农。

他说小说还没写完，但相信他跟这个女人之间肯定会有故事。……

在罗讷河谷的葡萄酒产区旅行，就仿佛跌进了历史。即使是轻风吹过，耳畔也会不住地鸣响起阵阵回声。而正是这声声充满了激荡的空谷回音，才赋予了罗讷河沿岸这片知性、温柔、阳光和情感的大地。

｜香槟地图｜

法国的香槟区位于巴黎东北方向 200 公里处，那里因生产香槟酒而闻名于世。

如今，虽然全世界都在生产起泡酒，但香槟却永远是起泡酒的典范。这不仅因为香槟区的土壤品质优雅细致，葡萄种植风格多元，还因为香槟区是法国最早的 AOC 法定产区，这一点是其他产区无法比拟的。所以，只有从法国香槟区生产的起泡酒，才能称之为香槟酒。法国的其他地区以及别的国家，既使使用同样的葡萄品种和工艺生产的酒，都只能叫起泡酒。

香槟酒最早是由香槟区一位名叫佩里农的主教在 1668 年发明的，虽然如今对香槟酒有着严格的界定，但早年香槟酒的诞生，却要随意得多。

当时，佩里农主教因为喝腻了酒体浓厚单宁强烈的葡萄酒，便突发奇想要酿一种甘甜清爽的葡萄酒。于是，他像个化学家一般，将各种葡萄酒勾兑后，用软木塞密封放进酒窖。第二年春天，当他取出酒瓶时，发现瓶内酒色清澈明亮，一摇酒瓶，砰的一声，瓶塞不翼而飞。就在酒喷出的一刹那，芳香也四处弥漫开来。一种世界上最浪漫的东西就此诞生了。

我是在深秋季节游历美丽的香槟区的，从巴黎坐火车到香槟区也就两个多小时，但因为那里已是法国的东北部了，所以气候有点凉。

香槟区有许多地方可以去游历，从历史角度来看，兰斯应是首选。

因为兰斯不但是香槟区的首府，它更是 1500 多年以来法兰西历代皇帝的加冕圣地，被誉为法兰西的精神驿站。

中世纪时的兰斯，还是一个以纺织业为主的村落。当年，威武勇猛的法兰克部族，一方面用武力征服着莱茵河上游的富庶土地，另一方面则开始了漫长的商旅之途。来自于罗马的棉花、布匹以及来自于东方的丝织品，构架起了兰斯最早的辉煌和富足。

公元 498 年的圣诞节，著名的圣雷米主教在兰斯为征战南北胜利凯旋的法兰克第一个国王克罗维，举行了隆重的受洗仪式。从此，兰斯成了历代法兰西国王加冕、证明其法国王室合法权力的圣地。在 1500 多年里，兰斯成就了 25 位法国国王的光荣与梦想。无论是兰斯大教堂，还是圣母院大教堂，或者是圣赫米大教堂。每一块石砖，每一根廊柱，每一扇花窗，每一堵灰墙，每一个塔楼，都刻写着法兰西历史的荣耀和耻辱。

从 1180 年的菲利浦一世到 1825 年的查理十世。只有拿破仑，在这 1500 多年的圣殿上，没有留下任何踪迹。

"因为拿破仑是自封的皇帝"。历史学家们如此解释他之所以最终与兰斯失之交臂的原因。

尽管自封的皇帝拿破仑，选择了在巴黎圣母院举行他的加冕仪式，但最终拿破仑却依旧耿耿于怀兰斯的祈福和神圣。1814 年，拿破仑躺在厄尔巴岛的行军床上，对身旁呆若木鸡的英军士兵说："你们知道兰斯的大教堂吗？"

秋天的午后，当我缓缓走近兰斯大教堂时，我脑子里竟会想起拿破仑，这个跟兰斯没有一点关系的人来。难道就因为兰斯大教堂和巴黎圣母院同属于哥特式建筑的原因吗？但是巴黎圣母院又怎能跟兰斯大教堂比呢？无论是历史之深远，规模之宏大，内容之丰富，兰斯大教堂都远在巴黎圣母院之上。

整个大教堂丰富得如同博物馆，两千多尊以圣经故事为主题的雕塑布满了大教堂内外。尤其是中央拱门上的那尊雕塑，描述了圣母和天使报喜净化的传说。在教堂西面的玫瑰窗上，刻着加冕的法国国王雕像。虽然这些雕像庄重而尊严，但人们似乎更喜欢教堂左边拱门上的那尊"微笑的天使"。

这也是一幅描绘圣母的画面。由于雕像神情甜美，造型栩栩如生，如今已成为兰斯的象征，被称之为"兰斯的微笑"。近年来有人甚至将它跟蒙娜丽莎相提并论。兰斯大教堂是11世纪时为了纪念圣雷米主教为克罗维受洗而修建的，而这些形象各异的雕塑一直到13世纪才完成。

在兰斯大教堂的圣母礼拜堂内，我忽然看见一尊很熟悉的雕像，赶紧走到跟前细看，原来是圣女贞德。塑像背后竖着一面巨大的军旗，显示着法兰西给予圣女的荣耀。

贞德1412年出生在兰斯与洛林交界的一个叫东雷米的村庄里，当时正值英法百年战争时期，所以，贞德从小便目睹了英军的烧杀抢掠，早就萌发了强烈的救国之志。

而贞德在当地笃信上帝的村民中，又素以虔诚而闻名。

贞德自称在 13 岁时听到圣徒的呼唤，要她拯救国家。当听说奥尔良被英军围困后，时年才 17 岁的她，立刻从家乡赶到一个叫沃库列尔的小城，对守城的将军声称，她是奉上帝之命前来拯救法兰西的，并将引导王太子查理去兰斯加冕。

贞德日夜兼程 11 天，前往什农晋见王太子。王太子赐一剑予贞德并命她率军去解奥尔良之围。贞德率法军英勇作战，不仅解放了奥尔良，而且连克数城并攻下被法国人视为圣城的兰斯。1429 年 7 月 17 日，王太子在兰斯大教堂正式加冕称王为查理七世。在典礼上，贞德手持旗标，站在查理七世的身旁。

在天主教堂中为平民建立塑像的例子，历史上并不多见，由此不难看出贞德在法国人心中的地位。如今，每年 6 月的第一个周末，兰斯人都会举行盛大的节日来纪念她。

从圣母礼拜堂出来，便能看见一个祭坛。而在祭坛左侧的墙壁上，镶嵌着一架巨大的管风琴，这是 17 世纪的琴，有 6800 根管子。据说这是主教大人专门为酷爱音乐的路易十六国王加冕时作伴奏准备的。这琴如今依旧能弹奏出美妙的音乐，在盛大的圣典上，兰斯大教堂的唱诗班便在这架琴的伴奏下，唱出天籁般的妙音。

在第二次世界大战中，由于德军炮火的猛烈轰炸，兰斯的许多建筑遭到了严重的破坏，兰斯大教堂也未能幸免。极其珍贵的玻璃花窗竟有三分之二被战火摧毁。

战争结束后，葡萄园主和香槟酒商为后来的重建慷慨解囊，出资修建了彩绘玻璃、大时钟和雕塑。作为回报，大教堂的彩绘花窗上出现了极为写实的葡萄种植、收获和酿造的图案。在大教堂内部的柱头上，还以葡萄藤蔓和叶子来装饰，处处体现着兰斯这个香槟之乡的烙印。

奥古斯特·罗丹说："兰斯大教堂，是法兰西的骨骼。"

每一个去过兰斯大教堂的人，都能真切地掂量出这句话的分量。

当然，兰斯并不仅仅只有大教堂，虽然教堂和圣母院永远都是兰斯人的精神驿站。但是，有位叫克莱芒的公爵夫人，却让兰斯滋生出一丝丝幽怨的美丽。

关于克莱芒公爵夫人的传说，就像中国的羌笛吹奏出的那声声无奈却充满着颤动心灵的乐音，悠悠而缓缓地回荡在兰斯的天空中。

克莱芒公爵是路易十六国王内阁中的一位著名的吉伦特派大臣，而他的夫人则是路易十六国王最宠幸的女人之一。

民间一直传说，其实路易十六真正喜欢的并不是安特瓦内特王后，而是克莱芒公爵夫人。

1786年，路易十六带着克莱芒公爵夫人前往兰斯大教堂朝圣，并将兰斯的一栋豪宅赐给了他宠爱的这位女人。法国大革命期间，路易十六被送上了断头台，克莱芒公爵从巴黎逃往兰斯躲进了夫人的豪宅，然而第二天便被罗伯斯庇尔的革命党人追杀而死。

克莱芒公爵夫人逃进兰斯大教堂，祈求神的保佑。维克多·鲁旺主教认出了眼前这位闪烁着哀怨目光的黑衣夫人，正是当年跟随路易十六来朝圣的那位女人。于是，主教收留了她。

为了感激兰斯对她的救命之恩，她将那栋豪宅捐献了出来。但从此她就从人们的视线里消失了。有人说她跳河自尽了，也有人说她进了兰斯大教堂就再也没出来过。

克莱芒公爵夫人的"厨房"

　　就在我离开兰斯的前一天晚上，香槟区著名的香槟酒商菲利波那先生邀请我去克拉耶饭店吃饭。克拉耶饭店就是克莱芒公爵夫人捐献的那栋豪宅，后来改成了饭店。这家饭店历年来都被欧洲权威的旅行指南《米其林宝典》评定为全欧洲最好的五家饭店之一。

　　为了吃这顿饭，我还闹出了个笑话。

　　我是穿着T恤到兰斯的，所以当我们决定去克拉耶饭店时，菲利波那便问我能不能换套西装，至少要穿件衬衣。他告诉我，一百多年来，克拉耶饭店从来没有接待过不穿西装或者衬衣的人。

　　得知我所有的行李都放在了巴黎，菲利波那说他有办法了。只见他从车里拿出一件衬衣给我，他说如能套得上就没问题。

当我把这件衬衣勉强套在身上时，不用照镜子，我已能想象得出我的形象了，一定像个裹得紧紧的"肉粽"。最好笑的是，我还穿着一条肥大的军裤和一双登山鞋。这种装束走在上海的马路上也是要吓死人的。

菲利波那说没关系，克拉耶饭店很死板，只要穿上衬衣，怎样搭配它可不管。

克拉耶饭店坐落在兰斯西北方向的一片密林深处，远远望去那栋掩映在绿树丛中的巴洛克建筑，便是当年克莱芒公爵夫人的豪宅，如今的克拉耶饭店。

一位年长的侍者，着一身燕尾服，站在门口微笑着迎接我们。

后来我知道，克拉耶饭店所有的侍者，全是上了年纪的男性，他们永远保持着贵族的气息。

我们被引进到一个类似客厅的转角处，一位花白头发的老人正在一架白色三角钢琴上弹奏巴赫的曲子。这架钢琴当年陪伴着克莱芒公爵夫人度过了难忘的青春年华，而在日后的蛮荒岁月里，巴赫和她一起忍受着寂寞和孤零。

我们的餐前酒是上等的香槟。

就着地中海的生蚝，在巴赫的康塔塔乐曲中，我们度过了半个小时的美妙时光。就我来说，仿佛时光在倒流。

这时，年长的侍者走过来请我们用正餐。

正餐设在一间金碧辉煌的房间里，桌子不多只有五张，全都铺着暗红色的金丝绒桌布，配上纯银的餐具，显得贵族气十足。四周墙上挂着夏加尔和库尔贝的油画原作。

而100年前的华丽吊灯依旧在闪烁，这是当年路易十六国王的夫人玛丽·安托瓦内特王后送的礼物。只是如今灯影闪烁，灯下却早已物是人非了。只有这屋子里的气息，仿佛还能让人闻出当年的味道。

我们坐在靠近壁炉的位置，边上一桌是一对美国夫妻，而另一边坐着的好像是英国人。我再次为我奇怪的装束感到好笑和汗颜。

菲利波那请我吃的是法国宫廷菜，据说这菜谱都是克莱芒公爵夫人贡献出来的。

克拉耶饭店经营的宫廷菜，百分之七十都是依照当年克莱芒公爵夫人招待路易十六国王和玛丽王后以及别的皇亲贵族的菜谱制作的。

我记下了我们这顿饭的菜谱。

前菜：牛油烙三文鱼配鲜菇。主菜：干烧对虾。甜点：

面饼包冰淇淋。奶酪：萨瓦干酪。消化菜：红醋蔬菜色拉。

这顿饭根据不同的菜共上了七款不同的香槟。

我们吃完饭又回到客厅喝咖啡，我问饭店经理要了一份菜单留念。经理很职业，他请克拉耶饭店的总厨为我在菜单上签了名，同时他拿来一本签名簿，请我留下名字。我看到上面有叶利钦和克林顿的留言。他说他很高兴在这儿接待我，并说他在这里已工作了16年，我是他碰到的第一个来这儿用餐的中国人。

| 香槟女人的一声叹息 |

兰斯是法兰西君臣历史的重镇，而埃佩尔纳才是香槟酒的圣地。如果要像我一样，进行一次纯粹的酒的旅行，那就一定要去埃佩尔纳。

埃佩尔纳虽然只是香槟区的一个小镇，却有着显赫的声名。因为世界上最著名的酩悦香槟、卡蒂亚香槟以及古老而辉煌的香槟世家莫伊·尚东家族全都源自于埃佩尔纳。而香槟人则将这个有一百多个酒庄的小地方，称为真正的香槟区首府。

历史上有关香槟酒的一个最经典的故事，就发生在埃佩尔纳。

法兰西历史上著名的交际花玛丽，早年是埃佩尔纳的一个酒庄庄园主的女儿。1770 年，这位才 18 岁的姑娘，被路易十六选为宫女。于是热情兴奋的埃佩尔纳人专门在玛丽家的圣克罗伊酒庄门口，建起了一扇扎满了花环的门，这便是后来被称之为埃佩尔纳的凯旋门的圣克罗伊门。

当玛丽姑娘带着香槟酒南下巴黎时，几乎全埃佩尔纳的人都来到圣克罗伊门欢送玛丽姑娘。人们开启香槟又唱又跳欢乐无比。玛丽姑娘也将一瓶随身带着的香槟"砰"的一声打开，洒向欢乐的人群。从此，喷洒香槟便成了人们欢庆庆典时的一个经典节目。

但是，玛丽好景不长，1789年法国大革命爆发了。玛丽从巴黎仓皇出逃，她沿着马恩河逃回家乡埃佩尔纳。但就在通过圣克罗伊门，这个当年令玛丽充满荣耀的地方时，被革命党人抓住了。

真是感时花溅泪啊，面对圣克罗伊门和众多家乡的人们，伤心之极的玛丽触景生情再次打开了香槟，然而这次却没有了那激情四溢的"砰"的声音。当玛丽用颤抖的手轻轻拧动瓶塞时，人们听到的是这个女人的一声充满了悲切的叹息。

为了缅怀和纪念，埃佩尔纳人甚至整个香槟区的人，在1789年至今的两百多年时间里，除了盛大的庆典之外，他们坚持开启香槟而不弄出响声来。他们说，如今每开一瓶香槟就能听到一声玛丽那美丽而又幽怨的叹息。

酪悦·山当家族的七款香槟

埃佩尔纳有着太多的关于香槟的经典故事，除了玛丽的那声哀怨的叹息外，埃佩尔纳的酪悦·山当香槟家族酒庄 Champagne Moet-Chandon 是一定要造访的。

酪悦·山当家族酒庄不仅仅是埃佩尔纳，还是整个香槟区的旺族。说到酪悦·山当家族，就一定要提到那款被誉为全世界最著名的香槟酒酪悦香槟。而酪悦·山当家族正是酪悦香槟的创始者。

酪悦山当其实是两个人，莫伊尚东翻译成中文就是酪悦。酪悦早年是个修道士，他和法兰西历史上著名的太阳王路易十四是好朋友。酪悦在历史上留下的最伟大的足迹，便是他参与了凡尔赛宫的设计。甚至历史上留下了一段现在看来很耸人听闻的传说，说是如果没有酪悦，凡尔赛宫不会那么有名。

其实真实的情况是这样的，酩悦当年拿了很多酒送进宫里孝敬路易十四，而太阳王便用莫伊的酒来招待达官贵人，后来久而久之，民间便有人传说凡尔赛宫里有上等好酒。

在后人写的一些书上，也有凡尔赛宫和酒的描述。比如法国著名作家巴尔扎克便在他的小说《幻灭》里写到过巴日东太太听说凡尔赛宫里有酒喝而吵着要波旁王朝的后裔吕西安带她去的情节。

有意思的是，几百年后的今天，有人在凡尔赛宫等候参观时，竟还会问工作人员，里面有酒喝吗？从这个意义上来说，酩悦确实让凡尔赛宫声名远扬起来了。

后来，酩悦回到埃佩尔纳专心地酿制他的酒。他死后儿子继承了父亲的事业，而女儿则嫁给了一位名叫山当的庄园主。从此，酩悦·山当家族便诞生了。

在酩悦·山当家族做了三十年大管家的维伯特先生得知我要到访，早早地站在埃佩尔纳著名的香槟大道上迎接我。维伯特先生见远远走来一个背着摄影包的东方人，便一眼就认出了我。

在一间被漆成绿色的休息厅里，维伯特先生开了一瓶粉红色的酩悦香槟，还没有递到我面前，一股香味便蹿入了我的味觉。我连声说这可是一款好酒啊，维伯特先生将倒好的酒递给我，同时把自己的那杯酒举到胸前。他开始向我一人致欢迎词："酩悦·山当家族十分荣幸接待来自中国的朋友。"

虽然只有一句话，但维伯特先生毕恭毕敬的样子让我想起电影里宫廷侍卫的形象来。

维伯特先生让我先品一下这款酒，说实话以往香槟喝得并不多，至于酩悦香槟只是在书里看到过。我记得在艾米尔路德维希写的《拿破仑传》里有这样的情节，拿破仑在奥茨特里斯战役中打了胜仗后，他命令手下将橡木桶里的葡萄酒慰劳士兵，而得知一位叫热罗姆的将军是这次战役的首要功臣时，拿破仑立刻将他自己喝的一瓶酩悦香槟犒劳了这位将军。

我把这段记忆告诉了维伯特，他笑着说："那现在你也是将军热罗姆了。"

于是我喝了一口酒，满嘴都是清新的果酸味，有杏子干和龙眼的味道。而且这款粉红色的酩悦香槟喝后，很长时间都会有回味。曾经听人说过，喝香槟是喝一口气，气没了味也淡了。而这款酩悦香槟竟能喝出回味，真是一个绝活。

维伯特先生说："这款酒是当年特意为拿破仑酿制的，酩悦·山当家族和拿破仑是好朋友。拿破仑就经常在我们现在的这间客厅里与主人喝酒聊天。后来拿破仑当上皇帝了，酩悦·山当特意将客厅墙面的颜色漆成帝国的颜色绿色。同时根据拿破仑的口味，专门制作了一款香槟，这款香槟后来被拿破仑命名为帝国香槟。从此酩悦香槟便开始声名显赫起来。"

为了感谢拿破仑的厚爱，酩悦山当家族仿照他们的祖先，在自己的庄园里，专门为拿破仑建造了一座豪华的宫殿，这座宫殿就是被历史学家称之为"香槟区的凡尔赛宫"的酩悦山当庄园。

庄园是座白色建筑，宏伟壮观。最有创意的是庄园前面那条小河，清澈见底的水倒映着蓝天白云和这幢伟大的建筑。维伯特说，小河每周都要换水，近两百年来没有改变过。而酩悦·山当家族在每次为小河换水时，都会将一瓶香槟酒倒进河里，所以这条河又被称为香槟河。

我被邀请在酩悦·山当庄园里和家族的大管家维伯特先生共进午餐，一位来自牙买加的品酒师和一位名叫桑松的巴黎服装设计师一同作陪。维伯特先生说，当年拿破仑每次来庄园，都在我们今天用餐的餐厅吃饭，甚至连餐桌都是同一张。

对我来说，这顿丰盛的午餐，更像是一次真正意义上的香槟酒的启蒙。

至少我知道了香槟酒不仅仅是餐前酒，也不仅仅是喜庆之余的点缀，它完全能跟其他的法国葡萄酒一样，可以配各种各样的菜式。

维伯特为我们开启的第一款酒，是一瓶酿制于十年前的香槟，色泽淡黄，酒体通透，无论是闻和看都十分诱人。主人说这是用来配餐具的，权当是开胃酒吧。我心想这真是考究到了极点，连餐具都要有一款酒来相配，这种作派也只有法国贵族才会拥有。不过，当浅黄的香槟摆在眼前的这套波旁王朝时期遗留下来的古铜色餐具旁时，餐具真的就一下子鲜活了起来。

接下来我们喝的是一款粉色香槟，这款酒虽然酸度很浓，但却有点甜味，甜酸合一让我觉得这是一款真正的开胃酒。这款酒是配以海鲜为主的前菜的，据说这是绝配，已成为香槟区的一个招牌了。维伯特说要吃一口菜喝一口酒，那样味道才更佳。我尝试后果然如此，当海鲜跟香槟融合在一起时，这海鲜的美味被美酒提炼得淋漓尽致，满嘴都是鲜香。

主菜是小牛肉，配的酒是一款白色香槟，我第一次喝到单宁味这么重的香槟。几天以后，我在阿尔萨斯喝到一款强劲的雷司令时，忽然想起了眼前的这款白香槟。

维伯特介绍说，这款白香槟是酩悦·山当家族在五十年前专门为配小牛肉酿制的。牛肉纤维多，只有强劲的酒才能提炼出牛肉的原味。半世纪前的香槟都是偏软性的，所以当年酩悦·山当家族酿成了这款香槟后着实引起了轰动，至今都被历史学家称之为是香槟酒的一次革命。

不但是前菜和主菜有各自相配的酒，甚至连奶酪和甜点都配上了不同颜色和品质的香槟。这每一款香槟，都让我的舌尖感动和兴奋。最让我吃惊的是，午宴行将结束时，仆人捧来一大束红玫瑰和一瓶红色香槟。维伯特先生轻轻打开红色香槟，给我们每个人倒了一杯，让我们尝尝能喝出什么味道来。我尝了一口，顿觉满嘴是玫瑰的香味。

| 马恩河里的倒影 |

香槟区美丽的马恩河紧挨在酩悦·山当家族酒庄的边上，站在河边我望着对岸的葡萄园，一片片层林尽染如丰收的麦浪，充满了诗情画意。更有趣的是，当夕阳西下葡萄园倒映在马恩河里时，显现出的是一个香槟酒瓶的模样。这片葡萄园属于香槟区的另一个旺族菲利波那酒庄 Champagne Philipponnat。

这是我在香槟区采访的第二个酒庄，酒庄是以庄园主菲利波那的名字命名的。菲利波那说，他们家族的历史在整个香槟区绝对算是悠久的。2000 年，菲利波那酒庄还入选了由联合国教科文组织在全世界评出的 100 家最有历史的酒庄。

菲利波那最早的祖先是当年著名的佛朗索瓦一世手下的一名士兵，后来因为作战勇敢屡建战功，佛朗索瓦一世便赐给了他一块葡萄园，让他解甲归田。可是菲利波那的这位名叫鲁讷的祖先，对种葡萄并没有太大的兴趣，他对佛朗索瓦一世说："对我的奖赏便是让我再征战三年。"

三年后，佛朗索瓦的大军打到了马恩河畔一个叫埃佩尔纳的地方，佛朗索瓦一世干脆将马恩河畔的一大片葡萄园全都赏赐给了鲁讷。鲁讷在河边建起了一座教堂，表示对佛朗索瓦一世的感激之情。

从1522年至1910年的300多年的时间里，菲利波那的祖先们一代又一代在马恩河边的葡萄园里辛勤耕耘，酿出了全世界最好的香槟。当年拿破仑来香槟区视察，除了到他的老朋友酩悦家族去探望之外，再就是探望菲利波那家族。

当年拿破仑看到佛朗索瓦一世的画像后对菲利波那的曾祖父说："你们家族是国王的骄傲。"

菲利波那说，他们家族的香槟真正显赫于世是从1910年开始的。那年他的曾祖父和几个堂兄成立了专门销售酒的公司，开始向欧洲推销酒。许多欧洲上流社会的人得知这酒源于当年佛朗索瓦一世的最得力的士兵家族，便纷纷解囊。而佛朗索瓦一世的那些贵族后裔们更是倾其所有，包办了菲利波那家族运往欧洲的大部分酒。

菲利波那是家族的第 15 代传人，1990 年正式接手酒庄。他说他对酒的概念不是什么高新技术，而是理想和抱负。要酿好酒仅有技术是不够的，更要有精神。菲利波那的精神就是山顶上祖先建造的那座教堂，每天早上和晚上他都要对着教堂行注目礼。

　　我对菲利波那说，正是你的精神感动了上帝，所以马恩河上倒映出了香槟酒瓶的模样。

三十八公里的酒窖

后来，我在埃佩尔纳另一个庄园主卞文纽先生的卡蒂亚酒庄 Champagne Cattier，也发现了这样的奇观。

从酩悦·山当家族酒庄到达卡蒂亚酒庄时，已是下午五点多了，美丽的夕阳把卡蒂亚庄园的葡萄园染成了一片金黄色。远远的我便看见一位老人，站在一个老式的葡萄压榨机旁，在向我招手。

老人就是年已70岁的卡蒂亚酒庄的庄园主卞文纽先生。说起酒庄的记忆，老人思路极为清晰地说："在我的脑子里，有三个年份是忘不了的。首先是1763年，因为这是我的祖先在埃佩尔纳开始创业的年份。在这一年，我们家族开始了日后几百年的风雨征程。还有一个难忘的年份是1918年，这一年对我们家族非常重要，因为我的祖父正式开始经营卡蒂亚香槟。第三个年份便是1951年，这一年我父亲把埃佩尔纳最昂贵的一片葡萄园'风车葡萄园'买了下来，这块土地标志着我们家族经历了二战的磨难后，开始重整旗鼓。"

"风车葡萄园"是埃佩尔纳最昂贵的一块土地，当时为巴黎的一个贵族所拥有，这一年那位贵族死了，他的儿子决定卖掉葡萄园。这时刚经历过战争的卡蒂亚酒庄已经没有什么钱了，但是为了能重振家族的葡萄酒事业，卞文纽的父亲毅然将家族的整个庄园卖掉，买下了这块"风车葡萄园"。

卞文纽说，那几年可叫辛苦，他们全家七口人加上一些酒农，就风餐露宿在两间简易的房子里，一年四季在这块葡萄园里劳作。他父亲身体已很差了，但他还是坚持每天10个小时泡在葡萄园里，看土壤、测量温度、琢磨葡萄品种。

尤其是栽种时，父亲每棵葡萄树都要亲自看过并亲手栽种。1954年，卡蒂亚酒庄以"风车葡萄园"的葡萄酿制的一款卡蒂亚的香槟荣获1955年世界博览会金奖。

这一年，法国航空公司开始在欧洲和非洲航线上供应卡蒂亚香槟酒。来自世界各地的酒商也纷纷云集埃佩尔纳，他们将卡蒂亚酒庄的酒一直订购到1965年，并预先将十年的钱全部付清。卞文纽的父亲用这笔钱将原来的庄园又买了回来。

卞文纽先生亲自带我参观他家的酒窖，这恐怕是整个香槟区乃至全法国面积最大的一个酒窖，长度竟达 38 公里，酒窖深入地下至少几十米，我数着脚下的台阶，共 104 级。

酒窖就如同地道，弯弯曲曲，曲径通幽。在酒窖里行走，不时能看到一排排正在发酵的酒，以及已经吐泥等候转瓶的酒。卞文纽先生告诉我，这酒窖已有三百多年的历史，在第二次世界大战时，这个酒窖成了香槟区的防空洞，许多人都躲在里面防备德军空袭。果然，我在斑驳的墙壁上，看到一些烟灰的痕迹，原来这是当年躲在里面的人，点蜡烛燃烧的印痕。据说这个酒窖仅仅在二战期间，就让至少 3 万名香槟人躲避过德军的轰炸。

酒窖里面四通八达，每个接口处都像是地道的一个洞口，由于长年风化作用，洞口已不规则起来。卞文纽让我站在一个地方看前面的洞口像什么？我一看这洞口竟如一个香槟酒瓶的形状，后来又走了几个洞口，全是如此。

卞文纽先生说："这个酒窖经过了三百年的磨砺，几十万瓶香槟在这儿演化发育成长，酒窖成了香槟的母亲，而这一个个洞口就是香槟的胎盘。"

我默不作声地站在酒窖的洞口，深深地感受着眼前由香槟的造化而生成的奇迹。

心想这不就是香槟酒的本事吗？它能将大自然的气息埋进酒里，也能将酒的灵气托付给天地。于是它勾兑花草和山水，也勾兑人文和历史。香槟的灵魂，就这样被诗意地勾兑出来了。

汝拉地图

汝拉之所以让世人记住，是因为那里酿出的葡萄酒竟是黄色的。

在法国，汝拉被称之为葡萄酒的"另类"，只因为黄葡萄酒的酿造有别于法国葡萄酒的传统工艺。

相传中世纪时，汝拉的夏龙堡有个古拉比尔的贵族被征召当兵，一去就是六年。等到他回归故里，发现家中酒窖里还陈酿着许多白葡萄酒。他打开橡木桶一看，这些酒早已由白色变成黄色的了，酒液上还浮着厚厚的一层酵母。于是他叫来了一个工人，要他把变了色的酒全部倒掉。谁知这工人尝了一口，惊觉酒味远远胜过原来的白酒！于是偷偷把酒卖掉，发了一笔横财逃之夭夭。

从此汝拉人都知道了，窖酿三年的白葡萄酒，如果再多酿三年，便会变成色香味俱佳的黄葡萄酒了。

中世纪的贵族古拉比尔永远都不会想到，他的一次过失疏忽，让一千年以后的世界记住了他的故乡汝拉。

去汝拉，坐的是夜车。

在法国游历了两个月，换乘了十几趟火车，唯独从巴黎开往汝拉的这趟车，是在夜色中行驶的。

巴黎的朋友知道我要去汝拉，都十分羡慕我，说是很少有中国人去过汝拉的。还有许多巴黎人，甚至不知道汝拉在何处。

我说："这可是巴斯德的故乡啊。"在法国，巴斯德的声望和巴尔扎克是一样的。其实，汝拉除了巴斯德，也是著名的画家库尔贝和安格尔的故乡。汝拉出产的黄葡萄酒和稻草酒都是世界上独一无二的，汝拉还是法国著名的奶酪产地。

所以，去汝拉，一直是我梦寐以求的。

巴黎并没有直达汝拉的火车，我乘坐的是法国巴黎开往瑞士日内瓦的国际列车，中途停靠汝拉。

汝拉紧挨在法瑞边境上，是这趟国际列车途经法国国内的最后一站。

到底是国际列车，一上去的感觉便与众不同。首先是颜色，温馨的暗红色调让整个车厢充满了暖意，并显现着高贵和经典。我买的是二等车票，感觉就像坐飞机的商务舱，宽畅舒适。

在法国国内乘火车旅行，已没有头等和二三等之分了，十年前，法兰西议会通过法案，决定终止这一延续了近百年的等级之分，取而代之的是高速列车和普通列车，但是在国际列车上，却还保留着严格的等级之分。比如我拿着二等车票，是进不了头等车厢的。而持再低一等车票的旅客，见了二等车厢的人，同样会表现出一份足够的尊敬。

在抵达汝拉之前，火车停靠一个叫贝尔桑的小站，一位提着两个包的小伙子从我们车厢通过。他嘴里衔着一张蓝色的三等车票，一路走一路朝两旁坐着的人点头示笑，虽然旁边的人有的已睡着了。

深夜十二点，火车停靠在一个闪烁着昏暗灯影并时不时有人讲着瑞士语的小站。

汝拉到了。

汝拉小镇，在历史上曾长期臣属于强大的勃艮第公国，直到 17 世纪，才真正归入法国版图。古老的汝拉，又有"侏罗"之称，因为在这里，人们不断地挖出许多恐龙化石，但最终让汝拉的名声大大地传播出去的，却还是它出产的黄酒。

在汝拉，你能听到许多关于黄酒的传说。几乎每个酒农都会告诉你一个他们认为最经典的故事。其中，流传最广的一个版本便是前面提到过的那个故事。

　　如果说，这个故事还只能算是一个历史传说，那么发生在亨利·玛丽酒庄里的关于黄酒的故事，却足以让汝拉产生一份自豪感。

宇航员加加林的"飞天"礼物

亨利·玛丽酒庄 Henri Maire 是汝拉的旺族，他们的家族对汝拉的最大贡献，就是让全世界知道了汝拉黄酒。

上个世纪 50 年代，前苏联宇航员加加林"飞天"成功，人类第一次看到了月亮背后的景观，亨利·玛丽酒庄的主人亨利·塔尔比先生虽然是酿酒出身，却是个航天迷。加加林"飞天"，令塔尔比兴奋异常。为了纪念这一伟大事件，塔尔比的亨利·玛丽酒庄在汝拉举办了一次题为"月亮的背后"的画展，来自世界各地的近百名画家送来了自己的作品。令塔尔比想不到的是，前苏联驻法国大使亲自送来了宇航员加加林在太空中拍摄的月亮背面的照片。

于是，这幅真实的影画，理所当然地被评选为画展的一等奖。而奖品便是亨利·玛丽家族送出的 1000 瓶黄酒，这条新闻在当时引起了世界各国的广泛反响。

如今，在莫斯科的俄罗斯太空基地里，依旧陈列着亨利玛丽家族当年赠送的汝拉黄酒，酒的边上摆放着那幅得奖作品"月亮的背后"。

玛丽夫人是当年亨利·塔尔比的女儿，如今亨利·玛丽酒庄的掌门人。得知我是从上海来到她们的酒庄，玛丽夫人决定用最特别的仪式欢迎我。

她先请她的管家开车带我在汝拉山脉那片最美丽的葡萄园里兜兜风，这是一辆老式的敞篷车，在起伏的山路上缓缓地行进，眼前一大片绚丽多姿的葡萄叶子在阳光下闪烁着光芒。

我站在车上，陶醉于眼前的景致，感觉时光在倒流。葡萄园里的那些酒农们看见是塔尔比夫人家的车子，纷纷从葡萄树林里探出头来向我招手，那情景就像是当年的老电影。真是没有想到，汝拉这个小地方，传统竟保存得这么美好，整个汝拉山脉就如同是一幅年代久远的画，越看越有味道。

开车的管家已跟了玛丽夫人二十年，她告诉我夫人对葡萄酒情有独钟的程度，是很少有人能跟她相比的，因为她是葡萄酒浸泡大的。

怎么叫葡萄酒浸泡大的呢？管家告诉我，当年夫人就出生在酒窖里，夫人的母亲也是一个痴迷的酒商，她怀孕时还坚持在酒窖里看她的酒，说什么也不肯休息。

那年要生产时，她说就请个医生来酒窖里吧，因为她实在放心不下那年发酵的酒。后来果真就把玛丽夫人生在了酒窖里，当然这酒窖被布置成了一个小产房。

玛丽夫人一出生，尝的第一口人间味道就是酒。管家回忆说，当年玛丽夫人一离开母体哇哇大哭时，她的父亲塔尔比先生便用一个小匙沾了一点橡木桶里的酒，放在这个刚到世界上才几分钟的孩子的嘴里，谁都没有想到，这酒往婴儿嘴里一送，她竟不哭了。后来，在塔尔比成长过程中，只要她一哭，她母亲就把酒送到她嘴里，而一沾酒塔尔比立刻就不哭了。所以，塔尔比真的就是名副其实在酒里浸泡大的。

当我们在葡萄园里转了一大圈后，来到酒庄已是中午了，玛丽夫人把我请进了家族的餐厅，她说她要让我吃一顿中餐，因为我离家已久，一定想念家乡的饭菜了。

不多久，厨师果然端出来一大盘久违了的米饭，然后又端出个沙锅，打开盖子一股酒香飘逸而出，里面是鸡和蘑菇，我觉得有点东北菜小鸡炖蘑菇的味道。

因为里面放了酒和奶酪，吃起来似乎更加香一点。玛丽夫人说其实这并不是中餐，只不过有点米饭，相信中国人会喜欢吃，因为法国人也是吃点米饭的。这顿饭确切地说，既不是纯粹的法国大餐，也不是中国餐，而应该是充满汝拉地方特色的一道美味。

吃这饭时一定要浇一点沙锅里浓浓的鸡汁，然后拌起来入口。我心想这跟鲍汁拌饭不是一个道理吗？但味道似乎比鲍汁拌饭更加好，回味度要高得多，而且因为有蘑菇而更加爽口。

玛丽夫人指着墙上的一张照片说："这道美味就是他发明的。"

这张照片上的两个人，其中一个就是玛丽夫人的父亲亨利·塔尔比。照片上有着一行字："1951 年摄于卢浮宫都旺餐厅。"

玛丽夫人看着墙上的照片深情地回忆说："父亲这张照片是专门为了纪念我出生而照的。我出生一个月后，父亲特意来到全巴黎最顶级的这家都旺餐厅摆了一桌酒宴，招待他的朋友。就在宴会上，父亲将带去的汝拉蘑菇和一只公鸡交给了餐厅当时的厨师，请他去做一道汝拉口味的特色菜。当厨师端出了一只大沙锅，揭开锅盖香气四溢，满桌的人都欢呼起来。待他们每人尝了一口后，更是频频点头赞美。

　　从此，这道菜一炮打响，成了这家餐厅最有名的一道菜，同时，也成了汝拉和我们家族的一个招牌。几十年来，凡是有朋友到汝拉游玩，都要吃一顿我们家族的这个菜，也算是没有白来一次汝拉。"

　　我跟玛丽夫人提起当年她父亲因为"加加林飞天"而搞的那次画展，玛丽夫人立刻满脸笑容说："你都知道啦？这是我们家族历史上最有名的一件事。不过，如果从酒的意义上来说，我父亲后来干的那件事，似乎比画展更有意思。"

　　上个世纪的 1960 年，是个葡萄丰收年，用这个年份的葡萄酿的酒十分好喝，味道纯正酒体干净。所以，第二年玛丽的父亲便将十个橡木桶的酒赠送给了法国一家轮船公司的海员。有趣的是这些海员舍不得把这些酒全部喝掉，所以周游世界一年后，十桶酒只喝掉四桶，还有六桶又回到了亨利玛丽酒庄。

　　塔尔比先生打开一桶酒一尝，觉得这酒在海上漂泊了一年，更加好喝了。于是他给这些酒起了个名字："海上归来的佳酿"，并将它们深藏在家里的酒窖里。他说"50 年后你们活着的人再来品尝它的美味，一定更加好喝。"

　　玛丽夫人笑着邀请我："怎么样？再过五年，来汝拉和我们一块享用吧？"我说一定来，而且我会记录下五年后那激动人心的一刻。

汝拉小镇上的巴斯德故事

说到汝拉黄酒的历史，必定要提到一个人，就是巴斯德。夏龙堡是传说中的黄酒诞生地，而巴斯德则是真正意义上的"黄酒教父"。所以到汝拉，著名的巴斯德庄园是一定要看的。

巴斯德是世界著名的生物学家，高温灭菌法的创制者。因为汝拉是巴斯德的家乡，在汝拉的小镇上，到处都是用巴斯德命名的物品。比如有巴斯德牛奶，上面标有此牛奶真正用的是巴斯德灭菌法进行消毒的。

忽然想起，如今中国有很多真空包装的牛奶，上面也用很醒目的字标明此奶用的是巴氏灭菌法。而在汝拉，巴斯德这一名字，被用得最多的是作为酒标贴在汝拉黄酒的瓶子上。

汝拉人说起黄酒，便会情不自禁地提到巴斯德。玛丽夫人说："这不仅仅是因为这位著名的生物学家是汝拉人的缘故，更重要的是巴斯德有关酵母繁殖的理论，让汝拉人在酿制黄酒时得到了启发，极大地提升了黄酒的品质。"

　　玛丽夫人的曾祖父，曾经和巴斯德是中学时的同学，巴斯德当年曾在他的这位同学家的酒窖里，做过酵母在空气作用中繁殖的实验。当时，巴斯德看到他同学家酿在橡木桶里的酒装得满满的，便让他倒掉三分之一。后来的事实证明，这种让空气与酵母相互作用而酿出的黄酒，品质和色泽都是一流的。

　　现在，几乎所有的汝拉人都会说，是巴斯德教会了他们酿制上乘的黄酒。在巴斯德诞生 100 周年时，汝拉的一些酒庄，把巴斯德的头像印在了酒标上。有意思的是，这本来只是一种纪念形式，后来竟成了身份的体现。同样的出产年份和品质的黄酒，只要贴上巴斯德酒标，便能多卖好几个欧元。

　　巴斯德酒庄 Pasteur，也就是巴斯德的故居，坐落在一个叫欧波伊的小村落。几间砖石砌成的老房子，便是这位生物学家出生的地方。如今，这儿已成了巴斯德纪念馆，来此参观，先要看一部短片，短片记录了早年巴斯德求学和科研的经过，其中有几个细节，几乎让每一个观众都为之感动。

　　巴斯德当年为了研究狂犬病，他竟不顾危险在自己身上做试验，在经历了几十次历险之后，他终于找到了治愈狂犬病的办法，就在他攻克这一难关的第二天，一个九岁的孩子被疯狗咬伤，巴斯德亲自为他注射抗毒剂，成功挽救了孩子的生命。

这是 1845 年 6 月 7 日，世界卫生组织将这一天命名为巴斯德日。

巴斯德的卧室，是让参观者为之难忘的，卧室温馨典雅，不像是科学家住的，倒有点像诗人的房间。纪念馆的桑地小姐说："巴斯德一生研究科学，但他的内心和生活也是充满浪漫的，这儿曾被他当成酒吧来招待朋友。当年从巴黎回来时，还带回一位姑娘，在这儿度过了几天浪漫的日子。"

如今，巴斯德庄园里只有象征性的几亩葡萄园，每年产的酒也有限，但是，汝拉人都视这儿为圣地，因为这块葡萄园为汝拉人孕育的财富已不能用数量来衡量，它早已成了汝拉这片土地的精神源头了。

三万只酒瓶和一个古战场

　　达利堡在汝拉山脉的西面，位于一个三面环山一面平原的小丘上，历史上这儿是历次战争中的兵家争夺之地，久而久之达利堡便成了一个著名的古战场。

　　如今达利堡的主人，贵族阿雅拉家族拥有整个达利堡几百公顷的葡萄园，是汝拉地区除了塔尔比夫人以外，另一个显赫的家族。我和翻译雷乘着前来巴斯德酒庄迎接我们的阿雅拉先生的车，缓缓驶往他在达利堡的庄园。

　　沿途我看到在其他酒区不多见的烂漫的山花，有粉色的还有红色的，甚至还有紫色的，紧握着方向盘的阿雅拉先生说这些花都是当年他的祖父种下的。

　　原来，阿雅拉家族的祖先曾是包括阿尔卑斯山脉以东地区以及整个汝拉领地的拥有者，这位历史上显赫的卡佩王朝时期的佛兰德尔伯爵的后代，酷爱各种植物和花卉。他曾经想把他所拥有的领地全部种上各种鲜花，后来他果然实施了他的这一计划，从法国各地引进鲜花种子播种，同时将一些名贵花种洒在土地里，据说仅撒花种，他就动用了几万劳工。

法国著名的思想家伏尔泰曾经有过一篇文章，专门论述汝拉历史上的这一万人洒花种现象。在这篇题为《美丽的罪恶》的文章中，伏尔泰写道："撒下的岂止是鲜花呢？还有鲜血。"而另一位著名的作家雨果却认为这是美丽在播种美丽。他说："这位伯爵大人因为拥有一颗爱美之心，才会想到要让整个山川河流全都开满鲜花。"

阿雅拉先生说："反正后人看着这里蛮舒服的，这么多年过去了，竟还有种子在开花，真的不容易。"

转眼间，我们已快到达利堡了，车子在缓慢地爬坡，不远处可看到茂密的树林间有一排很古典的建筑，看上去就像电影里出现的镜头。阿雅拉先生说，那就是他的庄园。

真的跟电影一样，我们的车还没停稳，十几个仆人便从庄园门口朝车子跑过来。

不过这回阿雅拉先生什么也没让他们干，见主人带回了两个中国人，仆人们便训练有素地一字排开朝我们鞠躬，然后便各自散开，只留下一位年长者，将阿雅拉先生的车开进车库。

阿雅拉说，因为时间不多，只能带我参观两个地方，一个是他的酒窖，还有一个是古战场遗址。他说这两个地方是他本人最喜欢的，酒窖是对他的葡萄酒释放情怀的地方，而古战场则是他对祖父的缅怀。

一走进酒窖，我顿时傻眼了。这哪是酒窖，分明是个地下博物馆，阿雅拉先生用玻璃将酒窖全都罩起来，像一个庞大的玻璃房，里面摆满了各种各样的酒瓶。

阿雅拉先生拥有三万多个不同的酒瓶，而且其中有一万个酒瓶，全都有一百年以上的历史了。

阿雅拉先生说："这些酒瓶全都是祖父传下来的，我祖父虽然酿酒，但他却不喝酒。后来家族的大管家便提醒祖父，不喝酒但得藏些酒啊。但是他藏酒也藏不住，祖父喜欢将酒送人，一生中不知将多少好酒送给了朋友。

后来大管家便替他去向这些朋友要回了一些已喝完了的空酒瓶子。几十年后，倒也积累了不少瓶子了。而到了我父亲这辈，他便开始有意识地收集了，而且不仅仅是收集自家的瓶子，全法国甚至全世界的都收。1995年我从父亲手上接过这个庄园，父亲对我说：'两样东西不能丢掉，一是这些酒瓶，它见证了家族的历史；二是那片古战场遗址，不能在上面种葡萄盖房子，因为遗址上有着太多人的性命，不能忘记他们。'"

古战场遗址就在庄园的后面，我们跟着阿雅拉先生爬上一个高坡，看到不远处有一片杂草丛生的废墟和几段破败的城墙。阿雅拉先生用手指了指说："这就是古战场。"

古战场上曾经打过两场法国历史上赫赫有名的战争，百年战争和胡格诺战争，而两场战争的法军统帅全都是阿雅拉的祖先。一直到第二次世界大战期间，在这块古战场上，当时的法国游击队还与纳粹德国的坦克部队遭遇过一场规模不小的伏击战，如今还能见到弹孔和未褪去的血迹。

阿雅拉虽然每天都面对这片古战场，但此刻依旧深情难释。他带着我爬上那段断墙，指着斑驳的已长满了青苔的墙面对我说："阿雅拉家族的全部历史都在这儿了，有过光荣也有过失败，生和死都写在这断墙上，每天来看看，缅怀祖先的精神。"

|一位推销员的"家庭作坊" |

　　二十多年前，在巴黎圣日尔曼大街上的一些餐馆里，经常会有一位三十出头的人，手里拿着几瓶酒，恳请餐馆的老板品尝。老板一般都会客气地向这个推销酒的年轻人笑一笑，然后朝他摆摆手。而碰到态度粗暴一点的老板，则直接挥手示意这个推销酒的人快快出去，别影响他们的生意。

　　然而，这个年轻人却锲而不舍。这个餐馆谢绝他，他就跑到另一个餐馆。有时也会有收获，碰到一个特别懂酒的老板，便会很有耐心听年轻人介绍他的酒，然后还会品尝一下，甚至答应替他销一销这种酒。

　　年轻人后来回忆，最好的结果是喝了酒后，当场向他要下电话，说改日再联络。但凡真的再来联络的餐厅，后来就没有再断过他的酒。

　　这位当年的年轻人，就是如今汝拉著名的格朗酒庄

Lothain Grand 的庄园主杜古瓦先生。

　　说起二十年前他推销酒的经历，杜古瓦记忆犹新："那时只要餐厅的老板肯喝一口我的酒，我就很有把握把这款酒推出，因为我自信只要是懂得酒的人，一定会喜欢的。我每次看着老板将酒喝下去后，便问一句：'好吗？'老板一定会说：'好！'然后我又问：'要吗？'老板说：'要！'这时我就高兴得心花怒放。有时一天跑下来，只有一家餐厅要酒，我一样开心得不得了。这么多年过去了，我现在跟你提起这些事，我依然是兴奋得不得了。"

　　就是在这种不断地辛勤推销之中，汝拉格朗酒庄的酒不仅让巴黎人接受了，而且还出口德国、比利时以及瑞士，每年的销量达到了 15 万瓶。

　　走进杜古瓦先生的庄园，感觉像个家庭作坊，不大的空间却充满着温馨。杜古瓦先生在他的那间品酒兼办公的房间里请我喝酒，他拿出好几款酒来让我品尝，边尝边向我介绍这是用什么葡萄酿制的，那是放了多少年后才喝的。不但他讲，他还要我发表意见，刚才这款酒喝出了什么味道，那款是不是单宁重了些。这时一位太太从另一间屋子里走出来，朝我点头微笑。又一会儿，有个小伙子也出来跟我打招呼，杜古瓦先生介绍说,那位女士是他的太太,兼做酒庄的财务,而刚才那个小伙子则是他的儿子,专门负责酿酒。他说他还有个哥哥,负责种植葡萄。

杜古瓦先生说,他的祖先 1692 年来到这个地方,当时只是放牛,从事畜牧业,虽然也种葡萄,但数量很少质量也不是太好。一直到几百年后,他的父亲开始掌管这个庄园时,才开始单一的种植葡萄。但当时葡萄园的面积很小,只有两公顷,不过质量却是汝拉地区一流的。到了 1976 年,父亲退休,将庄园交给了两个儿子,所以改名为兄弟酒庄。

杜古瓦先生说:"我记忆最深的是童年时,父亲赶着我和哥哥到葡萄园去玩。现在想想父亲真是用心良苦啊,他是为了让我们兄弟俩从小就感受这种气氛。好在我们没有辜负父亲的期望,在接班两年后,我们便有了 20 公顷的葡萄园。"

又过了一年,格朗酒庄的第一瓶葡萄酒酿出来了。为了纪念这一时刻,兄弟俩特意将 1978 年的酒标烧制在了酒瓶上,成了他们家族永久的纪念。

跟所有的汝拉酒农一样,格朗酒庄也以生产黄酒为主,兼酿一些红葡萄酒。关于黄酒,杜古瓦先生讲了个有趣的故事。

好多年前，巴黎大多数的人还不知道有黄葡萄酒，所以当年去巴黎推销这种黄酒一直碰壁，带去的酒没有人要。有时明明是拿最顶级的酒去，可是人家一看就不要，连品尝一下都不肯。有一回，杜古瓦先生带着一瓶好酒前去一家餐厅推销，这家餐厅的老板将酒倒在酒杯里看了半天，把杜古瓦先生叫到门口对他说："这酒酿过头了。"

　　杜古瓦先生这才明白过来，为什么最好的黄酒在巴黎的许多餐厅里都没有人要。于是赶紧把餐厅老板们请到酒庄实地察看，让他们亲眼目睹汝拉黄酒是怎样酿制的。这个办法让杜古瓦先生尝到了甜头，有段时间，巴黎的餐厅不断向格朗酒庄订购黄酒，反而原先提供给一些餐厅的红葡萄酒，却没有人要了。

| 朗格多克·鲁西荣地图 |

　　朗格多克·鲁西荣位于法国南部地中海沿岸，是全世界面积最大的葡萄种植园。全法国有三分之一的葡萄园坐落在这个地区。

　　这个地区的历史相当久远，据考证，早在公元前八世纪，希腊人就已经开始在这里种葡萄和酿酒了。在朗格多克·鲁西荣的科比埃法定产区内的葡萄树，被认为是全法国历史最悠久的葡萄树。由于它的来源一直是个谜，多少年来许多作家和画家纷纷对这些葡萄树进行了充满诗情画意般的解读。

　　最著名的便是路特雷克这位朗格多克籍画家笔下的那幅《家乡的葡萄树》，葡萄树被画成了充满着阳光的金色，仿佛来自天国。

　　路特雷克后来说，她笔下的葡萄树是上帝赐予的。

　　因为写了《朗格多克的夏天》而名声大振的法国小说家

弗洛茫坦笔下的这片葡萄树，则充满着爱情的味道。他在游记中写道：这是爱在地中海边的许诺，这是爱在法国南方的婚嫁。

最充满诗意和想象力的描述，还是朗格多克·鲁西荣当地的一位不知名的雕刻家的杰作。他在这片古老的葡萄树边上立起了一块碑，上面刻着一百个酒农不同姿态和神情的塑像。

历史、文学以及独特的水土资源和地貌气候，奠定了朗格多克·鲁西荣在法兰西葡萄种植历史上的崇高地位和显赫名声。

从巴黎转机去图鲁兹，便进入了著名的朗格多克·鲁西荣地区了。

图鲁兹是朗格多克·鲁西荣的首府，也是法兰西航天工业中心，著名的协和飞机便生产于此。

图鲁兹著名的葡萄酒纪念馆里，陈列着这个法兰西葡萄酒圣地的辉煌历史和荣耀，让我惊叹的是一个名叫卡尔卡松至今已拥有两千年历史的城堡酒庄，竟然历经血与火的洗礼。

在我游历过的这么多酒庄中，有过如此惨烈历史的酒庄似乎还不曾见过。忽然记起，在朗格多克·鲁西荣旅游手册上有过这样一段话：朗格多克·鲁西荣有两样东西红得特别，一是红色的砖墙，二是红葡萄酒。因为砖墙是血染的，而酒也是血酿的。

　　从图鲁兹坐车差不多一个小时，便可抵达卡尔卡松城堡酒庄 Chateau de Carcassonne。

| 加加桑智退查理曼大帝 |

　　卡尔卡松城堡酒庄坐落在一个不高的小山岗上，四周围有前后两道厚实的石墙围绕，石墙里嵌着几十个或方或圆的顶尖尖的碉堡。走进卡尔卡松城堡酒庄，须先过城门口的一座吊桥，走过吊桥，迎面却是一面石壁，原来，真正的城门竟开在石壁中。除正门以外还有边门可走。边门更小，挤身进去是一方围在石墙和望楼中间的空地，让人顿生身陷"瓮"中的惶恐。只不过是一个酒庄，却如此机关多多戒备重重，可见当年那段历史的惨烈。

　　相传从中世纪开始，所有的外族侵略者都会对卡尔卡松城堡垂涎三尺，尤其是对山岗上那片绵延数公里的葡萄园虎视眈眈。所以，为了抵御外族的侵略，一代又一代卡尔卡松人筑起了森严的壁垒，一代又一代卡尔卡松人用鲜血浸透了这片古老的土地。而最让卡尔卡松人值得骄傲的，便是城堡酒庄的祖先加加桑智退查理曼大帝的故事。

当年查理曼率大军围困卡尔卡松长达五年之久，整个城堡里早已弹尽粮绝，酒农们大都也已战死。查理曼大帝开始准备向城堡发动进攻，以期望彻底夺下这个让他心仪已久的酒庄。

这时，庄园主加加桑号召幸存的酒农们，分头去寻找收集酒庄里最后一些残存的葡萄和野果子，然后加加桑用酒农们找来的这些东西，把仅剩的一头猪喂饱撑足后，奋力地把它扔下城去。

饱猪着地肚子顿时爆裂开来，未曾消化的葡萄果子四溅。这时，前来督战的查理曼大帝被眼前的情景惊呆了，他做梦也想不到被他围困了五年的酒庄，竟然还能有葡萄和鲜果来喂猪，可见酒庄的储备是多么的丰富。

查理曼大帝因此而心灰意懒，黯然退兵，而卡尔卡松城堡内却在鸣钟庆祝胜利。

我有幸见到了加加桑的后代，如今年已六十的加加桑太太。

加加桑太太说，其实传到她这一代，加加桑的族名早已失传了，但二十年前当她从父亲手上接过这个古老酒庄的继承权时，她把自己的名字改成了加加桑。因为她希望所有的人都能记住这段历史。

不知是天意还是巧合，卡尔卡松城堡酒庄酿制的红葡萄酒的颜色特别深，这里只种植一种名叫慕合怀特的葡萄品种，这种葡萄酿造的酒酒质浓烈结构强劲，有着强烈的动植物气息和墨染般的颜色，真的就像是血酿的一样。

加加桑太太请我品尝他们酿的酒并对我说："这儿的所有酒农都抱定一个信念，我们酒庄的酒就是先人们用鲜血酿制的。"

从采摘开始，卡尔卡松城堡酒庄的酒农们就像是在实践着先人们的理想，随后的每一道工序，他们都不会马虎，他们坚持的信念是要把卡尔卡松城堡酒庄的酒，酿制成世界上最纯洁最深沉最浓烈的一款酒。

加加桑太太给我倒了一杯酒，她说在这儿喝酒是要一饮而尽的。只有这样才能喝出这酒与众不同的口感和回味。于是，我便将手中的酒一口干掉，突然一种强烈的回味感和苦涩味，在我心中生成。

我从没有一次品尝酒，像在朗格多克·鲁西荣的卡尔卡松城堡酒庄品酒时那么认真和沉重，酒体中那浓浓的单宁味以及入口以后散发出来的刺激舌头的感觉，真的让我仿佛体味到了加加桑太太说的血的滋味。我甚至觉得这晶莹剔透琼浆玉液般的酒体，不正是无数的酒庄的先人们，为了捍卫葡萄酒的尊严而付出的生命吗？

名菜"夹酥来"

　　在朗格多克·鲁西荣游历时，我发现了一桩有趣的事。在一个名叫福热尔的酒区，竟有喝酒斗牛的习惯。

　　福热尔酒区只有一千七百公顷的葡萄园，却建有一个可供一万人观看的斗牛场。每年的七月、八月和九月，福热尔酒区总要热闹几天，职业斗牛士专程从西班牙赶来，专门驯养的斗牛被送来赴死，大批游客自然会涌过来找乐子。而这时，最高兴的一定是福热尔酒区埃古家族酒庄 Chateau Aiguilloux 的庄园主德班先生。

　　"八月份那斗牛最刺激了，人山人海连斗四天。大家一边看斗牛一边喝我的酒。"说这话的便是嘴上蓄着浓密白胡须的德班先生。

　　老先生真是近水楼台先得月，他的酒庄就紧挨在斗牛场边上。他告诉我，每年夏天，他酒庄的酒都来不及供应。当然这还不仅仅只是因为斗牛而带来了生意。这个地区靠着地中海，因而盛产牡蛎，吃牡蛎喝白葡萄酒是天然的绝配。而福热尔酒区内酿制白葡萄酒的就只有德班先生的埃古酒庄。所以德班先生的白葡萄酒便供不应求了。

德班先生请我去酒窖喝酒，他说我如果再晚来几天，好酒就没有了。从我们住的地方去德班先生的酒庄，有一段很长的路，沿途经过了好几个葡萄庄园，到达德班的酒庄时，天色已黑。

德班先生在他的酒窖里宴请我，而当被告之已到酒窖时，我十分惊讶。在我印象中，酒窖都是像地道一样，深入在地下的，可是德班先生的酒窖却十分特别。至少眼前这个空间不像酒窖而更像是一个餐厅。一排桌子铺着白色的台布，至少有十几瓶酒排列开来，已经先到的客人纷纷站起来与我握手寒暄。德班先生介绍说他们都是附近的庄园主，今晚他们拿来了各自的好酒，要请我品尝。

酒窖与众不同，菜肴更是特别，主人说要请我吃道特色菜，菜名叫CASSOULET，按照音译为"夹酥来"。不一会儿，"夹酥来"上桌了，端上来放在我面前的是只大沙锅，就跟上海饭店里煲烧老鸭汤的那只锅差不多。揭开盖子，一闻味道竟也有点像老鸭汤，原来里面也有鸭腿。每个砂锅可供四人用餐，里面有四只鸭腿，还有火腿、肉肠和芸豆，瞧着这些东西，我不但想起了老鸭汤，我还想起了上海的腌笃鲜来。

德班先生说，他将这些东西全都放进锅里，加上调料至少煮三个小时，然后再放进烤箱去烤，一直要烤到锅内最上面那层油呈现出黄黄的皱皮，而且要散发出焦香才能上桌。

德班先生让我们先拿起鸭腿吃，他说这道菜的功夫全在鸭腿上，一吃就能吃出功夫了。

于是，我开始动手。这鸭腿埋在一大堆别的菜里，往上提的时候还用了点力气，但我又怕这鸭肉会被我拎散下来与骨头脱落，但直到把鸭腿拉出来放到了自己的碗里，肉也没有落下来。而当我把鸭腿送进嘴里时，只轻轻的一口，这肉竟纷纷地散落下来，让你难以置信刚才竟然是拎着骨头把鸭腿拔出来的，而这就是"夹酥来"的特色，只有火候到了，才能做得如此自如。当然鸭子的质量要好，据说最好是用地中海沿岸的鸭子来做"夹酥来"。

见我吃得很香很入味，一旁的杜瓦尔先生放高嗓门说："'夹酥来'如今已是朗格多克·鲁西荣地区招待尊贵客人的名菜了。但当年，这菜却是穷人吃的。"

这个穷人就是德班先生的曾祖父。

德班家族 900 年前就已经来到了这个地区，当时他们的家族十分富有，在朗格多克地区小有名声。尤其是两百多公顷的葡萄园，连当时的法王路易十六都差一点亲临光顾。因为在当时的法国，私人拥有两百多公顷葡萄园的并不多，而皇室当时每年都在征召有一定规模的葡萄园，为皇室生产并供应葡萄酒。当时路易十六的总管已经准备将他们收归皇室了，后来因为爆发革命，德班家族与皇室血统擦肩而过。

但就在这时，德班家族遭遇了一次最为沉重的打击，不知是什么原因，这一带竟遭遇了百年未见的病虫害。一个秋天，几千公顷的葡萄园全部遭殃，所有的葡萄树被连根拔起，全都死去了。而贮存在地窖里的酒也因为巴黎爆发革命而根本就运不出去，反而遭到同样的受灾人的袭抢。几百瓶好酒一个晚上就被一抢而光，德班家族在这一刻，成了穷光蛋。

那是 1879 年，德班的曾祖父当时也才三十几岁，家族里所有的人都劝他到巴黎去，离开这里算了，但是他酷爱葡萄园。他把几间房子卖掉换了点零花钱和路费，交给家族里的其他人，让他们自寻活路去。他一个人则留在荒芜的葡萄园里，他坚信有土地就有活路，只要坚持下来，一定还会有辉煌的一天。

他每天靠家里剩下的一些干粮比如面包和干肉度日，十几天后，这些东西吃完了，他只好用还没来得及酿酒的葡萄充饥。后来连葡萄也没有了，他在地里挖到了一些豆子，又向别人讨了一点肉皮，他把两样东西煮在一起，为了能多煮出些东西来，他一煮就是几小时，没想到揭开锅时竟然香气四溢，因为"内容"涨了开来，那量足够他吃两天的。

这就是最早的"夹酥来"，因为这东西煮一次能吃好几天，他便经常将别人给他的食品全部放在一块煮。就这样，德班的这位曾祖父凭着坚强的毅力，吃了一年的"夹酥来"，在自己的土地上终于又种上了葡萄。

葡萄成熟了，"夹酥来"也传开来。开始时，是说吃"夹酥来"就能使葡萄丰收，所以家家户户都吃"夹酥来"，"夹酥来"的质量、原料也越来越好，后来便成了朗格多克一带著名的菜肴了。

德班先生给我倒酒，他说菜要吃酒更要喝。

德班先生给我喝的这款酒，喝到嘴里便使我有一种很奇怪的感觉。因为别的酒咽下去之后，嘴里总会有余味慢慢消散，但这款酒却入口酸冲，收口极干，味觉刺激意犹未尽便戛然而止。

后来，我在白葡萄酒的故乡阿尔萨斯游历时才得知，凡是含有这种超出常规的口感，味觉又是十分干烈的白葡萄酒，那绝对就是上品。怪不得西班牙皇室的人在看斗牛时，都来订购德班先生的这款白葡萄酒，真可谓难得的味觉感受配难得的视觉感受。

我望着德班先生因为他的好酒而洋溢起的那一脸笑容，强烈地感受到法国南方这片富饶的沃土赋予酒农们的那份纯真的情感和厚爱，于是忽然忆起维克多·雨果在《朗格多克游历》中，对法国南方酒农的描述："他们因为收成好而笑，他们因为酒好而笑，他们喜欢笑是因为他们的家乡，美丽的朗格多克是笑的……"

欧斯酒庄的"中国通"

在朗格多克·鲁西荣游历期间，还有一件令我难忘的事，那就是我竟然遇到了一位酷爱中国文化的庄园主，人们管他叫欧斯先生。我是在一次宴会上认识欧斯先生的，他得知我来自中国，便热情地邀请我第二天去他的酒庄参观，他说去了以后我一定会喜欢的。于是我答应他，第二天下午一定前去拜访。

欧斯酒庄 Chateau Auzias 是以欧斯先生的名字命名的，我一路打听过去，欧斯酒庄竟然赫赫有名，其间还碰到一个人，当他得知我要去欧斯酒庄时，一定要跟我一块去看看，因为平时很少有人能走进欧斯酒庄。

欧斯先生在酒庄门口迎接我，一套深色西装凸显出他的礼节和文明。这时天下起了小雨，秋天的雨一下子让人置身在了一份浓浓的愁绪之中。尤其是欧斯庄园那一大片被金黄的落叶铺满的小路以及路两旁白色的巴洛克廊柱，更是在秋雨中平添了一份淡淡的忧情。欧斯先生说，他十分喜欢这样的情调，他骨子里是个很怀旧的人。

果然，在欧斯先生的房间里，竟然摆满了几百年前的东西，让我意想不到的是，这些珍贵的古玩竟全是中国的。其中有清朝的景泰蓝花瓶，明代的织锦缎以及更遥远一些的如宋元时期的琉璃灯和金盘银碗。

欧斯酒庄始建于十七世纪末，曾经拥有两千多公顷的葡萄园。欧斯先生说他们家族当时是整个朗格多克·鲁西荣地区最富有的庄园。尤其是波旁王朝时期，他们家族还是这个地区唯一向皇室供酒的酒庄。

当时，在朗格多克·鲁西荣甚至整个地中海沿岸，欧斯酒庄出品的酒一般的平民百姓是根本喝不到的。欧斯先生将一瓶祖传的1855年的酒给我看。我看到虽然已过去一百四十多年了，可这酒瓶上的三道金线依旧闪闪发光。这金线是皇室赐封给酒农的，酒瓶上只要有一道金线便有了进贡的资格，三道金线那就是极品中的极品了。

欧斯酒庄的显赫声名，一直到二战后期开始衰落。当时德国人占领了这个地区并强迫酒农将酒供应给前线的士兵，而欧斯酒庄则被指定专门向柏林的希特勒供应好酒。这时掌管酒庄的已是欧斯先生的父亲了，老欧斯不想日后落得个为法西斯卖命的恶名而将家族的荣誉毁于一旦，于是便把心爱的酒庄卖了。然后带着年仅七岁的小欧斯举家来到巴黎。

有趣的是小欧斯后来在巴黎念书期间，竟对中国文化产生了兴趣，而源头竟也是因为酒。那年，欧斯先生的一位老师正从中国访问归来，因知道欧斯先生出身于酿酒世家，便将一瓶中国的绍兴黄酒送给欧斯。而正是这瓶黄酒让欧斯先生对中国文化产生了兴趣。

二十年前，欧斯先生回到朗格多克的家乡，他找到当年从他父亲手上买下酒庄的那户人家的后代，请人家出个价钱，因为他要买回他们家的酒庄。当欧斯先生再次拥有欧斯酒庄后，他便把藏在巴黎的宝贝全都运到了酒庄，还专门把客厅布置成了中国厅。

他的中国厅不仅远近闻名而且声名显赫，希拉克总统曾陪同原全国政协主席李瑞环专程到此参观，李瑞环还为欧斯先生题写了"中国通"三个字。

在欧斯先生气派非凡的酒窖里，喝着法国葡萄酒，聊着中国文化，那感觉真是一辈子难忘。

而当我离开欧斯酒庄时，小雨早已停了，夕阳红遍了朗格多克鲁西荣美丽的山脉和葡萄园，天边那一抹绚丽的通红，让我记起了血色也让我幻想起了琼浆玉液。

普罗旺斯地图

秋天的普罗旺斯是没有薰衣草的。

虽然一踏上巴黎开往圣 . 特罗佩，这个普罗旺斯最美丽最著名的葡萄酒之乡的火车，便幻想在紫色的薰衣草的摇曳中，葡萄就如同一串串风铃，秋风过后，留下的回音都是甜滋滋的。

因为我看到过马尔罗的诗句：美丽的薰衣草田／那是葡萄的褟褓。

我还看到莫纳的绘画《薰衣草和葡萄》。

连莫泊桑都写下了"紫色的葡萄是薰衣草的颜色"这样的句子。

或许真的是艺术家有了太多的幻想，又或许是在他们心中的普罗旺斯，薰衣草和葡萄都是不可缺少的。

虽然秋天的普罗旺斯没有薰衣草，但那一串串晶莹剔透的葡萄却长满了山坡海边和林间，在地中海的阳光照射下，把整个普罗旺斯染成了熏衣草的颜色。艾克斯是普罗旺斯著名的葡萄酒产区，当年凡高在这儿不仅留下了他的许多不朽作品，还留下了一句至今都被普罗旺斯人引为经典的话："熏衣草是普罗旺斯美丽的衣衫，而葡萄酒才是普罗旺斯的血液。"

叮咣叮咣的老式火车，在一大片本该是紫色的熏衣草田里缓缓的行进着。

从巴黎乘飞机到马赛，然后就能转乘这种从上个世纪30年代延续下来的老式火车前往普罗旺斯无数个美丽的葡萄酒产区和那些著名的酒庄。

老式火车里播放着50年前的歌星埃维塔的那首著名歌曲《我的家乡在蓝岸》。其中的两句歌词：家乡葡萄已成熟／赶快压榨酿新酒，曾被当年戴高乐在就职演说中引用，意寓为法兰西开始了新时代。

这列火车沿途停靠的全是葡萄酒产区，其中最著名的有圣．特罗佩、艾克斯以及帕莱特和卡斯西。

我选择了先在圣．特罗佩下车。

圣·特罗佩，原先只是一个人名。相传他出生于意大利比萨的一户贵族家庭里。后来被古罗马的尼禄皇帝选为内廷总管。尼禄皇帝欣赏圣·特罗佩的才华，但不喜欢他的天主教信仰，于是力劝圣·特罗佩把信仰改掉。但是圣·特罗佩却当着皇帝的面，郑重宣誓他致死都忠诚与他的信仰。于是圣·特罗佩在当上尼禄皇帝的内廷总管不到 10 天，便被赐予斩首之刑。

圣·特罗佩临死时，许多珍禽猛兽守侯在他身边。而用于捆绑他以施鞭刑的柱子也突然断裂并砸死了刽子手。圣·特罗佩的头颅被人珍藏了下来，至今还保存在一个后人以他的名字命名的教堂里。而他的尸体则被置于一条小船之中，被海浪推到大海里。从此，为了纪念圣·特罗佩，人们便把这儿称为圣·特罗佩海滩。

圣·特罗佩虽然只是一个小小的渔村，可是在法国历史上却有着极其重要的地位。从 17 世纪起，圣·特罗佩便得到了飞速的发展和充分的繁荣。它不但积极参加西班牙战争中的保卫皇权的运动，并且还成为地中海贸易中的一个活跃的角色。它的造船业、农业和港口航运均十分兴盛，尤其是皮埃尔·德·苏富汉，这位路易十六的朋友，精通航海善于海战。他最著名的战例便是当年在与英国人争夺瓦仑港时，以智谋破了英军的大举入侵，使得瓦仑港失而复得。他的雕像为圣特罗佩这个古老的海港增添了不少辉煌。很多年后，拿破仑还在遗憾当年在纳尔逊海战中没能利用他而扭转战局。

| 那年的普罗旺斯 |

在火车上，我还听到了许多关于圣·特罗佩人埃维塔的浪漫故事。

这位叫埃维塔的歌星，当年只是圣·特罗佩的一个叫瓦尔堡葡萄庄园的酒农。因为她酷爱唱歌，每当秋天采收季节，她的歌声就响彻整个葡萄园。

1952年秋天，望着满眼晶莹的葡萄，她即兴创作出了《我的家乡在蓝岸》这首让她和圣·特罗佩一举成名的歌曲。后来曾经执导经典影片《广岛之恋》的法国著名导演阿仑·雷纳，邀请她为影片《海岸线》演唱主题曲，而主题曲用的就是埃维塔的《我的家乡在蓝岸》这首歌。

影片拍完了，电影男主角的扮演者菲力浦·路瑟却疯狂的爱上了埃维塔。当时埃维塔已回到圣·特罗佩的瓦尔堡，但是菲力浦·路瑟榜是追逐到瓦尔堡。当地人的经典版本是这样的：路瑟一路上被埃维塔的歌声吸引到了葡萄园，埃维塔正在摘葡萄，路瑟跑到埃维塔面前双跪求婚，埃维塔被路瑟的诚意所感动，当众就在葡萄园宣布跟路瑟定婚……

从圣·特罗佩小镇驱车去瓦尔堡只要 10 分钟，下了车，当年埃维塔的伴娘如今瓦尔堡的主人米勒夫人便带我去垦植在山坡上的那一大片葡萄园，米勒夫人指着一株名为"歌海娜"的葡萄树告诉我，当年埃维塔就是在这儿接受路瑟的爱情并宣布和路瑟定婚的。

这个浪漫的时刻是在 1953 年，葡萄成熟了，爱情也收获了。圣·特罗佩人至今都认定，迄今为止在普罗旺斯地区，葡萄收成再也没有出现过比 1953 年更好的年份。

米勒夫人说，因为这年夏天特别热，平均气温高达 40 度。地中海的暖湿气流又异常的丰富，加上这一年普罗旺斯地区出现了罕见的"晨雨"现象，就是每天凌晨下雨，然后一整天都是阳光明媚。这种气候最适应葡萄的生长。当然埃维塔的爱情更让圣·特罗佩人对这一年的葡萄充满了想象。

标有 1953 年年份的普罗旺斯葡萄酒，跟太多的名人联系在了一些。比如著名的意大利影星索非娅·罗兰当年收到日后的丈夫庞蒂送给她的第一份礼物，就是一瓶 1953 年份的普罗旺斯葡萄酒。而米兰·昆德拉在他的小说《生活在别处》的发布会上，特别开启了一瓶 1953 年份的普罗旺斯葡萄酒以示谢意。

在听了动人的美丽传说后，米勒夫人带我走进她家的古老的酒窖。只见她从一个象岩石一样的洞里，取出一瓶酒来。我一看正是 1953 年份的酒，而且是原产地瓦尔堡的。当米勒夫人刚开启酒瓶，一阵香味便直接沁入我的心田，然后就有一种弥漫开来的感觉。我喝了一口，这酒好象是昨天才酿制的，单宁一点都没有消失，而浓郁的果酸味照样甘甜新鲜。我甚至喝出了甘草和紫罗兰的味道。

这款酒的酒体相当强劲，虽然已封尘了 50 年，但依旧充满了质感。尤其是唇齿间当酒香漫过便仿佛艳遇红颜而顿生欲火之恋。更让我惊奇的是，这款酒竟是粉红色的。

在酒窖的灯影里，这粉红的浆液晃动着浪漫的联想。我原以为这款 1953 年的酒之所以是粉红色的，可能是岁月已久而褪了色，或是当地人为了纪念埃维塔的爱情而特意制作的。后来游历了整个普罗旺斯后，才晓得原来普罗旺斯是法国粉红葡萄酒的原产地，普罗旺斯生产的葡萄酒中，有百分之七十是粉红葡萄酒。

于是，忽然想起罗曼罗兰的一句名言："法国人之所以浪漫，是因为它有普罗旺斯"。

是啊，这粉红色的酒里演绎了多少爱情故事和浪漫传说呀。

葡萄熟了

　　紧挨在瓦尔堡边上的是一个叫鲁比纳的酒庄。因为鲁比纳酒庄的男主人菲力浦曾经是法国国家男子击剑队队员，代表法国获得过 6 届奥运会团体和个人冠军，所以鲁比纳酒庄在普罗旺斯特别有名气，菲力浦和太太几乎每天都要在庄园里接待前来参观的游客。

　　我是顺着瓦尔堡的葡萄园慢慢走到鲁比纳酒庄 Chateau Roubine 的，沿途满山遍野的葡萄树在阳光下郁郁葱葱如一个个旺盛的生命，在大自然中喷发着青春和活力。虽然还没有到采摘季节，但我看到葡萄园里已不时有人在剪剪枝蔓理理树杆……初秋的葡萄园里，色彩绚丽的葡萄叶在秋风中摇曳着象簇簇火苗，晶莹欲滴的葡萄渗透着甜蜜的汁液，满脸笑容的酒农说，这又是个好年景。

　　走进庄园，菲力浦先生和太太早已在等候了。花园里摆着各种点心和酒，菲力浦太太忙着照应，而菲力浦先生则拿出当年叱咤风云的那把宝剑在空中舞动……

忽然从葡萄园里传来阵阵歌声，原来是菲力浦的太太鲁比纳的歌声。

鲁比纳酒庄的真正主人其实就是这位叫鲁比纳的太太。

这位冠军太太说为了迎接我，她早早来葡萄园里等我。没想到我没走大路，而是从瓦尔堡绕过来的。

鲁比纳是要带我先参观一下她的葡萄园，在即将要采摘的季节里，葡萄树上结着的果实会散发出一阵阵带有甜味的香气，而那一颗颗葡萄则显得晶莹剔透……鲁比纳告诉我，只要看这果实的色泽和饱满度，便知今年又是好季节。

鲁比纳手上拿着一把剪子，边走边介绍还不时的剪一串葡萄让我尝。这位看上去也就三十岁左右的女人，在葡萄园里却是那样的干练和老陈，身上似乎与生俱来就有一种法国酒农特有的气质。跟她一聊还果然就是，鲁比纳十岁时就在葡萄园里干活了。

鲁比纳的家族里其实并没有酒农世家，但十岁那年她在边上瓦尔堡里过了一个暑假后，她便与葡萄和葡萄酒结下了不解之缘。从此后一直到二十岁，她几乎每年暑假都会在葡萄园里度过……

到了大学毕业那年，她已经是个老练的酒农了。

也就是大学毕业的那年，她去帮朋友家采择葡萄，没想到在朋友的葡萄园里她认识了日后的丈夫，法国国家击剑队的运动员菲力浦。

更有趣的是这位朋友也是菲力浦的好朋友，当时菲力浦刚参加完一场比赛，便受朋友之邀前来葡萄园休息几天。那天菲力浦拿着剪子只顾埋头剪葡萄，没想到竟然剪到了边上鲁比纳手上的那串葡萄，两人同时抬头会心一笑……在过去的年代，酒农们有这样的规定，年青的男女凡是在采摘葡萄时，摘到了同一串葡萄，两人便能谈情说爱……所以那个年代许多想找恋人的年青人，到九月份的采摘季节便往葡萄园里钻，一般采摘天数在二十多天，这二十多天就是年青人的好日子，所谓葡萄成熟了爱情也成熟了，指的就是这个。

如今虽然葡萄园里没有这么多浪漫了，但如果一对年青人有了点感觉，在采摘到同一串葡萄时，那一定也会情有独钟的，比如鲁比纳和菲力浦。

多年以后他们面对我都承认，在那一瞬间俩人的心颤动了起来……

菲力浦给鲁比纳的结婚礼物便是今天的鲁比纳酒庄。

随鲁比纳太太在葡萄园里转了一圈后便走进了鲁比纳酒庄，这时菲力浦先生早已在等候在了酒庄的花园里。花园足有几千米，花园里的游泳池和教堂特别引人注目。泳池旁摆着一张长桌，上面摆着漂亮的银餐具以及各种点心和酒，菲力浦太太鲁比纳忙着照应我，而菲力浦先生则拿出当年叱诧风云的那把宝剑在空中舞动……

|东方快车上的"玛丽·克里斯蒂娜"|

　　走进距今已有 400 多年历史的沃美哈德酒庄 Chateau Aumerade 这个被浓郁树荫遮盖着的庄园，你会强烈地感觉到它与一般的酒庄的不同。如果不是庄园下面有大片起伏的葡萄园，你会感觉这更像是个公园。

　　浓密遮天的梧桐和桑树连成一片，在烈日下透着清凉。树荫下的一口井特别显眼，走近一看，水面上泛着斑驳的阳光，温柔而感人。

　　沃美哈德酒庄的庄园主亨利·法布尔先生告诉我，这口井是当年亨利四世赐给他们家族的，当年皇室派来的御工是拿着皇上的手谕打这口井的。

　　法布尔先生又带我来到一棵大桑树面前，说这也是亨利四世亲自种下的，树种则由当年哥伦布从新大陆带回来。

　　早年，沃美哈德酒庄是属于皇室的，传说最早是路易十四的一位内阁大臣的私宅，后来这位内阁大臣将私宅改成了普罗旺斯最好的猎人寓所和养鸽场。当他去世后，在他的夫人的请求下，他们的子女发誓永远也不分割或者出卖他们挚爱的庄园。

然而不幸的是，由于生活所迫，内阁大臣的子女在他们的母亲去世后，还是将庄园分割成好几部分出卖了。其中最大的一部分被路易十六的一位军官买走了。到了法国大革命时期，庄园又被充公。直到军官去世，庄园才归还给了军官的女儿沃美哈德夫人。从此庄园便以夫人的名字沃美哈德命名了。

1932 年，一位名叫亨利·法布尔的先生，从沃美哈德夫人处购得了庄园并发誓一定使它再现辉煌，重新成为普罗旺斯最好的酒庄。

1950 年，沃美哈德酒庄被授予特级酒庄的称号。这一年，亨利·法布尔创制了一款十分个性化的酒瓶，半个世纪以后它被评为全法国最具魅力的酒瓶——玛丽·克里斯蒂娜酒瓶从此成为著名的东方快车上的专用酒瓶。

许多年以后，亨利·法布尔又购买了庄园附近的土地，然而他却并不知道，这也就是当年那位内阁大臣夫人的庄园的一部分。她或许做梦都梦想不到她曾经被割裂的庄园，在几百年以后竟又统一了起来。

修道院酒庄的"天国感动"

　　在普罗旺斯游历，修道院酒庄是一定要去的。

　　所谓修道院酒庄，就是由当年的修道士创建的酒庄。在普罗旺斯，有修道院的地方就有葡萄园，而有葡萄园的地方，一定能找到修道院或修道院的遗址。这一独特的人文现象的形成，要归功于一位名叫伯奴瓦的传教师。

　　当年，伯奴瓦是查理曼大帝手下的一名士兵。他出身于贵族，又是虔诚的教徒，加上他作战勇敢，深得查理曼大帝的赏识。当查理曼的大军打到法国南部疆域时，查理曼便将普罗旺斯的一大片土地封给了伯奴瓦。解甲归田的伯奴瓦始终不忘自己是虔诚的教徒，便在这片土地上建起了自己的修道院。

　　这时，希腊人已将葡萄的种植技术传到了法国，教会对葡萄酒开始有了浓厚的兴趣，因为教会觉得种植葡萄酿酒对修道贵的客人过往，如果他们对修道院提供的葡萄酒满意的话，该修道院便会被授于特权，比如可免除捐税。于是许多在全国各地的普罗旺斯藉的修道士们，得知伯奴瓦在家乡建了修道院，便纷纷带着他们学到的葡萄种植技术回到普罗旺斯。

这些修道士们不仅仅将葡萄种植在伯奴瓦的修道院边上，还自己兴修道院。在短短的几年时间，修道士们便建起了十五座带有葡萄园的修道院。法国最早的修道院葡萄酒庄，就在普罗旺斯形成了。伯奴瓦和那些从全国各地回来的修道士们，成了很多年以后，人们在追述法国葡萄酒文化和历史时永远不会忘记的先驱。

有修道院就有葡萄园的状况，一直持续到英法百年战争爆发。战争破坏了宗教与酒的天国理想。这时，修道院便将所有的葡萄园分给修道士们。修道院这样做有两个目的，一是安置修道士的生活，不至于因战争而颠沛流离。二是保存教会的实力，化整为零。

后来的事实证明，两个目的都达到了。修道士们靠着教会的"施舍"，顽强的生存了下来。当他们立足后，不忘教会精神，又建起了许多修道院和葡萄园。在百年战争后期，普罗旺斯的修道院酒庄开始引领整个法兰西，全国各地成千上万个修道院变成了葡萄酒庄。所以喝法国葡萄酒，体味到的是一种与天国执手相连的感觉。

圣特罗斯玲修道院酒庄 Chateau Sainte Roseline 是迄今还在生产的全法国历史最古老的一座修道院酒庄，它座落在普罗旺斯帕莱特葡萄酒产区苍翠的高地之中，已有一千多年的历史了。

从圣·特罗佩到帕莱特有两个小时的车程，一路上我看到沿途要经过许多修道院。陪同的雷告诉我，这些修道院在历史上都是圣特·罗斯玲修道院的分支。车子只能开到高地的山脚下，于是我们便沿着山间小路，慢慢的向圣特·罗斯玲修道院走去。

圣特·罗斯玲修道院耸立在高地的一片绿茵茵的草地上，周围全是修剪的整整齐齐的葡萄园。晚霞映在修道院木门的铜质拉环上，使得这栋中世纪的建筑在黄昏的寂寥中，显现着远离尘嚣的超凡洒脱的气质。

庄园主拉尔松先生热烈欢迎我的到来，他拿出 3 瓶酒让我品尝。他说修道院的酒是与众不同的，因为它是上帝酿造的。

他先请我品尝的是一款白葡萄酒，这是用白玉霓酿制而成的酒，由于白玉霓葡萄果粒大而圆并且果汁丰富，由它酿成的白酒酒体复杂充满回味。拉尔松说这种酒的回味度很高，有点念《圣经》的感觉。我频频点头，但我不知道自己是在回味酒呢还是在回味拉尔松的话。

　　这时，第二款酒又递过来了。这是由一种名叫克莱雷特的葡萄酿制的红葡萄酒。克莱雷特是极古老的一个葡萄品种，早在罗马帝国时期就已经有了，传说中它是最早被引进法国的葡萄品种之一。而如今也只有普罗旺斯的帕莱特地区还在种植这个品种。克莱特雷红葡萄酒单宁强烈，比较苦涩。拉尔松说，也只有在他这儿，还能品尝到这个古老的品种了。

　　拉尔松接着打开的是一款由堤布宏酿制的桃红葡萄酒。这款酒的颜色比一般的桃红酒要深一些，有点新鲜的红玫瑰色。酒体十分柔清爽和透明，单宁一般果酸较重，喝在嘴里会有柿子和苹果的香味。我告诉拉尔松，这是我偏爱的口味。拉尔松说我真是有口福，因为这款堤布宏桃红葡萄酒是圣特·罗斯玲修道院的招牌，当年正是这款酒让圣特·罗斯玲修道院的声名显赫起来的。

　　我真没想到，一款酒又引出了一段历史。

300 年前，修道院的院长是一位叫"玫瑰"的"圣女"。

"玫瑰"出身于一个赫赫有名的候爵家庭，但她却交了一大批穷人朋友。为了让这些穷人有饭吃，她每天都将家里的食物拿出去送给他们吃。当时正值法国讨伐异教徒时期，卡佩王朝颁布法令，贵族血统不得与百姓同乐。但天生具有反叛性格的"玫瑰"不但将食物拿出来与穷人共享，竟还把家中的藏酒也奉献了出来。到了冬天，还送御寒的衣服给那些无家可归的人。

终于有一天，"玫瑰"的行为被国王的秘探发现了，她被发配到圣特·罗斯玲修道院当院长。

在她担任院长的 29 年中，她共收留并帮助了几千名穷人，这些人后来都成了普罗旺斯其它修道院的院长和修女。其余留在圣特·罗斯玲修道院的人，在"玫瑰"的带领下，不但传经布道宏扬基督精神，还大力种植葡萄开发良田。

"玫瑰"去世后，为了感谢她的恩德，圣特·罗斯玲修道院的修女们将她的遗体摆进水晶罩并安放在修道院的圣经台上，以供人们永远的瞻仰。

修女们还专门用一种叫堤布宏的葡萄酿制了一款玫瑰红的葡萄酒，以便让后人也来纪念"玫瑰"。后来虽然历经多次战争以及朝代的更替，但堤布宏玫瑰红葡萄酒演绎的故事却让圣特·罗斯玲修道院的声名越来越显赫起来。

300 年以后，拉尔松带我来到圣经台前，我看到"玫瑰"的眼睛依旧闪着光茫，眼神里充满了对君主体制的抗争和对平等关爱的向往。这种精神的感应和传递，没有因为时光的流逝而消失，更没有因为生命的停止而终结。我品尝着堤布宏葡萄酒，内心深处情不自禁的感受到了来自天国的震撼。

| 阿尔萨斯地图 |

孚日山脉永远是那样的充满激情。

因为山脚下的阿尔萨斯，给了它激情的想象。

当年，都德用他的小说《最后一课》，为这个世界上所有的人，作了一次关于阿尔萨斯的启蒙。

于是，在科尔玛的埃塞尔先生家的酒窖里，可以发现洞岩的墙壁上有着蜡烛的灰烬。埃塞尔先生动情地说："当年科尔玛人不顾纳粹的子弹，躲在酒窖里看都德。"

50年前的烛迹，在讲述着阿尔萨斯的精神。而半个世纪以后的这个秋天，我发现当年的激情和理想，早已融化在"雷司令"酒中而变得更浓更醇了。

从巴黎开往阿尔萨斯的火车，只在科尔玛停留三分钟。当火车开启车门时，我忽然发现，整节车厢里，竟然只有我一个人在科尔玛下车。

科尔玛位于阿尔萨斯西南面的莱茵河与孚日山脉之间，是法国距德国最近的一个小镇，几乎就坐落在法德边境上。

在历史上，科尔玛曾经几度易主。最早科尔玛属于阿勒曼王国，直到 1648 年才成为法国的一部分。

1870 年普法战争中，拿破仑的侄子，路易·拿破仑三世与普鲁士开战，结果法军大败，拿破仑三世成为普军俘虏，科尔玛又被割让给俾斯麦帝国，近五十年后，才重新回归法国。

而第一次世界大战和第二次世界大战期间，德国人又两度占领科尔玛。尤其是第二次世界大战时，科尔玛已被纳粹列为德国的一个行政区。德军的许多元帅和将军纷纷在科尔玛置地购屋，德国的隆美尔将军在科尔玛的一处豪宅就建在孚日山脉的一片葡萄园里，希特勒更是将他的前沿指挥中心从柏林移到了科尔玛。

所以，科尔玛成为第二次世界大战中法国东北部地区保存最完好的一个小镇。仅有的几次轰炸，也是美军投下的炸弹。尤其是战争末期，德军进行疯狂报复，将炸弹雨点般地投向阿尔萨斯的盟军的地盘。阿尔萨斯的斯特拉斯堡和洛林都遭到毁灭性的打击，却唯有科尔玛幸免于难。

对阿尔萨斯最初的认识，缘于我早年读过的那篇都德的《最后一课》。那已经是二十多年前的事了。记得我还朗诵过《最后一课》中最后的那段著名段落：

"忽然教堂的钟敲了十二下，祈祷的钟声也响了。韩麦尔先生站起来，脸色惨白。我觉得他从来没有这么高大。

'我的朋友们啊，'他说。

但是他哽住了，他说不下去了。

他转身朝着黑板，拿起一支粉笔，使出全身力量，写下一行字：

'法兰西万岁！'"

很多年后，当我坐在开往阿尔萨斯的火车上，都德这个我后来并没有读过他太多作品的作家，竟一下子让我觉得亲近了起来。

望着窗外层层叠叠起伏不定的山峦，仿佛有了一种时光倒流的味道。而更让我兴奋和惊奇的是，火车上的一本旅游指南，清楚地写着都德的《最后一课》，就是取材于科尔玛。

于是，当我走出车站，遇见前来接我的埃塞尔先生时，问的第一句话，就是都德的《最后一课》是否真的就发生在科尔玛。

埃塞尔先生沉思片刻后说，在科尔玛，几乎每家每户都发生过《最后一课》的故事。而埃塞尔的爷爷老埃塞尔的故事，至今都让科尔玛人觉得骄傲。

1914 年，第一次世界大战爆发，继普法战争后，德国人再次入侵阿尔萨斯地区。那时的老埃塞尔先生还是个学生，就跟《最后一课》里的那个小佛郎士一样，整天贪玩不用心上课。

几十年后老埃塞尔清楚地记得，当德国人占领他们的村子时，老师依旧在上课。后来坦克开过来了，炮管伸进了教室的窗户。这时，讲台前的老师就跟都德笔下的"韩麦尔"一样，勇敢地带领全班同学高呼"法兰西万岁"。当时年仅十几岁的老埃塞尔，目睹德国人将老师抓走时，一种使命感和责任感在他幼小的心灵中油然而生。

这种使命和责任使得老埃塞尔在二十多年后也成了一名教师。

1943 年，德军再次入侵科尔玛，老埃塞尔生平第二次经历《最后一课》。而这次他不是"小佛郎士"而是"韩麦尔"。当纳粹冲进学校驱赶学生时，老埃塞尔依旧带头高呼"法兰西万岁"。

他通知学生，第二天到他家的酒窖里继续上课。

埃塞尔先生告诉我，为了把一个学期的课全部上完，他爷爷让 26 名学生全部吃住在他家的酒窖里。靠着蜡烛之光上完了两个月的课程。

埃塞尔带我走进了他家的那个酒窖，在一面斑驳的墙上，我看见了一道道黑色的灰烬。埃塞尔说："这就是当年点蜡烛留下的痕迹。"

如今的科尔玛，就像是一幅画。这个小镇筑在水域之上，是一个被池塘和河流围裹着的小镇。有人说它是小威尼斯，但我却感觉它不像。它远没有威尼斯的喧闹，却有着威尼斯没有的寂静和安宁。威尼斯的水是永远流动着的，而科尔玛的水却是静止的。威尼斯的水是渡船用的，科尔玛的水只是摆设，是一道风景。威尼斯没了水就没了灵魂，而科尔玛的灵魂是渗透在它的历史之中的。

科尔玛是个中世纪的小镇，因为大部分地方没有经历过战争的炮火和轰炸，很多教堂和修道院都得以完好地保存了下来。比如以圣坛画而著名的伊瑟罕修道院，已被法国政府列为法兰西最值得一看的建筑之一。

当然，为它赢来这份荣誉的，则是 16 世纪法国著名的宫廷画家吕内瓦尔德的那幅价值连城的圣坛画。这幅画以浓郁的色彩和强烈的宗教概念，表现了伟大的基督精神。绘画四周被双层的镶板所环绕，镶板上全都涂着金黄的颜色，由此散发出来的淡淡的光泽，使得画中所有人都栩栩如生地凸显了出来。尤其是十字架上受难的基督低垂着的头颅和边上魔鬼忘形的得意，被画家刻画得入木三分，淋漓尽致。

几百年前的画作，如今看来却像是刚刚完成。那精致的笔触，流动的情感，跃然于画中而令人难忘。这幅画被誉为有史以来最具震撼力和最唯美的宗教作品。

龚古尔在给雨果的信中写道："对基督徒来讲，吕内瓦尔德的圣坛画跟圣经一样重要，而藏有此画的伊瑟罕修道院也因此名扬天下。"

在伊瑟罕修道院对面，有一座名为圣马丁的教堂。跟伊瑟罕修道院一样，同样是因一幅画而名扬世界。科尔玛16世纪最著名的画家尚戈尔的《玫瑰丛中的玛多娜》便悬挂在圣马丁教堂中。这幅无价之宝当年曾被纳粹元凶戈林搬到柏林他的家中，直到1953年，画作才又回到科尔玛。

《玫瑰丛中的玛多娜》笔触轻快，色彩明亮，整幅画洋溢着阳光和生机。少女多情的神态和充满着美丽向往的样子，被尚戈尔表现得自然而生动。画作高悬在圣马丁教堂唱诗班的位置上方，据说这是尚戈尔的要求。尚戈尔在创作此画时，他内心便希望被宗教戒规压抑着的少男少女们，都有一份阳光般明快的心情。画作完成后，他特意指定，就悬挂在唱诗班的上方，好让那些唱诗的孩子们，能感受到大自然的轻松和愉快。

后来，法国著名的艺术史家丹纳，在他的《艺术哲学》一书中，提到尚戈尔时说："《玫瑰丛中的玛多娜》对世界最大的贡献，在于尚戈尔开启了那个年代紧锁着的人性之门。"

狄德罗在游历了科尔玛后，在他著名的《沙龙笔记》中写道："科尔玛因太多的绘画，所以它自己也变成了一幅画。"

科尔玛除了因这些艺术品闻名于世外，真正让它享誉世界的，还是坐落在这个小镇上的那些顶级的酒庄。所以阿尔萨斯之旅，科尔玛的酒庄是不能错过的。在走马观花科尔玛镇的一些艺术作品后，我开始了阿尔萨斯的酒庄之旅。

| 沃夫贝热酒庄的岁月缅怀 |

我第一个造访的是著名的沃夫贝热酒庄 Wolfberger。

沃夫贝热酒庄可以算作是阿尔萨斯地区的元老级家族了。从 1435 年至今的五百多年间，这个被当地人称之为"葡萄酒风向标"的酒庄，一直是阿尔萨斯葡萄园历史文化的辉煌和荣耀。

沃夫贝热酒庄位于孚日山脉东南侧的那片翠绿茂盛的樟树林中，在樟树林里种植葡萄，是从奥匈帝国统治时期开始的。当时有位德国葡萄酒专家发现，用在樟树的气息中培养出来的葡萄，酿制出的葡萄酒的酒体会十分强劲和干烈。

德国人特别喜欢喝这种气味的酒，于是，孚日山脉附近便开始大量种植樟树，这种开发的后果一直影响到今天。如今，几乎所有靠近孚日山脉的葡萄庄园酿制的酒，酒体大都很干烈刺激。

德努先生是当今沃夫贝热酒庄的主人，他没有像别的庄园主那样，请我在酒窖里品酒，而是把我带到了一间挂满了照片和物品的房间，看上去像个陈列室，一问果然是他们庄园的历史博物馆。

　　博物馆里最醒目的是一张彩色的家族族谱，上面清清楚楚地列着 1435 年以来他们家族祖先的名字以及当时葡萄园的平面图。

　　德努先生指着在 1902 年后那一栏中的那个叫德兰的人说，这是他的曾祖父，而他们的记忆便是从曾祖父这一辈开始的。

　　早在普法战争时，阿尔萨斯便被德国划入了版图，直到第一次世界大战结束，阿尔萨斯才重归法国。德努先生说，他的曾祖父十分爱国，有一个细节至今说来都令人十分感动。当时，他的曾祖父在出口的葡萄酒瓶上，都要制作两个商标，一个是德文的，还有一个是法文的。而贴着法文商标的酒全都藏在秘密的地窖里。

　　他曾经对他的儿子说，这酒一定要存放到阿尔萨斯回归法国那一天才能拿出来。后来，第一次世界大战以法军的胜利而结束，德国被迫将阿尔萨斯归还给了法国。老人则将历年珍藏的 900 瓶贴有法文商标的好酒装车运去巴黎，他要让更多的法兰西人尝尝一个老人的佳酿。

德努先生曾祖父的这段往事早已成了法国历史上的一段佳话。1965 年，戴高乐将军在给德努先生的祖父颁奖时，再次提到了这段往事。将军对德努先生的祖父说："你和你的父亲都是法兰西的伟大爱国者。"

那么，戴高乐将军为何要给德努的祖父颁奖呢？这里又引出了德努家族的另一段记忆。

德努先生的祖父叫贝萨尔·德努，从 1932 年起便担任着科尔玛镇的镇长。这个镇长可是非同小可，当时的科尔玛以生产著名的葡萄酒而享誉全欧洲，贝萨尔除了要管理自己的酒庄，更要分担整个科尔玛地区的酒业运作。

1940 年 10 月，德国人占领巴黎。与此同时，再次轻而易举地占领了阿尔萨斯。就在德军进驻科尔玛的前一天，贝萨尔便辞去了科尔玛镇长的职位，他说他不愿意在德国人的占领下工作。

进驻科尔玛的德军早就知道贝萨尔是科尔玛的镇长，没想到当他们来到科尔玛时，贝萨尔却不干了。为此德国人恼羞成怒，他们把贝萨尔吊起来毒打，一定要让贝萨尔答应跟德国合作，贝萨尔对德国人说："打死我好了，或者送我去奥斯维辛。"

后来，碍于贝萨尔的国际名声以及一位德国军官突然想起他的父亲当年曾经在这个叫贝萨尔的法国人家里住过，并向他讨教过葡萄种植的技术。于是，德国人便放了贝萨尔。

1945年第二次世界大战结束，这年的2月7日科尔玛被戴高乐的自由法国的战士和美军解放，2月8日，贝萨尔又走马上任了。他说我是为法国人服务和工作的。

2月8日这天，所有科尔玛的人全都走上了街头，他们鼓着掌并高唱《马赛曲》，欢迎他们的镇长贝萨尔回到了他们的身边。

1965年，戴高乐将军亲临科尔玛，为贝萨尔颁发了法兰西荣誉勋章，表彰他在战争期间对祖国的忠诚以及在战后为人民所做的杰出贡献。

有趣的是，戴高乐将军还专门前往沃夫贝热酒庄的地下酒窖，他说早年他在英国时，便听说了关于贝萨尔父亲贴法文酒标的故事，今天要特地来拜见一下这个英雄的地方。

在沃夫贝热酒庄的博物馆里，我看到一张戴高乐将军亲自为贝萨尔挂上勋章的照片。

博物馆里的另一张照片同样吸引了我，那是一位老人在德努的陪同下，参观酒庄。

这位老人叫维尔特，是当年奥匈帝国的最后一任国王。这张照片是 2000 年 9 月 8 日拍的，当时这位 96 岁的老人是特意从美国飞来拜访德努的。

德努先生向我讲述了老人与他们家族的故事："早年，维尔特是我们家的常客，因为当年他的父亲老国王最喜欢喝我们家族酿的酒。当时才十来岁的维尔特，便每个周末都跟着父亲到我们家来。后来第一次世界大战结束了，阿尔萨斯回到了法兰西，但奥匈帝国的这两位父子国王依旧如故，照样来家里喝酒打猎。"

德努先生说，他的曾祖父开始是因为惧怕得罪了他们才和这对奥匈帝国的国王父子开始交往的。但在交往中，他却被这对父子平易近人的态度所感动，他们不仅在酒庄里玩，有时碰到采摘季节，老国王便叫儿子一起参加采摘，还让他跟工人们一起压榨葡萄。

1939 年秋天，葡萄还没有采摘，维尔特陪着他的父亲，也就是当年的老国王又一次来到了沃夫贝热酒庄。当时老国王已经六十多岁了，他和过去来时一样，总要先到酒窖里跟德努的曾祖父一起喝上几杯，然后便来到一望无际的葡萄园散步。

这天老国王让儿子给他在酒庄里拍了很多照片，唯一的例外，是这次没有住在酒庄里，在他做完这些事情以后，将一封信交给德努的曾祖父，然后便告辞了。

曾祖父打开信，原来这是一封以奥匈帝国国王名义写给德军的信，恳请他们保护好这个酒庄以及这片葡萄园和主人，因为这是他的产业，只是暂时请这几个法国酒农帮着料理。

在给德军的这封信里，还夹着一页写给德努曾祖父的一封短信，感谢他这么多年对国王一家的热情接待，同时告之他们，战争已经逼近了，请他们多多保重。

果然，三个月后，德军便越过孚日山脉，占领了阿尔萨斯和洛林。万幸的是，科尔玛的德军指挥官竟也是出身于葡萄酒世家，天生对葡萄酒有一种热爱。后来有传说，他是主动要求到科尔玛来的，因为他知道科尔玛的酒好，作为一个曾经的酒农，驻守在葡萄园里，那可是再好不过的选择了。

因为这位军官的到来，使得德努先生的曾祖父没有机会拿出这封信，但他却把这件事告诉了家族的所有人。就在他临终弥留之际，他最后的嘱咐便是请家族的人，日后有机会再见到老国王或者他的儿子，一定要替他谢谢他们。而与此同时，在美国威斯康星州的一栋豪宅里，响起了同样的叮嘱。

病榻上当年的奥匈帝国第七世国王对他的儿子，奥匈帝国的末代国王维尔特说："一定要代我再去一次科尔玛，去看看沃夫贝热酒庄和他们的家族，谢谢他们。"

2000 年，维尔特终于时隔半个世纪再次来到了沃夫贝热酒庄，让他感慨的是，虽然他的同辈人都已经过世了，接待他的是他们的孙辈德努先生，但是当年的那份情感依旧在后辈们的心中洋溢了出来。

德努先生先代表他的曾祖父以及祖父和父亲向维尔特先生表示感谢，随后将当年的那封信交还给维尔特，老人手捧信笺触景生情，热泪盈眶。

这就是沃夫贝热酒庄的记忆，虽然我没有在这儿喝一口酒，但这段故事却比任何一款酒都要来得浓烈和有味。

| 一个德国士兵的忏悔 |

德努先生告诉我，科尔玛的几乎每一个酒庄，都有一段有关第二次世界大战的情节。他建议我去附近的一个佛纳家族酒庄 Michel Fonne，说我一定会感兴趣。

佛纳家族酒庄就在沃夫贝热酒庄的边上，从沃夫贝热酒庄的葡萄园一直走下去，翻过一座山坡，就到了佛纳家族酒庄的葡萄园。

我没有从葡萄园里走，而是选择了穿过小镇的石子路，绕过一条差不多干枯了的河，然后再走过一个教堂和一个高耸着纪念碑的广场，站在广场中央，便能看到佛纳家族酒庄了。

我之所以选择这条路，是因为前来接我的佛纳家族酒庄的庄园主佛纳先生建议的。

这里在第二次世界大战期间，是科尔玛唯一遭到严重破坏的地方，盟军和德军在阿尔萨斯的最惨烈的一次激战也发生在这里。

当时这里是阿尔萨斯德军司令部，所以美军曾对这里连续轰炸了五天。而德军在最后撤离时，对已被美军占领的这个村落再次进行了轰炸。所以，战后这儿有一半的葡萄园被夷为平地，三分之一的居民死于战火。在广场中央的纪念碑上，雕刻着一组反映当地酒农在战后重建家园的雕像。

佛纳先生说："我只要路过这里，便会想起我的祖父鲁拉·佛纳。祖父不仅仅在战后让我们自己的家族起死回生，更是拯救了整个科尔玛。"

因为希特勒一直认为阿尔萨斯是德国领土，当德军在二战期间占领法国后，希特勒特意选择在维希——当年第一次世界大战结束时德国人签署投降文书的法国南方小镇，让当年的法国贝当元帅写下了投降书，希特勒特意让贝当在投降书上写下将阿尔萨斯和洛林还给德国的条文。

为了真正让阿尔萨斯彻底成为德国的一部分，希特勒下命令阿尔萨斯所有的青壮年都必须参加德军。1940 年，驻阿尔萨斯的德军将司令部搬迁到科尔玛，然后便开始了疯狂的征兵活动。年富力强的鲁拉·佛纳当时已是佛纳家族庄园的庄园主了，但是依旧逃脱不了上前线的命运。1940 年 9 月，他被迫穿上德国军服开赴波兰前线。

佛纳先生说，当年很长一段时间里，他们家里人甚至都抬不起头来。有人骂他们是德奸，但是真的没有办法，如果不去参军，父母便通通要被送到集中营，许多人都是为了家里老人才不得不走这条路的。

就在盟军发动诺曼底登陆的第二天，鲁拉·佛纳奇迹般地回到了科尔玛。原来他从波兰前线的冰天雪地里逃了回来，回家的代价是一条右腿因冻僵而坏死，不得不截除。

战争终于结束了，在被美军和德军轮番轰炸后，科尔玛成了一片废墟。许多科尔玛人开始背井离乡，这些靠葡萄和酒生活的人，已经失去了他们赖以生存的基础。

这时谁也不会想到的一件事发生了，鲁拉·佛纳装上假肢出现在了自己家族的土壤上，他带着酒庄里的十几位酒农，翻土下种，垦耕葡萄，每天他的假肢因剧烈劳作而磨损伤口，疼得他两眼直冒金星，有时会一时失去知觉昏过去，但他醒来后立刻又坚持站立起来。

鲁拉·佛纳的行为彻底感动了科尔玛的全体酒农，他们纷纷放下行囊，回到了葡萄园里。

佛纳先生带我来到一片尚未采摘完毕的葡萄林中，这是阿尔萨斯最具品质的"雷司令"葡萄，这就是当年佛纳的祖父鲁拉·佛纳支撑着一条假腿，亲手栽种下的品种。如今半个世纪过去了，这片葡萄林每年都为佛纳家族结出丰硕的果实，而由它们酿制的白葡萄酒早已是阿尔萨斯的极品酒了。

二十年以后，1966年佛纳的祖父鲁拉佛纳病逝于科尔玛。在葬礼上，一位德国人向老人三鞠躬，然后便掩面而泣。

原来这个德国人参与了当年在科尔玛的抓壮丁行为，他说鲁拉·佛纳就是他们那个班抓走的，而且他和另外几个德国兵还端着枪威胁正在竭力反抗的鲁拉·佛纳说："如果你不去，那你的父母就要代替你去了。"

战后，这个德国兵遭到赦免，他回到家乡德累斯顿，却发现妻子和女儿被美军飞机炸死了。切肤之痛让这个德国兵良心发现，并反思起自己的行为。

于是，他又返回他曾经待了三年的阿尔萨斯，他觉得只有用行为换取法国人的原谅，才能真正洗清自己的罪恶，而当他后来看到当年被他押解过的鲁拉·佛纳竟拖着一条假腿在种植葡萄，德国人彻底被感动了。

好几次他想去找鲁拉·佛纳，但都没有勇气前往。二十年里，他在当地的一所小学教授德语，而当他得知鲁拉·佛纳病逝后，他终于做出了一个决定，他要向佛纳家族坦白他的身份，并要求在他们的酒庄里当一名酒农。

佛纳家族的所有人都原谅了这个德国人，并高兴地欢迎他成为他们家族的一员。后来德国人成了佛纳家族酒庄著名的酿酒工程师，他用德国葡萄和法国葡萄嫁接酿制的一款甜白酒为佛纳家族酒庄赢得了无数的荣誉。

喝着伊吉尔的酒保卫伦敦

1998 年，在英国王太后 100 岁生日庆典上，细心的人会发现，有一款来自法国的白葡萄酒深得老人的欢心。她在接受达官显贵的生日祝福时，手上举着的酒杯中就是这款法国阿尔萨斯科尔玛伊吉尔酒庄 Hugel et Fils 生产的酒。而五年后，英国女王玛格丽特·伊丽莎白二世登基 50 周年纪念，女王竟跟她母亲一样，这款伊吉尔酒庄的酒也在她的庆典酒单中。

由此可见，阿尔萨斯伊吉尔酒庄的荣耀和显赫了。于是它成了我在阿尔萨斯采访的第三个酒庄。

不巧的是伊吉尔酒庄的主人们都不在科尔玛，代表他们出来接待我的，是在伊吉尔酒庄干了三十年的大管家郎先生。

郎先生说，家族里的人如今都在英国约克郡度假，只有他留守在这儿照看，而三天之后，他也要飞往英国，因为丘吉尔家族要为丘吉尔筹划诞辰 120 年纪念活动。郎先生说，从丘吉尔第一次当首相起，这两个家族的人就开始成为好朋友了。

郎先生带我来到一个古老的酒窖，走进去才发现原来这是个酒的博物馆。除了许多不同年份的酒具和橡木桶外，还陈列着许多闻人名流送的礼物。有一封信被装裱在一个框架里，走近一看，才知这是丘吉尔的亲笔信，信中大致意思是说："欧洲战争快胜利了，这时又想起你们的酒了。快把酒准备好，战争一结束，我就要喝。"

其实，早在丘吉尔 1915 年任英国海军大臣时，便与伊吉尔家族有了来往，而在加利波利半岛战役失败后，引咎辞职的丘吉尔干脆渡海来到了伊吉尔酒庄休养生息，一住就是三个月。就在这三个月里，丘吉尔真正喜欢上了伊吉尔酒庄的酒。临走时，丘吉尔特意带走了 100 箱当年最好的白葡萄酒送给当时的维多利亚女王。也就是从这时起，英王室开始了喝伊吉尔酒庄的酒的传统。

在伊吉尔酒庄的记忆中，还有一段是关于只爱美人不要江山的英王爱德华八世的故事。

1938 年，爱德华八世爱上了离过三次婚的美国女子辛普森夫人，当爱德华放弃王位远去他乡时，意外地收到了伊吉尔酒庄送来的 100 瓶 1935 年份的"雷司令"白葡萄酒。在后来传记作家韦斯特尔写的《美人奇遇》中，有过这样的描述："在许多个夫人已经熟睡的夜晚，公爵会在月光下喝着伊吉尔堡的"雷司令"酒，品味这款跟英国有着千丝万缕情结的酒。没有人说得清楚他此刻的心境，是后悔还是兴奋，只有这款法国的酒能释怀他此刻的一切……"

1940 年，德国人占领了阿尔萨斯，在伦敦大轰炸的日子里，丘吉尔没有忘记伊吉尔家族，他亲自派出军事五处的人来酒庄，请他们全部到英国去。但是法国人却坚持要留下来，庄园主对来接他们的英国情报人员说："你回去告诉丘吉尔，我要走了，以后谁再给他酒喝呀。"

丘吉尔没有能迎接来自伊吉尔酒庄的人，却收到情报人员带回来的他最喜欢的 200 只瓶酒。

伊吉尔酒庄庄园主在给丘吉尔的信中说："这些酒都是用那年你一块儿采摘的葡萄酿的酒，藏在地窖里，因为我知道你喜欢，你说让我藏在酒窖里，但德国人来了一定会发现的。我人就不来了，因为还要为你酿酒，但愿这些酒能送到你的府上，让你那些英勇的小伙子们喝了酒上天去狠狠地打德国人。"

　　丘吉尔将这 200 瓶他喜欢的酒全部转交给了英国皇家空军，当时正逢皇家空军的飞机跟德国人在伦敦上空激战的时刻，所有参战的飞行员都象征性地喝一口伊吉尔家族的酒，然后飞上蓝天，去保卫伦敦。

　　战后，一些退役的飞行员特意来到阿尔萨斯寻找伊吉尔酒庄，当庄园主听说是因为喝了丘吉尔给他们的酒而喜欢上了伊吉尔时，庄园主感动得把这些小伙子们全部迎进了酒窖，让他们自己随意拿酒。

　　后来，这些退役的飞行员都成了伊吉尔酒庄的常客，许多人专门从事起了伊吉尔酒庄的酒在英国甚至欧洲的贸易。

　　在伊吉尔酒庄的酒窖里，我看到了一个至今为止还在使用的世界上最古老的橡木桶。橡木桶上刻有 1715 年的字样，郎先生介绍说，这是家族的祖先在法国大革命后从一个教堂里买来的。

　　现在橡木桶上有个族徽，族徽上还刻有一行"圣卡特琳娜"和"至高无上的女皇"的字样，郎先生说"圣卡特琳娜"就是圣母玛利亚的意思，而"至高无上的女皇"是谁则无从考察。

有意思的是，伊吉尔酒庄如今健在的最年长的一位长者，便是当年第二次世界大战中向丘吉尔和皇家空军献酒的那位庄园主，高寿 93 岁的杜勒鲁先生。每逢他的生日，家族的人都会围坐在这个古老的橡木桶边上，这时大管家郎先生便会从酒窖的一间密室里，取出一瓶珍藏着的 1834 年的酒，交给杜勒鲁先生，老寿星亲自打开酒，为每一个前来为他祝寿的家族成员倒上一小杯酒，当他接受完大家的祝福后，他开始致词了。

　　致词很短，而且内容年年都一样，是围绕这瓶酒说的，郎先生能一字不漏地背出每年老寿星的致词："我们喝的这瓶酒迄今已更换过五次国籍了，1834 年，它是法国酒。到了 1870 年的法德战争后，阿尔萨斯成了德国领土了，这酒自然也就变成德国酒了。第一次世界大战后，法国人夺回了阿尔萨斯，德国酒又成了法国酒，然而好景不长，1940 年德军占领阿尔萨斯，刚贴上去的法国商标又被德军撕掉了。好在这回只在德国待了短短的五年，终于彻底回到法兰西了。"

　　虽然每年都唠叨这几句话，但郎先生和所有参加生日晚宴的伊吉尔家族的成员都明白，老寿星的寓意是让他们不要忘记历史。

| 科尔玛的"辛德勒名单" |

结束了在伊吉尔酒庄的采访，一天也快过去了，绚丽的夕阳弥漫在孚日山脉起伏不定的山峦间，远远望去，如一条彩带缠在半山腰，而山坡上那绵绵不绝的葡萄园则在晚霞的映衬下，绿色和红色交融出一幅迷人的画卷。

这时，一缕炊烟在不远处的夕阳里冉冉升起，这炊烟袅袅的地方就是今天要访问的阿尔萨斯的第四个酒庄路易·斯迪普酒庄 Louis Sipp。

与路易·斯迪普酒庄如今的庄园主斯迪普先生一打照面，便感觉他或许曾经是个摄影师，至少热衷于摄影。因为他一见到我，便让我先上他的车，他说趁现在光线最佳的时候，先把照片拍了，天黑了再回酒庄聊天不迟。

他的这种对摄影师的善解人意，让我十分感动。而回到上海后，我最出彩的照片则大部分都是在路易·斯迪普酒庄的这个下午拍摄的。

我们的车绕过了一个山口，停在了面向夕阳的一大片葡萄园里，眼前美丽的景色简直让我窒息。葡萄园被夕阳染成了金色，而远方起伏的孚日山脉时隐时现，就像是海市蜃楼，那黄昏时分燃起的几缕炊烟在雾气中缓缓升腾，就像是一幅巨大的山水画，在天边渲染；又像是一幅浓浓的泼墨，凸显了孚日山脉的苍穹风范。

等我一阵子猛拍后，斯迪普先生说这是他们家族里最好的一片葡萄园，原先前面有个修道院教堂，两百多年前路易斯迪普酒庄的祖先就是这个修道院里的院长。

当时修道院还充当途经科尔玛去洛林的旅途驿站，过往的行人都是德国的达官显贵。因为普法战争后阿尔萨斯已成为德国的领土，德国人喜欢去洛林度假。

修道院为了能尽可能地减免税收，便千方百计用最好的葡萄酒来招待过往的高官和显贵。几乎所有的人喝了修道院的这款"雷司令"葡萄酒都会为此而惊叹不已，没有想到修道院里竟有这么好的酒。

从此，修道院后面的这片葡萄园便开始闻名起来。1850年，修道院院长弥留之际，留给他家人的只有这块葡萄园，他临终最后一句话，还念念不忘"要善待修道院背后的葡萄园"。

斯迪普先生说："家族的这片葡萄园就这样传了下来。如今，阿尔萨斯的酒农们都知道这片'修道院背后的葡萄园'，而每年阿尔萨斯以及全法国的葡萄酒评选，用'修道院背后的葡萄园'酿制的葡萄酒，一定能夺得奖项。迄今为止的一百年间，我们家族用这块葡萄园里的葡萄酿制的葡萄酒，已夺得过四十多个各种各样的奖。

"但是，要保证它的品质，却不是容易的事。当年这片葡萄园里的葡萄都用手工采摘，而且是用人工搬运到压榨机上。如今，机器采摘、拖拉机运输早已司空见惯了，但是这片葡萄园依旧采用传统的做法。二百年里，没有改变过手摘和人工搬运的做法，每年采摘季节，酒农们就十分辛苦，采摘完了，背着盛满葡萄的大长箩筐，要走半公里路才能到压榨车间，但这也是一道风景，因为现在已很少有人还在用这种办法来采摘了。"

斯迪普先生在夕阳的映照下，一脸的幸福感。

趁着太阳还没有下山，斯迪普先生又开车带着我转悠到另一片长满葡萄的山坡上。他指着一块牌子告诉我，这是他们家的另一块宝地，牌子写着"这里是路易的葡萄园"。我问这路易是谁啊？斯迪普先生说："趁太阳还没下山，抓紧先拍照，晚上我们再讲路易的故事。"

越来越阴沉的暮色，使眼前这片葡萄园一下子变得凝重了起来，尚未采摘完的葡萄在霞光中显露着缕缕腥红。我拍了不到十张片子，天便暗了下来，我坐上斯迪普先生的车，回他的酒庄里去了。

斯迪普的父亲和母亲已经在酿酒车间边上的小酒窖摆好了熏鱼和驴肉，斯迪普先生说，喝他们家的"雷司令"酒，是一定要配熏鱼的，这种浓重的海鲜味能将雷司令中的葡萄香气提炼出来。

我试了一下，真的不错，白葡萄酒松弛的酒体结构在熏鱼的构架下，融化成满嘴的果香。

"这就是用路易的葡萄园里的葡萄酿制的酒。"斯迪普先生说。

"路易的葡萄就跟他的人一样，好啊。"

正在一边给我们倒酒的斯迪普的母亲插话。

刚才还在酿酒车间忙着的斯迪普的父亲，不知什么时候也来到了酒窖，并拿出一张照片给我看，说照片上的人就是路易。

　　路易，确切地说是路易·斯迪普，他是酒庄第四代庄园主，斯迪普的祖父，被誉为是这个家族乃至整个科尔玛和阿尔萨斯的英雄。

　　他的辉煌是在 1939 年至 1945 年间，他利用自己跟德国人做酒生意的身份，间接或直接保护了至少 1000 名法国籍犹太人。当斯皮尔伯格的电影《辛德勒名单》轰动世界后，当地人旧事重提，称当年的路易是法国的辛德勒。而斯迪普的母亲，也就是路易的女儿坚持认为，她父亲路易做的贡献远远大于辛德勒。

　　1940 年，德军占领阿尔萨斯后，专门组织成立了一个葡萄酒贸易会。因为德国人早就知道路易·斯迪普酒庄有一块"修道院背后的葡萄园"是顶级产地，便将贸易会总部设在路易·斯迪普酒庄，而时任庄园主的路易则被推举为会长。德国人命令他负责这个贸易会，定期向柏林运输顶级好酒。

　　而这时，德国开始了大规模的排犹行动，阿尔萨斯的党卫军开始挨家挨户清剿法国籍犹太人。闻风而逃的犹太人走投无路，纷纷来找路易帮忙，求他去向德国人说情，路易看着这些长年在一起干活的犹太酒农，顿时滋生了同情心，他本来并不想帮德国人做事，甚至想好带全家逃跑，但看到这些都有可能要被送到集中营去的犹太酒农，他决定留下来。

于是他跟德国人谈判，要让他做酒的贸易可以，但必须留下跟他干活的这几十个酒农，因为他们都是酿酒专家，没有他们，德国人根本就喝不到好酒。于是德国人同意他留下50个犹太酒农。

路易的葡萄酒贸易会开张了，所有的酒都贴上了德文商标，而科尔玛的酒庄，全部由路易派人接管。因为德军下了命令，所有酒庄的酒全都归贸易会。

没有多久，科尔玛的酒就源源不断地运往了柏林，而路易作为这个贸易会的主席，比别的法国人在德军统治时期有更多的自由，他还亲赴柏林，参加葡萄酒节，他甚至还和柏林党卫军的大队长做起了酒的生意。

每次贸易会将酒运到柏林，其中有一部分就是送给党卫军大队长的，然后这位大队长再将这批酒走私前线发战争财，而路易则从这位大队长那儿得到了更多保护犹太人的默许。

没多久，路易又建起了三个酒窖，收购了三个庄园，甚至将科尔玛的两个教堂也买了下来。但是科尔玛的老百姓却开始憎恨他，背地里骂他德奸，甚至有一天晚上路易走在路上，竟遭到三个小伙子袭击，差点被砍死。后来路经的德军巡逻兵赶来，才救了他一命。这下可不得了，第二天所有科尔玛的老百姓都知道了，说是德国人救了路易一命。

就在当地的法国人纷纷怒斥路易是法奸时，更多的犹太人跑来找路易帮忙，而路易便利用自己的名誉换来的德国人对他的信任，不断地安排犹太人。他买下的酒庄以及教堂，全都是为了达到他保护犹太人的目的。仅一年时间，在这些酒庄里干活的已全部都是犹太人了，而教堂里的犹太嬷嬷也得以生存了下来。

1943 年，不计其数的犹太人赶来求路易帮忙，甚至还有好不容易逃出来的波兰难民。路易根本就没有办法再安排他们了，他便用家藏了一百年的名贵好酒去贿赂德军指挥官。他跟德国人做交易，每五瓶 1860 年份的酒换一张去瑞士的通行证，他共换得了三百张通行证，将三百名犹太人送到了瑞士，而祖先传下来的酒一瓶都没有了。

1945 年，战争结束了，阿尔萨斯重归法国，进驻科尔玛的自由法国组成临时法庭，审判战争期间的法奸，路易首当其冲，成为接受审判的第一个法奸。

这天审判现场围坐着几千人，当审判官宣布路易在战争期间，为了自己活命，跟德国人串通一气时，在场的几千人全都站了起来。原来这些全都是路易庇护过的犹太人。他们对审判官说："谁有这个能力，在德国人的眼皮下，保护了成千上万名犹太人。他舍弃名誉、家产甚至生命，这全是为了我们啊，他是法兰西的英雄。"

1946 年 12 月，阿尔萨斯战争法庭开始重新调查路易在战争期间的行为。没多久，已年迈的路易病死于肺病。一年以后，路易被追授为法兰西骑士勋章，戴高乐将军亲自手书颁奖令。与此同时，路易·斯迪普酒庄的那片路易辛勤垦作的葡萄园，被人们亲切地称为"路易的葡萄园"。

在以色列和波兰，路易的事迹早已通过书本和电影，深入到了这些国家人民的心中。从战争结束起，每年秋天葡萄采摘季节，那些路易保护过的犹太人以及他们的家属都会前来路易·斯迪普酒庄团聚，就像是过节一样。如今已是半个多世纪过去了，这些犹太人的第二代甚至第三代，一如既往秉承着这个传统，每年的 9 月，路易的墓前堆满鲜花。……

这就是路易·斯迪普酒庄如今的庄园主斯迪普先生和他的父母心中存念着的最深刻的记忆。在昏黄色的酒窖里，我喝着路易的葡萄酒，感受着一个法国酒农家族朴素真诚以及勇敢的情感和精神。我相信，这种情感和精神不仅仅会依附在我眼前的这三位法国酒农身上，还会传承下去，直到永远。

“大地的儿子”戈斯曼

在我就要离开阿尔萨斯的那天上午，我又访问了一家戈斯曼家族酒庄 Domaine Rolly Gassmann，庄园主戈斯曼先生自称是“大地的儿子”。

在科尔玛，说戈斯曼家族酒庄未必有人知道，但一提起“大地的儿子”，竟然远近闻名。

说来有趣，今年 36 岁的戈斯曼，是整个阿尔萨斯地区所有的庄园主中，唯一没有离开过家乡一天的人，他竟然连巴黎都没有去过。

他说因为舍不得他的葡萄和土地。

在他家的葡萄园里，他顺手剪下几串饱满的葡萄递给我说：“这些葡萄我每天都要来看一眼，每天都是不一样的，只有这样看了，你才能在最好的时刻，开始采摘。”

他说他不是不相信别人，因为他们家的祖先就是这样的。

他的祖父说，要是你选择了当酒农，那么你就要放弃所有别的东西，永远跟你在一起的只有大地。

戈斯曼先生的父亲早年就对他的孩子们说："在我们家，所有的人都是大地的儿子。"

戈斯曼家族早先是专门为教堂生产并提供酒的，后来教皇又将这些酒送给法国国王。最著名的便是法王路易十四，人称太阳王。这位性情中人在喝了教皇进贡的酒后，立刻下旨，让这酒成为御酒。也就是从那时起，戈斯曼酒庄开始了历经数年为皇室酿酒的历史。

在酒庄的酒窖里，戈斯曼先生带我参观了他们家族最老的几个橡木桶。在橡木桶上面，除了家族的族徽，还刻着一条鱼的花纹。戈斯曼先生说："这就是天主教的意思。在中世纪时，鱼是天主教的图腾，当时所有进贡教皇的酒，都必须要有这个标志，而国王也以这个标志来判断这酒是不是御酒。当时，每隔 30 天，教皇便派人来运酒。为了把最好的酒给教皇，先辈们都是前一天晚上将每个橡木桶里的酒用瓶子倒一点出来，然后封好放在桶上。教皇派来的人就一瓶一瓶尝下来，他们觉得哪一瓶好，就将那个橡木桶运走。"

并不是每次来都能选中好酒的。因为科尔玛的酒太多，能选上就意味着有可能成为教皇进贡国王的贡酒，而一旦成为贡酒，便能获得国王颁布的减免税金。而如果连着三次都没被选中，教皇便会下一道罚令，不但要加倍征税，还将没收一块葡萄园。

然而这个政策反过来激励了当时的酒农们的热情，家家户户都要种优良葡萄酿好酒。戈斯曼先生说，这也就是几百年后，科尔玛成为阿尔萨斯酒的中心的原委，因为最好的酒全都在科尔玛。

先辈们对酒的认真，影响了他们的下一代。戈斯曼在三岁时便被父亲塞进大橡木桶里，父亲说要让他去感受这酒世界的奇异。等到戈斯曼十岁时，每年冬天，他父亲就让他钻进橡木桶里去清洗木桶。

所以当戈斯曼先生成为庄园主后，更是觉得要酿一款好酒，绝对要投入百分之三百的精力和心思，要戒除掉所有的非分杂念，把一切心思全都用在酒上，这样才能对得起他们家族早年曾经向教皇和国王提供御酒的名声。

如今，有许多人都会慕名来到戈斯曼家族酒庄买酒。戈斯曼先生说："我从不急着要人家买酒，再贵的酒我也会拿出来让人家先品尝。有的人去年来过，觉得酒很好喝，今年便又指名要再买去年的那款酒。我会坚持让他再品尝，当他品尝了五款酒后，选出了要买的那款酒，一看酒标正是自己去年买的那款酒。"

戈斯曼先生对酒的钟情源于他对大自然的热爱。因为他说是气象万千的大自然，赐予了他们家族这么多的好酒，所以他跟大自然是心心相印的。如今，天下不下雨，冬天冷不冷，来年的葡萄收成是大年还是小年，戈斯曼先生只要从几片葡萄叶子上就能看出来。他说这是祖先传下来的功夫。

熟悉大自然就热爱大自然，他的心思全都在这上面了，哪有时间外出呢？

"一年中，我只有一月份有空闲时间，那时大自然在睡觉，但我还是走不了，因为我也要睡觉。"

戈斯曼先生看着我，认真地说。

孚日山边品尝野猪肉

我终于要离开科尔玛了，埃塞尔先生来送我。他让我上车，说趁着还有半天时间，再给我一点惊喜。

孚日山脉最美丽的一条山路便从科尔玛穿过，法国历史上许多著名的诗人和作家都曾亲自感受过这条路径的美丽。比如雨果在著名的《见闻录》中，称它是"天际之路"，而蒙田在《随笔集》中，则称它是"浪漫之旅"。

于是，在离开科尔玛时的这个黄昏，埃塞尔先生开车，带我走上了这条"天际之路"，开始了"浪漫之旅"。

我们沿着科尔玛老城向西行驶，不久，道路便起伏起来。放眼望去，远处全是一个个教堂，袅袅的炊烟在路边的房舍中升起，风中传来一阵阵教堂的钟声。埃塞尔先生说："拿破仑也走过这条路，当年他听到的钟声和看到的炊烟，跟今天的一模一样。"我说："是啊，这真是一条时光的路径，说不清楚我们是向前还是朝后。"埃塞尔先生说："我们是在向前开，而时光却在这段路径上停了下来。"

埃塞尔先生将车停在一处山腰上，映入我眼帘的是极其美丽的景致：绚丽斑斓的夕阳映衬着苍茫的孚日山脉，教堂的尖顶在湛蓝的苍穹下，美得是那样的肃穆和庄严。满山遍野的红果树上挂着一串串火苗般的果子，清澈的溪水倒映着层林尽染的葡萄园和绿色的牧场以及远处山端皑皑的白雪。

埃塞尔先生从车里拿出一瓶他家自产的"雷司令"白葡萄酒和一包菜肴，这包菜肴的真空包装刚一撕开，一股香味便弥漫开来。我说："真有点红烧肉的味道。"

埃塞尔先生说大概我在法国待久了，想家了。不过他说我猜得还是对的，是猪肉，只不过是野猪肉。

野猪肉？我听了吓一跳。埃塞尔先生说别害怕，这可是科尔玛的特产，好东西啊。

埃塞尔先生打开包装，里面的野猪肉是跟蘑菇炖在一块的。埃塞尔让我先喝一口酒再吃肉。在品味咀嚼之际，再看看眼前美丽的景色。

据说这也出于一个典故，当年拿破仑来阿尔萨斯视察，到了科尔玛。听说科尔玛野猪横行，便让随从捕杀一只来吃。

野猪肉本无味，有什么办法让拿破仑吃了觉得好吃呢？科尔玛有位名叫德塞利的厨子，被征召到军中来解决这一问题。

德塞利便提出用野蘑菇炖野猪肉，随从一试，果然鲜美无比。那天当随从将炖好的野猪肉送到拿破仑面前时，他正走在天际之路上看风景。本来就赏心悦目，一顿美味更是让拿破仑心花怒放。

这道菜就此传了下来，如今已成为科尔玛的名菜。后来有人想出绝招，将炖好的野猪肉真空包装，说是要像当年拿破仑一样，边看孚日山脉的风景边品尝野猪肉，这才更有味道。

夕阳渐渐落下去了，红果树上的果子已不再是一簇簇火苗了，转眼成了油画布上的一个静物。潺潺的溪流也没有了霞光的倒影，清澈的水里只剩下一片依依不舍的天空，而葡萄园和牧场也终于在炊烟的寂寥中，结束了一天的喧闹……

图书在版编目（CIP）数据

暗燃的可能性 / 何菲, 刘沙著. -- 上海：上海文化出版社,
2019.8

ISBN 978-7-5535-1687-5

Ⅰ.①暗… Ⅱ.①何… ②刘… Ⅲ.①散文集 – 中国 – 当代
Ⅳ.①I267

中国版本图书馆CIP数据核字(2019)第145877号

出 版 人：姜逸青
责任编辑：金　嵘
整体设计：金　嵘

书　　名：暗燃的可能性
作　　者：刘沙、何菲
出　　版：上海世纪出版集团　上海文化出版社
地　　址：上海市绍兴路7号 200020
发　　行：上海文艺出版社发行中心
　　　　　上海绍兴路50号 200020 www.ewen.co
印　　刷：上海昌鑫龙印务有限公司
开　　本：889×1194　1/32
印　　张：15.625
印　　次：2019年8月第一版　2019年8月第一次印刷
书　　号：ISBN 978-7-5535-1687-5/I.658
定　　价：68.00 元

告读者本书如有质量问题，请联系印刷厂021-62038726